TOYING – DEUTSCHE AUSGABE

KYLIE GILMORE

Übersetzt von
ANNA DRAGO

Übersetzt von
KATRIN DOLLE

1
———

Sloane

Nennen Sie mich einfach ein seltsames Entlein. Was soll's, wenn ich an einem Samstagabend allein in meiner Heimatbar einen Drink zu mir nehme? Ich trinke einen Schluck Black and Tan und fühle mich heute Abend in der Menge hier auffälliger als sonst. Es scheint, als wäre ich auf ein Familientreffen der Robinsons oder so gestoßen. Die Robinsons besitzen und betreiben seit Generationen das Horseman Inn, eine historische Bar mit Restaurant in der Stadt. Aber das sind epische Unmengen von Robinsons, die sich anscheinend vervielfacht haben, als ich weg war. Es ist der Samstag nach Thanksgiving, sodass sie wahrscheinlich ein wenig aus dem Haus mussten nach all dem Schlemmen, Touch-Football-Spielen, und was auch immer zum Teufel große glückliche Familien sonst noch so tun. Ich kann es nicht wissen. Es gibt schon lange nur noch mich und Dad.

Ein Mann in seinen Dreißigern mit glattem blondem Haar fällt mir am anderen Ende der Bar auf. Er hebt die Hand zu einem leichten Winken. Mein Puls springt an. Kein Ehering, und er ist niedlich. Ich kenne ihn nicht von früher.

Ich winke zurück und fühle meine Wangen erröten. *Beruhige dich!* Ich nehme einen kühlenden Schluck von meinem

Getränk, in der Hoffnung, dass er sich nähert. Ich bin nicht gut im Flirten. Man sollte meinen, dass ich toll darin wäre, wenn man bedenkt, dass ich bisher nur männliche Freunde gehabt habe. Ich verstehe, wie ihr Kopf funktioniert. Leider sehen mich die meisten Jungs als Kumpel oder jemanden, der bei ihrem Auto hilft. Ich bin Automechanikerin.

Ich sollte mir nicht zu viele Hoffnungen machen. Gutaussehende Jungs versuchen nie, mich in einer Bar aufzureißen. Oder irgendwo, genau genommen. Normalerweise ist die Art und Weise, wie ich mit einem Kerl zusammenkomme, ganz einfach – einer meiner Freunde wird geil und macht sich an mich ran. Ich bin praktisch. Dann sind wir keine Freunde mehr, weil die Dinge nach dem Sex mit einem Freund komisch werden. Die meisten dieser Beziehungen verpuffen in maximal zwei Wochen.

Ich versuche nicht mehr, mich an niedliche Jungs ranzumachen. Nicht nach dem peinlichen Mal, als ich mich einem Mann in einer Bar genähert habe, von dem ich dachte, dass er mir einen interessierten Blick zugeworfen hätte, und ich sagte ihm, dass ich mich nicht gut gefühlt habe, bis er mich angemacht hat. Ja, das habe ich gemacht. Zu meiner Verteidigung: Ich habe gesehen, dass es bei meinen Freunden viele Male erfolgreich funktioniert hat. Das ist so nach hinten losgegangen. Er fragte mich, ob ich in Wirklichkeit ein Typ sei, der sich wie ein Mädchen kleidet. Dann zog er an meinen Haaren, um zu sehen, ob es eine Perücke ist. *Das* ist also passiert. All das heißt, es ist keine Überraschung, dass ich null Beziehungen hatte, die länger als zwei Wochen dauerten, was ätzend ist, weil ich wirklich gerne eine ernsthafte Beziehung hätte.

Der nette Kerl von der anderen Seite der Bar macht den ersten Schritt und setzt sich auf den leeren Hocker neben mir. Ich bin mehr als ein wenig aufgeregt, in einer Bar angemacht zu werden. Es ist schmeichelhaft und voller Potential. Er ist nett gekleidet in Jeanshemd und Jeans. „Hey, ich bin Brad."

Ich lächle und schiebe mir die Haare hinter die Ohren. „Sloane."

„Arbeitest du nicht bei Murray's drüben?"

„Japp." Murray's ist Dads Autowerkstatt in der Stadt.

Er setzt ein perlweißes Lächeln auf. „Weiblicher Mechaniker, was? Das ist heiß."

Ich schätze den heißen Teil, nur nicht genug, um den Rest zu streichen. „Ich ziehe es vor, Mechanikerin genannt zu werden, nicht *weiblicher Mechaniker.* "

„Empfindlich."

Ich runzele die Stirn. Verdammt richtig, ich bin empfindlich. Ich habe mich nie von der Familie oder der Außenwelt akzeptiert gefühlt, weil ich es geliebt habe, Mechanikerin zu sein. Scheiß auf sie. Dads Werkstatt ist der einzige Ort, an dem ich mich jemals zu Hause gefühlt habe. Dieser Typ braucht eine Aufklärung. „Was machst du beruflich?"

„Börsenmakler."

„Nennt man dich jemals einen männlichen Börsenmakler?"

Er rutscht näher. „Temperamentvoll, das gefällt mir. Hör mal, ich hab einen Mercedes draußen. Er macht dieses seltsame Geräusch, wenn ich beschleunige. Lass uns eine Fahrt machen, damit du es hörst und mir sagen kannst, was damit nicht stimmt."

Meine Wangen brennen vor Demütigung. Warum habe ich mir Hoffnungen gemacht, dass ein netter Kerl tatsächlich an mir interessiert ist? Ich bin keine Schönheit, und ich weiß es. Ich bin klein, flachbrüstig und schmal in der Hüfte. Keine vollbusigen Kurven wie die meisten Jungs es wollen. Ich habe auch glattes schulterlanges braunes Haar und ein schlichtes Gesicht. Heute Abend trage ich ein langärmeliges weißes Baumwollhemd mit schwarzer Yogahose. Der Höhepunkt der Mode. Sicher nicht.

Ich hole eine Visitenkarte aus meiner kleinen Handtasche. „Hier. Ruf am Montagmorgen für einen Termin in der Werkstatt an." Ich hoffe, eines Tages Partner bei Murray's zu sein, und das wird nicht passieren, wenn ich Geschäfte verschenke und Leuten mit ihren Autos in meiner Freizeit helfe. Ich muss Dad beweisen, dass ich zum Kundenstamm beitragen kann. Und selbst dann ist es nicht sicher, dass ich ein Partner werde.

Dad und ich stehen in einer Pattsituation wegen meiner Arbeitssituation dort.

Brad nimmt die Karte und schiebt sie in seine Gesäßtasche. „Danke!" Er senkt seine Stimme. „Stehst du auf Mädchen, Sloane? Das könnte heiß sein."

Wow, so froh, dass er so viele Dinge an mir heiß findet. Kleingeistige Menschen wie er urteilen wegen meiner Arbeit regelmäßig so über mich. Nicht, dass etwas falsch daran wäre, homosexuell zu sein. Ich glaube einfach nicht, dass man jemanden einschätzen sollte, weil sein Geschlecht nicht zu dem passt, was vorgeblich mit dem Job einhergeht. Ich würde nicht davon ausgehen, dass ein Mann, der in einem weiblich dominierten Bereich wie Vorschulbildung arbeitet, nur wegen seines Jobs schwul ist. Jeder sollte die Arbeit tun, die am besten zu ihm passt. Punkt.

Ich treffe seinen Blick direkt. „Lustig, dass du das fragst. Ich warte darauf, dass meine Freundin von der Toilette zurückkommt. Du kannst jetzt gehen."

Er lächelt mich verschlagen an. „Das wär was für mich. Wie wäre es, wenn wir drei eine kleine Spritztour machten?"

„Wie wäre es, wenn du zu dem Felsen zurückgehst, unter dem du hervorgekrochen bist?"

„Miststück."

Er schlendert zurück zum anderen Ende der Bar und spricht dann mit seinem Freund, während er mich ansieht, wahrscheinlich um ihn über die Schlampe zu informieren. Ich presse meine Lippen zu einer flachen Linie zusammen. Was für ein Idiot. Ich kann nicht fassen, dass ich eine Minute aufgeregt war, als er sich mir genähert hat.

Ich bleibe, wo ich bin, nicht bereit, nach Hause zu gehen und mich den spitzen Fragen meines Vaters über meine beruflichen Perspektiven zu stellen. Ich habe letzten Sommer nach vier Jahren Unterricht meinen Job als Mathelehrerin an der Highschool aufgegeben. Ich bin seit fünf Monaten zu Hause, arbeite in der Werkstatt meines Dads und habe keine einzige Bewerbung verschickt, weil ich nirgendwo anders arbeiten möchte. Er scheint mich nicht zu hören, wenn ich ihm sage, wie sehr ich bleiben möchte, um ein größerer Teil von Murray's zu sein. Er wird mich nicht einmal die Bücher machen lassen, weil er nicht will, dass ich zu sehr involviert werde, solange Murray's nur eine kurze Zwischenstation auf dem Weg zu einer besseren Karriere sein soll.

Dad ist superstolz, dass ich die erste in unserer Familie bin, die aufs College gegangen ist, und besteht darauf, dass ich einen Job mit meinem Abschluss brauche. Nur um den Frieden zu wahren, habe ich ihm gesagt, ich würde Lebensläufe rausschicken, aber noch ist nichts dabei herausgekommen. Ihm ist sehr daran gelegen, dass ich meinen Abschluss nutze, weil er gezwungen wurde, die Highschool zu verlassen und das Murray's zu übernehmen, um seine Familie zu unterstützen, als sein Vater unerwartet an einem Herzinfarkt gestorben ist. Ich weiß, wo er herkommt; er hatte keine Wahl. Aber seine Karriere ohne Wahl ist meine Karriere der Wahl. Wie ich bereits sagte: ausweglose Situation.

Der hintere Speisesaal wird ruhig. Ich sehe über meine Schulter. Eli Robinson hat aufgehört, Akustikgitarre zu spielen. Jenna, seine Freundin, sitzt ganz vorne und blickt ihn anhimmelnd an. Ich habe ihre Autos nach einem kleinen Zusammenprall repariert.

Ich wende mich wieder meinem Drink zu. Ein paar Minuten später erhebt sich im hinteren Speisesaal Jubel. Ich schaue hinüber. Scheinbar haben sich Eli und Jenna gerade verlobt. Sie waren über mir in der Schule, also kenne ich sie nicht gut. Trotzdem setzt sich ein Kloß von Emotionen in meinen Hals, als Jenna gleichzeitig lacht und weint. Ihre Familie und Freunde umgeben sie mit Umarmungen und fröhlichen Glückwünschen. Große glückliche Familie. Nachdem Mom gegangen war, hat es sich noch einsamer angefühlt, Einzelkind zu sein. Früher habe ich davon geträumt, Teil einer großen Familie zu sein – Brüder, mit denen ich herumhänge, Schwestern, die mir alles beibringen, was Mädchen intuitiv zu wissen scheinen. Eines Tages hoffe ich, eine eigene große Familie zu haben, und dann werde ich nie wieder außen vor sein.

Richtig. Ich wende mich ab und ziehe mit meinem Finger ein X in das Kondenswasser auf meinem Glas. Ich muss nur einen Kerl finden, der keinen Blick auf mich wirft und „Kumpel" oder „kostenlose Auto-Reparatur" denkt. Ich denke, ich kann diese Liste nach heute Abend um „Dreier" ergänzen.

Da ich schon immer männliche Freunde hatte, bin ich kein bisschen eingeschüchtert, mit Jungs zu sprechen, sodass ich einen Moment später, als ich einen Kerl über seinen neu adoptierten Hund sagen höre „die einzige Liebe, die ich habe, gehört Huckleberry", das Bedürfnis habe zu reagieren. *Huckleberry? Im Ernst?*

Ich drehe mich um und schaue zu Caleb Robinson – das männliche Model –, der von Frauen umgeben ist. Natürlich. Er ist wie die goldene Sonne, um die sich Frauen drehen. Seine männliche Schönheit ist unbestreitbar. Er ist exquisit, von seinen perfekten eckigen Wangenknochen und dem quadratischen Kiefer bis zu seinem wohlgeformten muskulösen Körper. Griechischer Gott kommt mir in den Sinn.

„Nenn ihn wenigstens Huck", sage ich. „Die anderen Hunde werden sich über ihn lustig machen, weil er so einen albernen Namen hat."

Oh, Mist! Er kommt her.

Ich widerstehe kaum, meine Haare zu glätten. Habe ich aus den heutigen Ereignissen denn nichts gelernt? Jungs wie er interessieren sich nie für Mädchen wie mich. Dieses Mal werde ich wirklich chillen. Die Hoffnungen sind offiziell Null.

Er kommt herüber, das personifizierte Körpergefühl, ein kleines Lächeln umspielt seine sinnlichen Lippen.

Mein Puls rast, und ich wappne mich für den Zusammenstoß. Ich bin nicht einmal auf dem gleichen Spielfeld wie Caleb. Er ist nur hier, um den lächerlichen Namen seines Hundes zu verteidigen.

Er lehnt sich an die Theke neben mir. Er ist im Biker-Look – schwarze Lederjacke über einer engen grauen Thermojacke mit schwarzer Jeans und schwarzen Motorradstiefeln. Es ist ein merkwürdiger Kontrast zu seinem cleanen, guten Aussehen. Sein sandig braunes Haar ist mit der Maschine geschnitten und betont die scharfen Winkel seines sauber rasierten Gesichts. Irgendwie hat er's drauf.

Er setzt ein Lächeln auf, das einen unerwarteten Ruck durch mich jagt. Er sieht persönlich sogar noch besser aus als was die Kamera einfängt. Und glauben Sie mir, das ist *nicht* immer der Fall. Ich kenne die Modelwelt. Mom hat mir das als Kind zugemutet, bis ich aus meiner Niedlichkeit rausgewachsen bin und mit dem Gesicht voran in Unbeholfenheit fiel. Ein Fotograf hat Mom im Bühnenflüsterton, den ich laut und deutlich gehört habe, gesagt, ich sei das hässliche Entlein, nur umgekehrt, am Anfang entzückend und dann … nicht. Er sagte, ich solle einfach aufhören; niemand würde mich mehr engagieren wollen. Mom hat mich nicht verteidigt; stattdessen hat sie mich kritisch gemustert und dann resigniert ausgesehen. Ich war zwölf. Ich drücke rücksichtslos die schrecklichen Erinnerungen an das, was folgte, nieder, da sie mich auch jetzt noch krank machen.

Caleb senkt seinen Kopf nahe an mein Ohr. „Ich sagte: Hast du ein Problem mit dem Namen Huckleberry?"

Ruckartig lenke ich meine Aufmerksamkeit zurück auf ihn. „Komm schon, was ist das überhaupt für ein Name für einen Hund?"

„Ein angemessener. Er ist ein Huckleberry." Er hält meinen Blick einen langen Moment. „Du bist Sloane, richtig? Von Murray's?"

Bitte sag jetzt nicht, dass ich mal nach deinem Auto sehen soll.

Ich kann wirklich nicht mit zwei Jungs hintereinander an einem Samstagabend umgehen, die eine Autoberatung brauchen. Das wäre ein Allzeittief für mich. Ein Teil von mir mag die Fantasie, dass ich einen Mann haben werde, mit dem ich mich eines Tages niederlassen kann, um diese große Familie zu gründen, die ich schon immer wollte.

Ich tue ganz gelassen, indem ich das Thema von mir und den Autos ablenke. „Ja, ich weiß, wer du bist. Caleb Robinson. Ich habe ein paar deiner Anzeigen gesehen."

„Cool. Ich erinnere mich an dich von der Schule. Du warst

ein Jahr über mir. Eli erwähnte, dass du in die Stadt zurückgezogen bist."

Ich nicke, drehe mich zurück zu meinem Black and Tan und nehme einen Schluck. Die Hoffnungen bleiben bei null, was gut ist. Mehr gibt es ohnehin nicht zu sagen. Sein Hund hat einen albernen Namen, und er steht dazu. Ich werde ihn sicherlich nicht nach seiner Karriere als Model befragen. Das ist die Welt, die mich durchgekaut und ausgespuckt hat.

„Ich hoffe, es macht dir nichts aus, wenn ich hier ein wenig rumhänge", sagt er. „Meine Schwester hatte diesen beängstigend entschlossenen Blick in ihren Augen, als sie direkt auf mich zusteuerte. Ich hatte das Gefühl, dass sie gerade dabei war, mich zu verkuppeln. Sie hat es vorher schon bei Eli versucht, und ich fürchte, ich bin der nächste."

Ich drehe mich zu ihm um. „Was wäre, wenn sie jemanden auswählte, der großartig ist?"

Er schaudert. „Nein, danke. Ich möchte meine Schwester aus meinem persönlichen Leben fernhalten. Sie kann *unerbittlich* sein. Versteh mich nicht falsch, ich liebe sie. Sie ist wie eine zweite Mutter für mich, aber ich bin jetzt erwachsen, weißt du?" Jeder in der Stadt hat gehört, dass seine Mom bei einem Autounfall ums Leben gekommen ist, als wir noch Kinder waren. Seine große Schwester, Sydney, würde natürlich auf ihn aufpassen wollen.

Aber als ich auf eins achtzig und mehr muskulösen Mann schaue, ist es keine Frage, dass er ein ausgewachsener Erwachsener ist. Meine Kehle wird trocken. „Japp."

„Lass mich dir einen Drink spendieren, während ich hier bin."

Ich starre auf mein halb volles Glas. „Ich hab schon was."

Er lacht. „Das ist so. Ich werde dein nächstes bezahlen."

Bevor ich antworten kann, erzählt er mir ohne meine Aufforderung, dass Jenna und Eli fast nicht zusammengekommen wären, weil Sydney aufgrund von Jennas früherer Geschichte, Jungs mit ihren mangelnden Beziehungsfähigkeiten das Herz zu brechen, nicht einverstanden war. Er klingt sehr reif und kennt sich gut mit Beziehungen aus. Ein Hauch Hoffnung schleicht sich ein.

„Du klingst, als hättest du Erfahrung mit Beziehungen", sage ich.

„Nicht wirklich." Er lacht. „Überhaupt nicht. Es ist so, als wäre ich, je mehr eine Frau mich jagt, desto weniger interessiert. Und sie jagen mich immer."

Keine Hoffnung. Null Komma nichts. Nullsatz.

„Natürlich tun sie das", erwidere ich vage.

Er lächelt und schüttelt den Kopf. „Das klang arrogant. Ich schwöre, das bin ich nicht."

„M-hmm."

Er sieht nachdenklich aus, seine Augen sind auf meine gerichtet. „Ich denke, die richtige Frau war einfach noch nicht dabei."

„Sind dir keine schönen Models über den Weg gelaufen?"

„Das habe ich nicht gesagt."

Ich nehme einen Schluck von meinem Getränk, weigere mich zu reagieren. Ich sollte einfach gehen. Caleb kann sich die Frauen aussuchen, und seine Schwester treibt alleinstehende Frauen auf ihn. Ich bin kein Teil dieser Gleichung.

„Mit wem bist du hier?", fragt er.

Ich hätte fast die Wahrheit gesagt – ich bin allein hier, weil ich keine Sekunde mehr von Dads Fragen zur Jobsuche ertragen konnte, meine beiden Freunde von der Highschool sind weggezogen, und mein bester Freund, Max, ist auf einem Date – aber dann klinge ich erbärmlich. Ich bin nicht erbärmlich. So ist es nur heute Abend eben gelaufen.

Ich nehme noch einen Schluck Bier, fühle mich wieder wie die seltsame Ente und bin zu verlegen, um mich zu bewegen.

Er fährt fort. „Ich erinnere mich, dass du in der Highschool Fußball gespielt hast. Du warst großartig, bist hin- und hergerannt und hast das Feld regiert."

Mein Kopf ruckt zu ihm. Soll ich glauben, dass der goldene Junge der Summerdale High tatsächlich Mädchenfußball und insbesondere mich gesehen hat? Jeder weiß, dass

Caleb seit der Grundschule einen Harem von Mädchen hinter sich hatte.

„Danke", sage ich, Hitze überflutet meine Wangen trotz meines Schwurs, cool zu bleiben. Ich bekomme nicht viele Komplimente.

Seine Lippen verziehen sich zu einem sexy Lächeln, das meinen Magen flattern lässt, bis er fragt: „Bist du allein hier?" Er schaut über meine Schulter auf einen leeren Barhocker. Daneben ist eine Gruppe von Frauen, die ich nicht kenne.

Ich sträube mich. Er muss vermuten, dass ich allein bin, und hat Mitleid mit mir. Als Nächstes wird er mich bitten, an der Feier seiner Familie teilzunehmen, wo ich nicht hingehöre. Ich wusste nicht, dass es eine Verlobungsparty sein würde, als ich hier ankam. Ich wollte nur aus dem Haus kommen.

Ich lege etwas Bargeld auf die Theke. „Dann lasse ich dich mal weiterfeiern." Ich hüpfe vom Barhocker herunter und fühle im Weggehen seine Augen auf mir.

Für einen kurzen Moment denke ich, dass er mich vielleicht angegraben hat. Er hat mich schließlich auf einen Drink eingeladen. Ist es möglich, dass er all diese Fragen darüber gestellt hat, mit wem ich zusammen bin, weil er hoffte, ich sei Single? Nee. Er ist umgeben von kurvigen Frauen in engen Pullovern und fließenden Kleidern dort drüben. Und sie sind auch nicht mit ihm verwandt. Das einzige Mädchen in dieser Familie ist Sydney.

Trotzdem kann ich einem Blick zurück über meine Schulter nicht widerstehen. Er ist bereits von lächelnden schönen Frauen umgeben.

Ich gehe resolut zum Ausgang. Er hat nur mit mir gesprochen, um seiner kuppelnden Schwester zu entgehen. Offensichtlich will er nicht in eine Beziehung gebunden werden, und ich habe kein Interesse daran, seinem Harem beizutreten. Nicht, dass er gefragt hätte.

2

———

Zwei Tage später bin ich wieder an meinem glücklichen Ort – der Geruch von Öl und Gummi, das Geräusch von schweren Werkzeugen aus der nächsten Werkstattbucht, das gedämpfte Fluchen von Dad, der in der Nähe arbeitet. Ich rolle einen schweren Winterreifen für einen alten Toyota und pfeife vor mich hin. Gib mir ein paar Werkzeuge und eine Auswahl an Autos, und ich bin wie ein Kind in einem Süßwarenladen.

Nachdem ich die Montage und das Auswuchten der Reifen beendet habe, fahre ich den Toyota zum nahegelegenen Parkplatz, damit der Kunde ihn dort abholen kann. Ich schaue mir die Arbeitsaufträge in Dads Zeitplan an. Wir machen Reparaturen und kleinere Karosseriearbeiten. Sieht so aus, als würde er bereits an der Reparatur des Automatikgetriebes arbeiten. Max nimmt einen langweiligen Ölwechsel an einem Honda vor. Ooh, Kupplungssteuerungen an einem Nissan GT-R. Nun, das ist was Schickes. Ich liebe die Komplexität der neueren elektronischen Systeme. Ich habe alles, was ich weiß, von Dad gelernt. Ich habe sein Wissen in der besten Lehrlingsausbildung der Welt nach der Schule, an Wochenenden und jeden Sommer aufgesogen. Nachdem Mom gegangen ist, als ich zwölf Jahre alt war, bin ich praktisch in der Werkstatt aufgewachsen.

Ist es ein Wunder, dass ich Dad nahestehe? Er war mein

Unterschlupf in dem Sturm, der auf das Ende meiner Modelkarriere folgte. Am Tag, nachdem der Fotograf erklärt hatte,
ich sei das hässliche Entlein in umgekehrter Reihenfolge, bin
ich von der Schule nach Hause gekommen, um mein Zimmer
nackt zu finden. Es könnte genauso gut gewesen sein, dass
ich nackt war. Da war ich, eine unbeholfene Zwölfjährige
voller Hormone, verletzlich, immer noch verletzt, weil ich
von der Industrie, die mich vorher umschwärmt hatte, als
unattraktiv abgetan worden war, klaffend vor Leere.

Ich stand schockiert in meiner Tür. Die Schranktüren
standen offen und enthüllten leere Kleiderbügel. Die Prunk-
kleider waren weg. Jedes Audition-Outfit verschwunden –
weiche Pullover, fließende Blusen, Kleider, Röcke, Schuhe
jeder Farbe. Alles, was hübsch für ein hübsches Mädchen
war.

Make-up und Haarzubehör von der Kommode geräumt.

Jede Tiara, jedes blaue Band und jede Satinschleife von
ihrem Ehrenplatz in meinen Regalen entfernt.

Ich öffnete meine Kommode, um nur meine einfachen T-
Shirts und Jeans für die Schule zu finden. Einfache Kleidung
für ein einfaches Mädchen.

Ich eilte durch das Haus und suchte nach meiner Mutter,
als sie gerade durch die Eingangstür kam. „Wo ist all mein
Zeug?"

Ihr Ausdruck war verbissen. „Ich habe gespendet, was ich
konnte, und den Rest weggeworfen. Wir haben keine Verwendung mehr dafür."

Meine Kehle zieht sich über einem Klumpen Emotionen
zusammen. „Du hättest mich fragen sollen."

Sie schüttelte den Kopf. „Zeit, der Realität ins Auge zu
sehen, Sloane. Du hast *es* nicht mehr. Sei nicht so selbstsüch-
tig. Vielleicht kann ein anderes Mädchen, das es verdient hat,
dieses Zeug gebrauchen."

Heiße Tränen kullerten aus meinen Augen. Ich hatte keine
schönen Dinge verdient.

Sie seufzte. „Tränen werde nichts ändern. Jetzt geh und
mach deine Hausaufgaben."

Ich rannte aus dem Haus und direkt zu Dad bei der Arbeit quer durch die Stadt. Mom ging kurz danach, und ich wusste genau warum. Der Pomp, meine Modelkarriere, die ganze Zeit, die wir mit Einkaufen und Aufbrezeln verbracht hatten, das war unser Ding gewesen. Sie war meine Managerin gewesen, die treibende Kraft hinter mir als Kindermodel mit so vielen Aufträgen im Alter von sechs bis elf Jahren. Sobald ich mein niedliches Kindergesicht verloren hatte, endete meine Karriere und auch unsere Bindung. Sie war so enttäuscht von mir, dass sie einen Ozean überquerte und nach London zog. Sie sagte, dass ich der einzige Grund war, warum sie so lange bei Dad geblieben sei. Danach sah ich sie nur noch bei ihrem jährlichen Sommerbesuch. Als sie erkannte, dass ich Automechanikerin wie Dad sein wollte, gab ihr das den Rest. Die Anrufe und Briefe wurden seltener, ihre obligatorischen Sommerbesuche wurden kürzer.

Jetzt will ich weniger mit ihr als sie mit mir zu tun haben. Bindung dauerhaft durchtrennt.

„Hey, Sloane!", ruft eine maskuline Stimme und unterbricht die Erinnerungen, die ich nie abschütteln kann.

Ich drehe mich um und erstarre. *Was macht Caleb denn hier?*

Er steht am Eingang einer leeren Bucht. Dieses Mal ist er im Holzfäller-Look direkt von einem Outdoor-Abenteuer. Rot-schwarz karierte Flanelljacke, die sich zu einem grauen Rollkragen mit dunkler Jeans und Wanderstiefeln öffnet. Ich frage mich, ob er komplette Looks von seinen Modelauftritten mit nach Hause nehmen kann. Vor zwei Tagen war er im Biker-Look. Ich muss zugeben, Holzfäller sieht auch gut an ihm aus.

Er tritt in die Bucht.

Ich weiß plötzlich nicht, was ich mit meinen Händen anfangen soll, also schiebe ich sie in die Taschen meines blauen Overalls. Ich habe den Drang, im Spiegel zu überprüfen, ob Öl in meinem Gesicht verschmiert ist, aber ich widerstehe. Ich bin bei der Arbeit, und so sehe ich eben bei der Arbeit aus. Meine Haare sind in einem niedrigen Pferdeschwanz gebunden, kein Make-up, Overall und schwarze Arbeitsstiefel mit Stahlkappen.

Er bleibt direkt vor mir stehen, ein Hauch von einem Lächeln spielt um seine Lippen. Aus der Nähe sind seine Augen grün mit goldenen Flecken, von dicken Wimpern eingerahmt. Das habe ich im schwachen Licht der Bar nicht sehen können. Ich kann verstehen, warum die Kamera ihn liebt. „Hi, Sloane." Seine Stimme ist samtig, warm und weich und umhüllt mich.

„Hi", sage ich leise. Mein Puls steigt, die Nervosität durchfährt mich. Ich habe mehr über unseren Samstagabend-plausch nachgedacht, als mir lieb wäre, weil ich versucht habe herauszufinden, ob ich es vermasselt habe. Er hat ange-boten, mich auf einen Drink einzuladen, und ich bin im Grunde weggelaufen. Hat es etwas zu bedeuten, dass er hier aufgetaucht ist, oder braucht er eine Autoreparatur? Mein Urteil könnte durch den plötzlichen Sprung in meinem Puls, meine prickelnden Nerven und jeden vorherigen Fehltritt beeinträchtigt sein, den ich jemals in der Dating-Welt gemacht habe.

„Du bist hier", sage ich und spreche das Offensichtliche aus in der Hoffnung, dass er mir sagen wird, warum.

Sein Blick brennt in meinen, und mein Atem stockt. Eine knisternde Spannung füllt die Luft zwischen uns. „Das bin ich."

Das Geräusch eines Schraubenschlüssels bringt mich zurück in die Realität. Ich bin bei der Arbeit. Dad und Max sind in der Nähe.

Ich bemühe mich um einen professionellen Ton. „Also, ähm, wie kann ich dir helfen?"

Er deutet auf seinen silbernen Fiat 124 Spider. „Mein Auto braucht eine Inspektion."

Ich bemühe mich, meine Enttäuschung zu verbergen. Er ist nicht meinetwegen hier. Er kümmert sich gut um sein Auto, ein Zweisitzer-Cabrio. Es ist makellos, was mit all dem Steinsalz und Schnee Ende November in diesem Teil von New York auf den Straßen nicht einfach ist. Mein eigenes

Auto macht weniger Spaß. Ich fahre einen Subaru Impreza mit Schaltgetriebe, denn wenn man die Aufgabe hat, Autos zu reparieren, möchten man wenigstens beim eigenen Auto eine Pause. Mein Auto wird die Langstrecke zurücklegen. Aber ich weiß eine lustige Fahrt zu schätzen.

„Klar, lassen Sie mich sehen, wann wir verfügbar sind", sage ich.

Jetzt die Erwartungen senken.

Ich gehe mit dem Laptop, der unser Terminsystem verwaltet, an den kurzen Schalter. Max hebt seine Augenbrauen, als ich an ihm vorbeigehe, und schaut mich wissend an. Meine Wangen brennen. Ich habe ihn über Samstagabend informiert. Ich kenne Max schon immer. Er ist drei Jahre älter als ich und hat angefangen, hier in Teilzeit zu arbeiten, als er noch in der Highschool war. Er ist jetzt nur im Winter hier und übernimmt Schichten, wenn sein Landschaftsbau-Unternehmen nicht ausgelastet ist. Er ist auch gutaussehend – zerzauste braune Haare, blaue Augen, Vollbart. Die Wahrheit? In meinen Teenagerjahren war ich wahnsinnig in ihn verknallt. Ich kenne ihn jetzt als Freund zu gut, um bei einer dummen unerwiderten Schwärmerei zu verweilen. Jedenfalls fand Max es lustig, dass ich Caleb keinen Drink habe ausgeben lassen.

Nun, das hat ja richtig gut geklappt. Caleb steht nicht auf Beziehungen – er sagte, er habe keine Erfahrung mit ihnen – und er sagte auch, dass Frauen ihn ständig verfolgen. Ich möchte eine Beziehung. Was also, wenn er meinen Puls rasen lässt und mein Mund jedes Mal trocken wird, wenn ich ihn ansehe?

Caleb schließt sich mir an und beobachtet, wie ich auf den Terminplan klicke. „Was hat dich also dazu bewegt, nach Summerdale zurückzukehren? Ich dachte, du bist Mathematiklehrerin in Hartford." Das ist in Connecticut, etwas mehr als eine Autostunde von hier entfernt.

Ich werfe ihm einen Seitenblick zu, überrascht, dass er so viel über mich weiß. Vielleicht plaudert Dad mit den Kunden. „Ich habe entschieden, die Lehre ist nichts für mich. Ich arbeite hier, während ich nach einer anderen Art von Job suche. Etwas, wo ich meinen Mathe-Abschluss nutzen kann." Ich hasse es, so zu lügen, aber Dad ist nahe genug, um es zu hören, also kann ich nicht zugeben, dass ich nichts getan habe, um einen neuen Job zu finden. Alles, was ich will, ist hier.

Caleb beugt sich vor, seine Stimme ist warm und zustimmend. „Nun, du siehst aus, als wärst du in deinem natürlichen Element."

Ich fühle mich gesehen, als würde er verstehen, dass ich hierher gehöre. So wenige Menschen verstehen das. „Ich mag es —"

„Sie wird nicht bleiben!", wirft Dad ein, bevor er hinten im Laden nach einem Werkzeug sucht. Dad ist in seinen Fünfzigern, ein großer Teddybär von einem Mann, mit dem weichen Bauch, der dazu passt. Ich komme eher nach Moms zierlicher Größe, obwohl der Rest von mir nach ihm zu kommen scheint.

Caleb flüstert mir ins Ohr und lässt mich erschauern. „Klingt, als würdest du bald gefeuert. Solltest besser auf Jobsuche gehen."

„Er will nur, dass ich meinen Abschluss nutze", flüstere ich und sehe dann nach vorne, plötzlich bewusst, wie nahe wir stehen. Er riecht holzig und deutlich nach ihm. Mein Körper wird von Hitze geflutet, sowohl vor Lust als auch Verlegenheit. Ich rieche wahrscheinlich nach Motoröl.

Ich tippe schnell durch den Zeitplan. „Wie wäre es Samstagmorgen?"

„Eigentlich arbeite ich Samstagmorgen im Dojo meines Bruders. Erinnerst du dich noch an Drew? Er leitet die Robinson Martial Arts Academy."

Ich bin mir sehr bewusst, dass er so nahe bei mir steht. Nahe genug, dass ich in seinen Armen wäre, wenn ich mich nur leicht umdrehte und bewegte. Wie würde sich das anfühlen, diese starken Arme um mich herum zu haben, mich gegen die harten Ebenen seines Körpers zu drücken, seinen holzigen Duft einzuatmen?

Ich drehe mich zu ihm um, ohne darüber nachzudenken, mehr als danach verlangend, dieses köstliche Gefühl zu erforschen. Ich sehe in seine haselnussbraunen Augen, und mein Atem stockt. Dann erinnere ich mich, meinen Teil des Gesprächs fortzusetzen. „Klar, ich kenne Drew. Ich wusste gar nicht, dass du auch da arbeitest."

Sein Blick schweift von meinen Augen zu meiner Wange, zu meinem Kiefer und landet schließlich auf meinen Lippen. Seine Stimme ist heiser. „Ja, Teilzeit zwischen den Model-Aufträgen. Die Samstagmorgen sind vollgepackt mit Kinderkursen."

Ich befeuchte meine Lippen und fühle mich plötzlich wackelig. Hier ist etwas. Eine elektrische Anziehung. „Du bist also Lehrer?"

„Sicher. Ich habe den schwarzen Gürtel." Er mustert mich vom Kopf bis zu meinen Zehen. „Wir bieten auch Anfängerkurse für Erwachsene an. Du solltest am Mittwochabend vorbeikommen. Die erste Stunde ist gratis."

Mein Magen sackt tiefer. *Verdammt*. Ich habe die Dinge falsch gelesen. Er rührt nur die Werbetrommel für die Karate-Schule seines Bruders. Ich muss mir seinen Teil dazu eingebildet haben, weil ich wollte, dass er fühlt, was ich fühle – umgehauen. Er mustert wahrscheinlich alle Frauen so, wie er mich gemustert hat. Nur so ein Männerding, routinemäßig einen visuellen Katalog abzuchecken. Ich schaue mich im Laden um und frage mich, ob jemand unsere kleine Unterhaltung bemerkt hat. Dad geht hinten auf die Toilette Max formt mit dem Mund *Hi-ya!* und macht einen Karatemove. Ich wende mich zurück zu Caleb, dessen Augen sich auf Max verengen. Das hat er wohl gesehen.

„Ähm, nein, danke", sage ich. „Ich stehe nicht auf Kampfkunst. Wie wäre es am Donnerstag um eins zur Inspektion?"

„Klar, Donnerstag funktioniert. Es ist immer gut, Selbstverteidigung zu lernen, vor allem für jemanden deiner Größe."

Ich werfe ihm von der Seite einen ernsten Blick zu. Ich bin mir wohl bewusst, dass ich eins fünfundfünfzig mit kleinen

Muskeln bin, aber er musste das jetzt nicht ansprechen. Ich fülle eine Terminkarte aus und gebe sie ihm. „Bitte sehr!"

„Danke! Also, mit wem hier im Ort hängst du so rum?"

Ich sehe zu ihm auf. *Seltsame Frage.* Vermutlich hat er herausgefunden, dass ich am Samstagabend allein war, da ich gegangen bin, ohne jemandem Auf Wiedersehen zu sagen. „Normalerweise mit Max, aber er war letzten Samstag beschäftigt. Deshalb war ich allein in der Bar." Ich zucke den Daumen in Richtung Max, aber der ist jetzt unter einem Honda versteckt.

„Du verbringst nur Zeit mit Max?"

„Ja. Meine beiden Freunde von der Highschool sind weggezogen." Leider habe ich nach meiner Kündigung den Kontakt zu meinen Arbeitskollegen verloren. Ich versteh das. Niemand will mehr als eine Stunde fahren, um sich regelmäßig zu treffen.

„Ist Max dein fester Freund?", fragte Caleb.

Sie lache schnaubend. „Nein. Wir sind nur gute Freunde."

Er neigt seinen Kopf. „Irgendwelche Freundinnen?"

Mein Rücken richtet sich auf. Als ich noch ein Kind war, haben die Mädchen meine natürliche Zurückhaltung als Arroganz wegen meiner Modelkarriere gedeutet, und sie haben mich gemieden. Als das Modeln zu Ende ging, war ich so hoffnungslos außen vor, was Mädchengespräche angeht, dass ich es nicht hinbekam. Jungs waren standardmäßig meine Freunde.

Ich verschränke die Arme. „Ich sehe die ganze Zeit Leute."

„Was machst du mit diesen Leuten, die du die ganze Zeit siehst?", fragt er auf spielerische Weise.

Ich werfe die Hände hoch. „Sachen eben. Ich weiß nicht."

„Wie wäre es mit einem Drink im Horseman Inn am Donnerstagabend, und ich werde dich meiner Schwester und ihren Freunden vorstellen. Sie sind immer zur Ladies Night da."

Ich starre ihn schockiert an. *Bittet er mich um ein Date, oder bietet er an, mir zu helfen, Freundinnen zu finden?* Seine

Schwester und ihre Freundinnen sind seit der Grundschule eine enge Gruppe. Sie waren über mir in der Schule, also kenne ich sie nicht gut. Wie auch immer, ich habe mich mit der Tatsache, dass ich nichts mit anderen Frauen gemeinsam habe, abgefunden. Sie wollen nie über Autos, Rennspiele oder Horrorfilme reden. Das haben Max und ich gemeinsam. Es funktioniert.

Moment mal. All diese Verwirrung mit Caleb ergibt endlich einen Sinn. Max muss mir einen Streich spielen. Natürlich!

Ich schüttle den Kopf und lächle. „Hat dich Max dazu gebracht?"

~

Caleb

Ich schaue in ihre bernsteinfarbenen Augen, und ein Ruck durchfährt mich, wie am Samstagabend, und lässt meinen Puls durch meine Adern trommeln, alles an mir ist wach und lebendig. Ich habe sie wiedersehen müssen, um herauszufinden, ob meine verrückten Gedanken von neulich Abend echt waren. Bei keiner anderen Frau habe ich je so einen Ruck gespürt. Die Gedanken, die über die Bedeutung dieses Rucks durch meinen Kopf springen, sind so durcheinander, ich kann sie weder ihr noch sonst jemandem eingestehen. Schlimm genug, dass die Leute mich nicht ernst nehmen, weil ich ein Model bin. Ich habe nicht vor, für immer Model zu sein, aber es zahlt sich aus, und ich spare jeden Cent. Ich habe einen Abschluss in Sportwissenschaft, den ich plane, eines Tages zu verwenden, vielleicht um Personal Trainer zu werden. Etwas, das den Menschen helfen könnte. Ich bin mehr als nur ein schönes Gesicht und ein muskulöser Körper. Ha!

Ich schaue hinunter zu Sloane, in der schmerzlichen Versuchung, das Schmierfett von ihrer weich aussehenden Wange zu reiben. Ihre cremige Haut hat eine rosige Färbung, die ihr einen gesunden Glanz verleiht, ihre Nase ist schmal und ein wenig nach oben gebogen, und ihre Augen – ein goldener Bernstein – sind ein atemberaubender Kontrast zu ihrem dunklen Haar. Sie ist mühelos schön, kein Make-up oder Tricks, um ihr Aussehen zu verbessern. Ich bin Frauen leid, die tonnenweise Make-up tragen, als ob sie sich hinter einer Maske verstecken. Die meisten Frauen, die ich treffe, sind in der Branche. Sie wirken süß und kokett, aber sie scheren sich nicht wirklich um mich. Sie wollen, dass ich sie meinem Agenten vorstelle oder einem bestimmten Fotografen oder einfach nur ihren Status erhöhen, indem sie mit mir auf den richtigen Partys gesehen werden. Betrüger und Möchtegerns.

Dann war da Melissa, die Assistentin einer Fotografin. Ich dachte, sie sei anders. Wir waren einen Monat lang heiß und unzertrennlich, bis ich sie erwischte, wie sie mit meinem Mitbewohner in meiner Stadtwohnung Sex hatte. Er war das nächste große „It"-Model, gerade aus Spanien eingeflogen. Ist es ein Wunder, dass ich noch nie eine langfristige Beziehung hatte, wenn das die Art von Frauen ist, die ich kennenlerne?

Ich möchte jemanden, der genug Selbstvertrauen hat, um er selbst zu sein.

Jemanden, der echt ist, ohne Hintergedanken.

Ich halte Ausschau nach Ms. Right.

Also vielleicht habe ich eine verzerrte Vision der Liebe wegen der legendären Geschichte meiner Eltern (Dad hat Mom beim ersten Date einen Antrag gemacht) und ihrer glücklichen Ehe. Ich bin mir sicher, dass sie noch viele weitere Jahre des Glücks zusammen gehabt hätten, wenn Mom nicht zu früh gestorben wäre.

Ich erinnere mich an Sloane von der Highschool und habe sie bewundert, aber ich habe nie versucht, mich ihr zu nähern, weil ich eine Stufe unter ihr und nichts Besonderes war. Peinlich, aber wahr. Ich war eins sechzig, bis ich sechzehn wurde und plötzlich, scheinbar über Nacht, auf eins fünfundachtzig schoss. Ich hatte echte Wachstumsschmerzen. Obwohl ich immer viele weibliche Freunde hatte, hielt mich mein Mangel an Selbstvertrauen, weil ich mich für nichts

Besonderes hielt, beim Daten zurück. Dad sagte, ich sei ein Spätzünder, aber besser spät als nie.

„Nein, Max hat mich nicht dazu gebracht", sage ich, amüsiert, dass Sloane nicht mitzubekommen scheint, dass ich mich für sie interessiere. „Ich kenne Max nicht einmal." Ich habe ihn gesehen, aber nie mit ihm gesprochen. In der Schule war er mir vier Jahre voraus."

Sie legt ihre Hände an die Hüften und schaut zu Max hinüber, als ob sie immer noch misstrauisch wäre, dass er sich einen Scherz mit ihr erlaubt. Er ist zu sehr damit beschäftigt, einen Honda wieder auf den Boden zu senken, um sie zu bemerken. Ich muss mich fragen, ob sie ihre ganze Zeit zusammen verbringen und immer noch nur Freunde sind. Meiner Erfahrung nach halten Männer und Frauen nicht lange als Freunde, bevor einer von ihnen zugibt, Lust auf den anderen zu haben. Nur natürlich. Ich wusste, dass mein Bruder Adam keine Chance hatte, mit Kayla befreundet zu bleiben, bei all der Zeit, die sie zusammen verbracht haben, und wirklich, jetzt sind sie verlobt.

„Wie wäre es mit diesem Drink?", frage ich und gebe den Vorwand eines lässigen Gruppenanlasses bei der Ladies' Night auf. Obwohl ich nichts dagegen hätte, sie meiner Schwester und ihren Freundinnen vorzustellen. Weniger Konkurrenz von Max.

Sie dreht sich zu mir zurück, ihre Augenbrauen zusammengezogen als wäre ich ein Rätsel, das sie lösen muss. „Ich trinke nichts."

„Ich habe dich an der Bar mit einem Black and Tan gesehen."

Ihre rosigen Wangen färben sich leuchtend rot, und sie murmelt etwas Unverständliches.

Ich senke den Kopf, um direkt in ihre Augen zu sehen. „Kann ich wenigstens deine Nummer bekommen?"

Sie schürzt ihre süßen herzförmigen Lippen. Ihre zarten Züge bringen mich dazu, dieses Gesicht wiegen und überall küssen zu wollen. Langsame Küsse, um zu absorbieren, wie sie sich anfühlt. Ich war ihr vor dem vergangenen Samstag nie so nahe, als sie mich darüber informierte, dass ich meinem Hund Huckleberry einen albernen Namen gegeben habe. Ich fühle mich verzaubert. Ich jage nie jemandem hinterher, aber hier bin ich.

„Warum?", fragt Sloane mit geweiteten Augen.

Warum will ich ihre Nummer? Meine Lippen zucken. „Damit wir irgendwann mal rumhängen können."

Sie senkt den Kopf. „Hör auf, mich zu verarschen."

„Das tue ich nicht."

Sie schenkt mir einen misstrauischen Blick, einen Hauch von Verletzlichkeit liegt in ihren Augen, was mich dazu bringt, sie an mich ziehen zu wollen und sie vor der Welt zu schützen. Es ist mir sogar egal, dass sie im Overall ist, weil ich ihn ihr einfach ausziehen und die ganze cremige Haut sehen möchte. Letzten Samstagabend habe ich einen Blick auf ihren zierlichen Körper bekommen in ihrem engen Langarm-Hemd und der schwarzen Yogahose.

Ich weiß nicht, wie ich sie von meiner Ernsthaftigkeit überzeugen soll. Ich kenne sie kaum, aber dieses tiefgründige Gefühl sagt mir, dass ich sie kennen *muss*. Sie könnte mein Schicksal sein. Das ist verrückt, richtig? Nur weil ihre Augen mir jedes Mal einen Schlag verpassen, wenn ich in sie schaue. Warum kann ich nicht weggehen?

Sie tritt einen Schritt zurück.

„Deine Augen sind auffällig", platze ich heraus.

Ihre Augen blitzen.

Ruck. Mein Herz schlägt heftiger.

„Nette Lügen", sagt sie nur.

„Und ich finde dich faszinierend."

Ihre Brauen schießen in die Höhe. „Warum?"

„Du weißt mehr über Autos als ich. Ich weiß nur, wie man eins bedient und tankt."

Sie hält eine Handfläche hoch, ihr Gesichtsausdruck verkniffen. „Hör einfach auf. Dein offensichtlicher Charme funktioniert bei mir nicht. Ich bin nicht die übliche Art von Frau. Ich werde dir nicht zu Füßen fallen."

Der erste Hauch von Verzweiflung schleicht sich ein. Ich

habe mein Schicksal gefunden, und sie will nichts mit mir zu tun haben. Grausames Schicksal. Ich bin wirklich verrückt, ich werde hier ganz zu Shakespeare, nur wegen eines Rucks. Ich beschuldige Dads Familienlegende wegen seines eigenen Rucks, als er Mom traf. Ich dachte immer, er übertreibe. Er sagte, es bedeutete, dass Mom die eine war, weshalb er ihr bei ihrem ersten Date einen Antrag gemacht hat. Es kann nicht echt sein, richtig? Ich muss Zeit mit Sloane verbringen, um es sicher zu wissen.

„Ich erwarte nicht, dass du mir zu Füßen fällst", sage ich so bescheiden wie möglich, auch wenn die meisten Frauen das tun. Ich muss nie so hart um eine Frau kämpfen.

Ihre Lippen teilen sich überrascht. „Oh."

Ich kann nicht widerstehen. Mit meinem Daumen reibe ich den Fettfleck von ihrer Wange. Ihre Haut ist genauso weich, wie sie aussieht.

„Du hattest da einen Fleck", murmelte ich.

Sie hält eine Hand an ihre Wange und starrt mich in fassungsloser Stille an. Ihr Gesicht zeigt Verwirrung, Schock, und etwas, von dem ich hoffe, dass es Interesse ist.

Mist, ich stecke so tief drin.

„Einen Drink", sage ich.

Sie nickt.

Ich fühle, dass jemand starrt und sehe Max' Blick, als ich mich umdrehe. Sie braucht Freundinnen, und zwar sofort.

Ich drehe mich zu ihr zurück. „Ich hole dich Donnerstag um sieben ab." Die Ladies' Night wird funktionieren. Ich stelle sie Sydney und ihren Freundinnen vor, hole Sloane einen Drink, und dann führe ich sie für etwas Privatzeit zum Abendessen an einen ruhigen Tisch.

„Ich treffe dich dann da", sagt sie.

Sie ist vorsichtig. Das ist okay. Sie kennt mich noch nicht so gut. Ich reiche ihr mein Handy. „Gib deine Nummer ein."

Sie tut es, ihr Finger tippt schnell ins Telefon. Sie gibt es zurück und sieht mir nicht ganz in die Augen.

„Man sieht sich dann." Ich drehe mich um und gehe hinaus, weil ich weiß, wann ich aussteigen muss.

Auf halbem Weg zu meinem Auto lässt mich etwas zurückblicken. Sie hat beide Handflächen auf der Theke, den Kopf gebeugt und atmet tief mit geschlossenen Augen.

Exzellent. Das ist genau der benommene Effekt, den ich bei Frauen gewohnt bin. Ich bin froh, dass es nicht nur ich bin, obwohl es länger gedauert hat, als ich erwartet hatte.

Max schließt sich ihr an und zieht ihr am Pferdeschwanz. „Ladies' Night klingt lustig. Vielleicht begleite ich dich."

Sie fängt sich wieder, richtet sich auf, ihre Augen leuchten. „Würdest du das machen?"

Ich marschiere wieder zu meinem Wagen. Dieser Kerl ist ein Problem.

3
———

Sloane

„Keine Überraschung", sage ich Max und fühle mich, als
wäre mir die Luft ausgegangen. Ich halte mein Handy hoch,
um ihm die SMS von Caleb zu zeigen. Wir haben gerade den
Laden geschlossen. Heute Abend sollte ich mich mit Caleb
auf einen Drink treffen. Mein Bauch hat den ganzen Tag über
abwechselnd gebrannt und gekribbelt. Selbst das Wissen,
dass Max zur Unterstützung da sein würde, hat mich nicht
beruhigt. Ich wollte es einfach zu sehr, während ich gleichzeitig das Gefühl hatte, dass ich bei ihm außerhalb meiner
Liga bin. Ich dachte sogar daran abzusagen, wollte aber kein
Feigling sein. Und nun das.

Max liest den Text. „Klingt, als wäre er was Großes."

Ich schaue mir den Text noch einmal an und versuche, mir
die perfekte lässige Antwort auszudenken. Caleb hat mir für
einen Last-Minute-Modeling-Gig in LA abgesagt. Er sagte, es
sei seine erste Big-Brand-Kampagne, aber er durfte noch nicht
sagen, welche. Er packt und fährt in Kürze zum Flughafen.
Ich *wusste*, dass er absagen würde. Das habe ich bereits
vermutet, als sein Inspektionstermin abgesagt wurde, kurz
bevor er hier auftauchen sollte. Mein Bauch fühlt sich jetzt
wie ein Bleigewicht an. Warum sollte ich mich so schlecht

fühlen? Ich habe halb erwartet, dass es nicht funktionieren würde.

Ich gehe zu meinem Auto am anderen Ende des Parkplatzes, und mein Telefon summt mit einer weiteren SMS. Ich bleibe stehen, um sie zu lesen, und mir fällt die Kinnlade herunter.

Caleb: *Hatte gerade eine Idee. Komm doch mit! Das Shooting ist am Freitag, und mein Rückflug erst am Sonntag. Sonniges LA für eine Pause von der Kälte. Ich kümmere mich um dein Ticket.*

Mein Puls beschleunigt sich. *Lächerlich.* Ich kann nicht fassen, dass er das geschrieben hat. Von einem Drink zu einem Wochenendausflug? Ein eisiger Wind kommt auf, und ich eile zu meinem Auto. Sonniges LA klingt verlockend.

„Gehen wir immer noch auf einen Drink?", fragt Max mich und schaut über die Ladefläche seines weißen Bellamy Landscapes Pickups. „Ich war noch nie bei der Ladies' Night. Ich hatte gehofft, du wärst mein Wingman."

„Klar", sage ich abwesend und öffne die Tür zu meinem Auto. Ich steige ein, schließe die Tür und schreibe Caleb zurück.

Ich: *Wir kennen uns kaum, und du willst, dass ich das Wochenende mit dir verbringe?*

Caleb: *Ich dachte nur, es würde Spaß machen. Ich würde um ein Zimmer mit zwei Betten bitten. Kein Druck.*

Ich starre auf mein Handy. Das ist zu seltsam.

Ich: *Ich glaube nicht.*

Caleb: *Okay, ich werde dich treffen, wenn ich für diesen Drink zurückkomme.*

Richtig. Ich bin mir sicher, dass er mich nach einem längeren Aufenthalt in LA, wo er mit schönen Models herumtollen kann, vergessen haben wird. Ich starte den Motor und fahre nach Hause. Dad musste was erledigen, also habe ich das Haus für mich, um mich auf die Ladies' Night vorzubereiten. Ich freue mich nicht sonderlich darauf, Max' Wingman zu sein – er wird mich wahrscheinlich fallenlassen, sobald er eine schöne Frau trifft – aber wenigstens sind die Getränke zum halben Preis.

Sobald ich nach Hause komme, dusche ich und ziehe eine Bluse aus lavendelvioletter Baumwolle mit schwarzen Leggings und Sneakers an und lasse meine Haare offen. Die ganze angstvolle Vorfreude auf den heutigen Abend ist weg. Ich muss nicht versuchen, mich zu schminken, was ich sowieso nicht so toll kann (Mom ist die, die mich früher zurechtgemacht hat), und ich kann mich einfach in meiner normalen Kleidung wohlfühlen. Für die seltene Gelegenheit, dass ich für etwas gut aussehen muss, habe ich ein schlichtes, schickes Outfit, das ich mit den Jahreszeiten wechsele – einen schwarzen Bleistiftrock mit cremefarbener Bluse oder einen cremefarbenen Pullover. Ich wollte den Pullover heute Abend tragen, da es kalt ist. Meine Gedanken huschen ins sonnige LA, und ich stelle mir vor, die leichte Bluse und den Rock an einem schicken Ort zum Abendessen mit Caleb zu tragen.

Ich schüttle den Kopf über meine albernen Fantasien und schnappe mir meine kleine Handtasche. Das ist besser. Ich hatte ohnehin keine Lust, mich zu rasieren.

Ich betrete das Horseman Inn und mache mich auf den Weg zur Bar im hinteren Zimmer. Es ist laut, das Geräusch weiblichen Lachens dringt zu mir herüber. Ich war noch nie an einem Donnerstagabend hier. Ich wusste nicht einmal, dass es eine Ladies' Night mit Getränken zum halben Preis gibt. Ich hoffe, es ist keine große Anbagger-Szene. Ich will nur einen Drink, mit Max ein wenig rumhängen und dann nach Hause gehen.

Ich bleibe abrupt stehen. Die Bar ist voll mit Frauen, nur ein paar Jungs am anderen Ende der Bar schauen das Spiel im Fernsehen und stehlen sich Blicke auf die Frauen. Mist. Max ist noch nicht hier. Es gibt nur einen freien Platz, und der ist in der Nähe dieser Jungs. Ich schätze, ich könnte den Sitz nehmen, und Max könnte neben mir stehen.

Ein lautes Lachen bringt meine Schultern an meine Ohren. Ich habe die meiste Zeit in der Highschool damit verbracht,

Mädchengetuschel und das schrille Kichern hinter meinem Rücken zu ignorieren. Sagen wir, ich habe eine dunkle Phase durchgemacht, in der ich mich ganz in Schwarz gekleidet habe, während ich versucht habe, nicht aufzufallen. Das hat ungefähr so gut funktioniert, wie wenn ich ein Hummel-Kostüm in der Schule getragen hätte, was mich hervorstechen ließ, während ich doch nur verschwinden wollte. Ich konnte es kaum erwarten, meinen Abschluss zu machen und an unsere große staatliche Universität zu gehen, wo es leicht war, sich in der Menge zu verlieren.

„Sloane!", ruft eine warme Stimme und erschreckt mich.

Ich sehe einer lächelnden Jenna Larsen in die Augen. Sie ist eine große, dünne Blondine, der paradoxerweise Summerdale Sweets, die lokale Konditorei, gehört. Man sollte meinen, sie wäre von all ihren guten Backwaren kugelrund. Ich habe ihren Honda Accord kürzlich nach einem Zusammenstoß repariert, und sie war sehr zufrieden mit dem Ergebnis.

„Hallo Jenna, wie läuft der Honda?" Ich verziehe fast das Gesicht, weil es klingt, als ob ich versuche, das Geschäft anzukurbeln. Ihr Auto lief gut. Ich habe bloß die Stoßstange repariert.

„Meinem Wagen geht's großartig." Sie bedeutet mir näherzukommen. „Komm zu uns. Ich hab dich noch nie bei der Ladies' Night gesehen."

Sie sitzt bei einer Gruppe von Frauen, nicht weit von den Jungs am Ende der Bar. Die Frauen lächeln mich alle an. Ich erkenne Sydney Robinson mit ihrem langen, kastanienbraunen Haar. Sie ist Calebs ältere Schwester, die Eigentümerin dieses Lokals. Neben ihr ist Audrey Fox, eine zierliche Brünette und die Bibliothekarin des Ortes. Außerdem ist da noch eine Frau mit schulterlangen braunen Haaren, großen braunen Augen und einem puppenartigen rosa Mund. Kenn ich nicht.

Ich gehe näher an Jenna heran, unsicher, ob ich den einen freien Platz aufgeben soll, den ich nehmen wollte, während ich auf Max warte. Er ist genau auf der anderen Seite ihrer Gruppe. „Ich soll hier jemanden treffen."

„Na, komm rüber, und wenn derjenige hier ist, sag ihm, er soll sich uns anschließen", sagt Jenna. „Willst du eine Margarita? Wir haben eine Kanne." Sie wendet sich an ihre Freundinnen. „Sloane ist eine erfahrene Automechanikerin. Ihr solltet mal sehen, wie sie gezaubert hat, um mein Auto und Elis kostbaren Mustang wiederhinzukriegen."

„Das war vollkommen deine Schuld", sagt Audrey. „Du bist in seinen brandneuen Mustang gerammt, nur um mit ihm zusammenzukommen."

„Lügen!", erklärt Jenna, und ihre Augen tanzen vor Vergnügen.

Ich lächle ein wenig. Denke, es hat funktioniert, schließlich sind sie jetzt verlobt.

„Er hätte geheult, wenn er nicht so ein männlicher Kerl wäre", stellt Sydney fest.

Ich fühle mich, als würde ich in eine gut etablierte Gruppe eindringen, aber ich gehe trotzdem zu Jenna. Ich schreibe Max eine kurze Nachricht, um ihn wissen zu lassen, dass ich bei Jenna bin, damit er mich finden kann. Er sieht mich vielleicht nicht neben der großen Jenna.

Jenna steht und bietet mir ihren Barhocker an.

„Das ist okay", sage ich. „Ich möchte dir nicht den Platz wegnehmen."

„Nimm ihn, Mädchen. Du bist hier der Rockstar. Mein Auto ist brandneu."

Ich kann nicht ihren Platz bei ihren Freundinnen einnehmen. Ich gehöre nicht in diese Gruppe. „Ich habe nur meine Arbeit gemacht."

Sie verpasst mir einen nicht ganz so sanften Stoß nach vorne, also nehme ich gehorsam ihren Platz. Dann fragt sie die beiden älteren Frauen auf der anderen Seite von mir, ob es ihnen etwas ausmachen würden, ihre Barhocker ein kleines Stück zu verrutschen. Das tun sie, und Jenna stellt sich an meine Seite.

„Margarita?", fragt Audrey von meiner anderen Seite.

„Klar, danke."

Sie signalisiert der Barkeeperin Betsy, und ich werde

sofort mit einem Glas ausgestattet. Audrey gießt eine riesige Menge ein. Ich bin dabei, einen Schluck zu nehmen, als ich feststelle, dass Audrey ihr Glas zu einem Toast vor mir hochhält.

„Oh, tut mir leid." Ich ahme sie nach. Sydney, Jenna und die Brünette, die ich nicht kenne, heben alle ihre Gläser.

Die Brünette lächelt gewinnend. „Ich bin Kayla. Schön, dich kennenzulernen. Ich bin mit Sydneys Bruder Adam verlobt."

Ich kenne Adam aus der Stadt. Er ist ein Zimmermeister. „Glückwunsch! Adam leistet großartige Arbeit."

Sie strahlt. „Danke, er ist ein echter Handwerker."

„Genug von deinem traumhaften Verlobten", wirft Sydney ein, verdreht die Augen und grinst dann. „Willkommen, Sloane, im Thursday Night Wine Club. Wir stoßen immer an, wenn wir unsere Getränke bekommen, und da du deins gerade hast: Prost!" Sie greift an Audrey vorbei, um ihr Glas mit meinem und dann mit ihren Freundinnen anzustoßen. Wir stoßen alle miteinander an. Es dauert eine Weile, bis wir durch sind, und die ganze Zeit denke ich, *warum trinken wir Margaritas im Weinclub?*

Schließlich endet das Klirren der Gläser, und ich trinke einen Schluck von meinem Getränk.

Audrey beugt sich vor. „Es sollte eigentlich der Thursday Night Buchclub sein, aber niemand hat das Buch gelesen, und jeder trank Wein, also hat Sydney es umbenannt."

„Ah! Und warum trinken wir Margaritas statt Wein?", frage ich.

„Jenna hat darum gebeten, weil sie sich gerade verlobt hat. Sie hatte das Gefühl, dass es feierlicher ist."

Jenna schiebt ihre Hand vor mein Gesicht und wackelt mit ihren Fingern, um einen funkelnden Diamantring zu präsentieren.

„Glückwunsch!", sage ich. „Zwei von euch Frauen sind also mit Robinsons verlobt."

„Japp", sagt Jenna. „Audrey ist immer noch Single."

Audrey nickt einmal. „Ich warte auf Mr. Right."

„Da wirst du lange warten müssen, da Mr. Right nicht existiert", sagt Sydney.

„Du solltest es noch einmal mit eLoveMatch versuchen", meint Kayla.

Audrey seufzt und wendet sich mir zu. „Hast du das Online-Dating-Ding schon mal probiert?"

Ich setze mich aufrechter hin, überrascht, dass sie mich fragt. Ich habe hier wie üblich vom Rand aus der weiblichen Gruppe zugehört. „Ich? Nein."

„Bist du Single?", fragt Kayla.

„Ja", sage ich.

Audrey fährt mit einer Hand durch die Luft. „Nun, es ist rau da draußen in der Online-Dating-Welt. Die Leute bearbeiten ihre Fotos und lügen schamlos in ihren Profilen. Es ist ein Sack voller böser Überraschungen."

„Kann ich mir vorstellen", sage ich.

Sie bietet mir ihre Faust zum Fauststoß an. „Solidarität, Schwester."

Ich stoße mit der Faust dagegen, immer noch ein wenig überrascht, aufgenommen zu werden.

„Ooh", sagt Kayla. „Sloane muss viele Single-Jungs von der Arbeit kennen. Ganz zu schweigen von all den Jungs, die kommen und sich über ihre Autos aufregen. Kennst du jemanden, den du Audrey vorstellen könntest? Sie ist auf der Suche nach einem Mann, der gerne liest."

„Das steht auf meiner engeren Liste", antwortet Audrey. „Ich möchte auch, dass er gute Manieren hat."

„Eine völlig vernünftige Shortlist", versichert Kayla ihr.

Ich hebe die Brauen. „Würdest du einen Typen, der Bücher mag, nicht eher in der Bibliothek treffen als in der Werkstatt meines Dads? Ich kann nichts zu ihren Manieren sagen, nur weil ein Kerl sein Auto vorbeibringt."

Audrey kippt den Rest ihrer Margarita herunter und wischt sich den Mund mit dem Handrücken ab. „Man sollte meinen, dass die Bibliothek mit Single-Lesern voll ist, nicht wahr? Ergibt absolut Sinn, aber nein! Kein einziger! Es sei denn, ich hätte gerne einen alleinstehenden Mann über *siebzig*. Nun, dann gibt es drei davon." Sie hält drei Finger hoch. „Ooh, die Qual der Wahl!"

„Ähm …" Ich nippe an meiner Margarita und bin mir unsicher, was ich sagen soll.

„Aud, du wirst gerade etwas laut, wenn du so über die Jungs schimpfst", sagt Jenna direkt über meiner Schulter. „Ich denke, du hast deine Grenze an Margaritas erreicht."

„Das ist erst meine zweite!", protestiert Audrey.

Jenna drückt Audreys Schulter. „Und du bist eins fünfundfünfzig, hundert Pfund Nassgewicht. Du kannst nicht mithalten."

„Ich auch", sage ich zu Audrey. „Obwohl ich bis zu drei Biere schaffe." Das ist mein übliches Getränk.

Audrey kichert. „Klar, bleiben wir bei dem Gewicht." Dann flüstert sie mir ins Ohr: „Ich habe diese Zahl seit meinem dreizehnten Lebensjahr nicht mehr auf der Waage gesehen."

„Wow, ich fühle mich plötzlich so groß", sagt Kayla. „Ich bin fünf Zentimeter größer als ihr beide."

„Du bist eine echte grüne Bohne", sagt Jenna.

Ich breche in Lachen aus. Ich weiß nicht warum. Vielleicht, weil Kayla nicht wie eine grüne Bohne aussieht. Sie hat einen kompakten, kurvigen Körper, und ihre Wangen sind rund.

„Sieht so aus, als ob sich hier jemand amüsiert", sagt Max hinter mir und zieht an meinen Haaren.

Ich drehe mich um und lächle. „Hey, du hast mich gefunden. Sieh dich an, so schick gemacht, und du hast sogar deinen Bart getrimmt. Du siehst fast zivil aus." Anstelle seines üblichen T-Shirts und seiner Jeans hat er ein hellblaues Button-Down-Hemd und dunkle Jeans an, die ohne Löcher ist. Er trägt auch Lederschuhe anstelle von Sneakers. Das muss sein Outfit sein, um Frauen anzumachen. Ich bin nie bei ihm, wenn er das tut. Da erinnere ich mich an meinen Teil – Wingman für Max.

„Ich denke, du kennst wahrscheinlich alle, aber nur für den Fall, das sind Jenna, Audrey, Kayla und Sydney."

Der Reihe nach zeigt Max auf jede einzelne von ihnen.

„Jenna, Audrey, Sydney – Harper fehlt." Er dreht sich zu mir um. „Sie waren in der Schule in meiner Klasse." Er lächelt Kayla charmant an. „Du musst die neue Harper sein."

Kayla hebt eine Schulter. „Ich bin nur ich. Harper ist auf einer ganz anderen Ebene, ein Superstar." Harper ist jetzt eine berühmte Schauspielerin.

„Du könntest auch dort oben glänzen", sagt Max, ein Hauch von Flirten in seiner Stimme.

Audrey dreht sich auf ihrem Sitz herum. „Spar's dir, Max. Kayla ist verlobt."

Kayla hält ihre Hand hoch und zeigt ihren Ring, aber Max hat nur Augen für Audrey. Er wird ernst, seine Stimme nimmt einen sanften Ton an, den ich noch nie bei ihm gehört habe. „Wie ist es dir so ergangen, Aud?"

„Gut", sagt Audrey steif. „Wie geht es dir?"

„Gut", sagt er.

„Sie ist Single", wirft Kayla ein.

Audrey schickt ihr einen mörderischen Blick.

Mir wird bewusst, dass Max und Audrey vielleicht eine Geschichte haben. Das wusste ich nicht. Max und ich waren uns nicht nahe, als wir Teenager waren. Ich habe ihn meistens von der anderen Seite der Werkstatt aus bewundert. Wir fingen an rumzuhängen, als ich eine Pause vom College gemacht habe.

Kayla schüttelt den Kopf. „Ach, egal. Sie sucht Mr. Right, und ich vermute, das bist nicht du? Nichts für ungut."

„Kann ich mich setzen?", fragt Max mich und gestikuliert auf meinen Platz neben Audrey.

„Klar doch."

Audrey nimmt meinen Arm und hält mich fest. „Bleib. Max, du solltest wissen, dass meine biologische Uhr tickt. Ich suche einen Mann und Kinder, vorzugsweise in dieser Reihenfolge, so bald wie möglich."

Max richtet sich kerzengerade auf, was seltsam ist, weil er normalerweise so entspannt ist. „Himmel, du weißt wirklich, wie man einen Kerl zu Tode erschreckt."

„Danke! So unterscheide ich Mr. Right von Mr. Wrong."

Max' Stimme wird jetzt harsch. „Also bin ich Mr. Wrong? Ich habe das Richtige getan, und das weißt du. Du denkst, ich wollte –"

„Geh einfach!", ruft Audrey, und ihre Wangen röten sich vor Wut.

Meine Augen weiten sich, und dann fällt mir die Kinnlade herunter, als sich ein großer Kerl mit einem tödlichen Blick in den Augen nähert. Er hat etwas längere dunkle Haare und bewegt sich wie ein schlanker Jaguar. „Gibt es hier ein Problem?", knurrt er.

„Drew", sagt Audrey mit atemloser Stimme. „Nein, ist schon in Ordnung. Mach dir deswegen keine Sorgen."

Oh, Mist! Ich habe ihn zuerst nicht erkannt – Calebs älterer Bruder Drew. Früher war er kurz geschoren gewesen, mit einem sauber rasierten Kiefer. Jetzt ist sein Haar länger, und sein Kiefer ist voller Stoppel. Ehemaliger Army Ranger, aktueller Besitzer der Robinson Martial Arts Academy. Kein Mann, mit dem man sich anlegen sollte. Ich werfe Max einen panischen Blick zu, aber er kennt bereits die Gefahr.

Er hebt seine Hände. „Ich unterhalte mich hier nur, Mann, über alte Zeiten."

„Sie hat dich gebeten zu gehen", sagt Drew durch seine Zähne.

Max tritt einen Schritt zurück. „Kein Problem. Komm, Sloane."

Ist es schlimm, dass ich bei diesen Frauen bleiben will? Ich war noch nie in der Mitte eines solchen Gesprächs. Aber dann erinnere ich mich, dass Max heute Abend hierhergekommen ist, um mich zu unterstützen, da ich wusste, ich würde nervös sein, Caleb auf einen Drink zu treffen, und als das nicht funktioniert hat, war ich damit einverstanden, sein Wingman zu sein. Ein Wingman würde seinen besten Freund nicht im Stich lassen.

„Bye, die Damen, vielen Dank für das Getränk", sage ich und werfe etwas Bargeld auf die Bar.

Jenna packt meinen Arm. „Warte! Gib mir deine Nummer. Wir brauchen mehr warme Körper, die beim Winterfest helfen. Mittwochnachmittags treffen wir uns. Hast du dann Zeit?"

„Du willst mich?", platze ich heraus.

„Absolut! Diese Damen leisten bereits ihren Beitrag. Gruppenzwang, komm schon!"

„Eine von uns, eine von uns", singt Kayla.

„Okay, okay", sage ich lachend. Ich gebe ihr meine Nummer und verabschiede mich von allen.

Ich schließe mich Max an, der in einiger Entfernung wartet. „Was läuft da zwischen dir und Audrey?"

„Alte Geschichte", sagt er und schreitet vor mir in Richtung des vorderen Speisesaals.

Ich beeile mich, ihn einzuholen. Seine Beine sind viel länger. Er drückt sich durch die Tür, und ich folge ihm. Er hat die Tür so kraftvoll aufgedrückt, dass wir beide Zeit haben durchzugehen.

„Du hast sie nie erwähnt", sage ich, sobald wir nach draußen kommen.

Er reibt sich eine Hand über das Gesicht. „Wir waren im letzten Jahr zusammen und haben Schluss gemacht. Jetzt weißt du es." Er klingt verärgert, obwohl das vor mehr als zehn Jahren war.

„Tut mir leid. Ist das das erste Mal, dass du mit ihr gesprochen hast?"

„Mehr als nur ein kurzes Hallo, ja." Er blickt über meine Schulter zurück zum Horseman Inn. „Es ist okay. Wie gesagt, Vergangenheit." Er konzentriert sich wieder auf mich. „Lust, mitzukommen und *Blazer* zu spielen?" Das ist unser Lieblings-Rennspiel.

„Sicher. Denkst du, dass du jemals wieder zur Ladies' Night gehen wirst? Es waren einige alleinstehende Frauen dort."

Er verzieht das Gesicht. „Kein Geld bringt mich da nochmal hin."

Ich habe einen Moment Panik, dass, wenn Caleb mich bei der nächsten Ladies' Night auf einen Drink ausführt, Max nicht mehr für mich da sein wird, aber dann stelle ich fest, dass das nicht einmal ein echtes Problem ist. Caleb flirtet wahrscheinlich gerade mit der Flugbegleiterin und schlürft in diesem Moment Champagner in der ersten Klasse. Wenn er in Kalifornien landet, wird er das ganze Wochenende über von wunderschönen Models umgeben sein. Das ist seine Welt, und ich gehöre nicht dazu.

Ich steige in mein Auto und ziehe das Handy aus der Handtasche. Ich habe Caleb gar keine Antwort auf die Frage gegeben, ob wir uns ein andermal treffen. Ich habe fast das Gefühl, dass ich ihm dafür danken sollte, dass er die Ladies' Night erwähnt hat, weil ich mich amüsiert habe. Oh, noch eine Nachricht von ihm.

Caleb: *Tut mir leid, heute Abend zu verpassen. Ich hatte mich darauf gefreut. Normalerweise reise ich nicht so viel. Die meisten meiner Jobs sind in NYC.*

Meine Hand legt sich an mein klopfendes Herz. Er klingt so aufrichtig.

Werde ich das wirklich tun? Er ist Teil einer Welt, von der ich mit traumatischen Ergebnissen abgelehnt wurde.

Ich kneife die Augen fest zu und denke kräftig nach. Es ist nicht Calebs Schuld, dass ich diese Last mit mir herumtrage. Ein Drink. Ich muss nicht Teil seiner Modelwelt sein. Wir werden sicher hier in Summerdale sein, wo ich mich wohl-fühle. Okay, ich werde das tun. Jetzt muss ich mir nur noch die perfekt kokette Antwort ausdenken.

Max hupt mir zu, bevor er ausparkt. Ich stecke mein Handy zurück in die Handtasche. Es ist besser, nicht zu versuchen, zu flirten. Es wird sowieso schief ankommen. Und man kann einen Text nicht zurücknehmen.

4

———

Caleb

Ich habe Sloane übers Wochenende ein paarmal eine SMS geschickt und ihr über meine Arbeit und die Sehenswürdigkeiten, die ich gesehen habe, erzählt. Ich hatte eine tolle Zeit mit den Leuten von Cali Pop, einer großen Kette von Bekleidungsgeschäften. Sloane hat nur einsilbige Antworten zurückgeschickt: *Cool. Schön! Okay.* Jetzt bin ich wieder zu Hause in Summerdale, unsicher, was mein nächster Schritt bei ihr ist. Ist das ihr Textstil, oder ist sie nicht daran interessiert, mich zu treffen? Sie hat nie zugestimmt, unser Date auf einen Drink zu verschieben. Heute ist Montag. Ich will wirklich nicht wieder bei ihrer Arbeit mit ihrem Dad und Max als Zeugen auftauchen.

Scheiß drauf. Ich werde einfach anrufen. Die Mailbox geht an. Ich suche die Nummer der Werkstatt und versuche es dort.

„Murray's", antwortet eine mürrische Stimme, wahrscheinlich ihr Dad. Max klingt glatt, als würde er hart daran arbeiten, charmant zu sein.

„Hi, Mr. Murray?"

„Am Apparat."

„Caleb Robinson hier. Kann ich mit Sloane sprechen?"

Das Telefon klappert. „Sloane! Telefon für dich."

Ein paar Augenblicke später nimmt sie den Hörer. „Hallo?"

„Hi, Caleb hier."

„Oh, hi."

Sie klingt ein wenig überrascht, dass ich anrufe. Dachte sie, ich hätte sie sitzen lassen und würde mich nicht mehr melden? „Ich rufe nur an, um ein neues Date für diesen Drink auszumachen. Möchtest du es diesen Donnerstag versuchen? Ich kann dich Sydney und ihren Freundinnen vorstellen, und vielleicht kommt ihr ja gut miteinander klar." Sloane ist jünger als sie, also denke ich, dass sie sie nicht so gut kennt.

Schweigen.

„Oder Abendessen", sage ich und fühle mich etwas verzweifelt. „Wie wäre es mit morgen im Horseman Inn? Sie haben einen neuen Koch, und es ist wirklich gesundes Farm-to-Table-Essen. Wenn du das magst. Ich achte auf Ernährung, Bewegung, einen gesunden Lebensstil, all das Zeug." Ich schließe die Augen. *Halt die Klappe.* Ich plappere, weil ich zum ersten Mal seit langer Zeit unsicher bin, wo ich bei einer Frau stehe.

„Okay."

„Okay", wiederhole ich viel zu laut. „Okay. Großartig."

„Ein Drink wäre besser."

„Oh." Sie will sich nicht dazu verpflichten, zu viel Zeit mit mir zu verbringen, und es locker halten. Nur weil ich einen Ruck gefühlt habe, als ihre bernsteinfarbenen Augen in meine sahen, bedeutet das nicht, dass sie dasselbe empfunden hat. „Klar, einen Drink. Das ist gut."

„Ich treffe dich dann da morgen. Warte mal." Der Hörer wird klappernd abgelegt.

Ich warte einige lange Minuten. Ich muss sie mitten in einer entscheidenden Autoreparatur unterbrochen haben. Schließlich kommt sie zurück. „Wie wäre es um sieben?"

„Das funktioniert. Bitte entschuldige die Unterbrechung. Ich bin sicher, dass du viel zu tun hast."

„Eigentlich war ich gerade in der Pause."

„Ah!" Warum musste ich dann so lange warten, bis sie mir die Zeit genannt hat? Oh nein. Sie bringt nicht Max mit, oder? Er sollte am vergangenen Donnerstag mitkommen. Ich kann nicht fragen, denn dann klingt es, als wäre ich eifersüchtig auf Max, was ich bin. Ich bin sicher, er wartet nur den richtigen Moment ab, bevor er sich an Sloane ranmacht. Ich muss sie nur gewinnen, bevor er es kann. „Okay, bis dann. Ich freue mich darauf."

„Mmm-kay, tschüss."

Ich hänge auf, tief in Gedanken ziehen sich meine Brauen zusammen. Nicht zum ersten Mal wünschte ich mir, dass Dad noch da wäre, um mit ihm zu sprechen. Er ist vor zwei Jahren an einem fortgeschrittenen Krebs gestorben, den sie zu spät entdeckt haben. Ein großer Mann, den ich immer noch für meinen Helden halte. Er ist wirklich auf den Plan getreten, nachdem meine Mom gestorben war, als ich acht war. Eines Tages hoffe ich, mit einer eigenen Familie genau wie er zu sein. *Whoa.* Das ist das erste Mal, dass ich erwäge, eine Familie zu haben, was Ehe bedeutet. Das muss hier irgendwas im Wasser sein. Meine älteren Brüder Adam und Eli sind beide verlobt. Meine ältere Schwester, Sydney, ist glücklich verheiratet. Nur ich, der Jüngste, und Drew, der Älteste, leben noch immer als Junggesellen.

Ah, verdammt, wem mache ich was vor? Ich bin glücklich für meine Geschwister, aber tief im Inneren weiß ich, dass es nicht das ist, was mich dazu gebracht hat, in diese Richtung zu denken. Es war der Schlag, den ich bei Sloane gefühlt habe. *Dad, siehst du, was du mir mit deinen kitschigen Geschichten über Mom in den Kopf gesetzt hast?*

Ich atme scharf aus. Vorfreude, die meinen Magen hüpfen lässt. Ich frage mich, was Sloane über diesen Teil mit dem Sich-Niederlassen denken würde.

~

Sloane

„Wohin geht ihr beide heute Abend?", fragt Dad in einem jovialen Ton und schaut von mir zu Max. Wir haben gerade die Arbeit beendet und sind zusammen auf dem Weg nach draußen, weil ich sicher sein möchte, dass Max heute Abend pünktlich für die Bar sein wird.

„Bin in einer Sekunde da", sage ich über meine Schulter.

Dad versteht und winkt, während er zu seinem kleinen Büro links von der Eingangstür des Ladens geht.

Ich gehe weiter mit Max zum Parkplatz. Ich werde es Dad in einer Minute erklären. Ich will nicht, dass er die falsche Vorstellung von mir und Max bekommt. Das könnte bei der Arbeit peinlich werden. Dad ist kein bisschen subtil.

„Ich verstehe immer noch nicht, warum du mich brauchst", sagt Max leise zu mir.

„Bei der Ladies' Night dabei zu sein, war okay für dich."

„Ja, und das ist keine Ladies' Night. Was, wenn Caleb dich angraben will? Kein Mann schätzt einen Anstandswauwau."

„Das wird nicht passieren", stottere ich, überrascht, dass er das sagen würde. „Wir sind in der Öffentlichkeit in einer Bar. Es ist in Ordnung, wenn du dort bist. Max, das hast du versprochen." Ich brauche eine objektive Meinung zu Caleb. Ist er aufrichtig an mir interessiert? Ich kann nicht anders, als zu denken, dass er nur hinter mir her ist, weil ich nicht sofort in seinen Schoß gefallen bin, wie die meisten Frauen es tun. Jungs lieben die Herausforderung.

„Gut." Max schüttelt den Kopf und geht zu seinem Truck.

Ich treffe mich mit Dad. Er sitzt in seinem gepolsterten Drehstuhl hinter einem abgenutzten Schreibtisch aus schwarzem Metall. Er hat seine Brille auf, während der Laptop vor ihm offen ist, was mich vermuten lässt, dass er länger bleibt, um die Bücher zu machen.

Ich nehme den schwarzen Plastikstuhl ihm gegenüber. „Das kann ich doch für dich machen. Ich werde eine Tabelle anlegen, die alles automatisch berechnet und die Summen schön und ordentlich ausspuckt."

Er senkt seine Brille, um mich anzusehen. „Und wenn du dann gehst, sitze ich mit einer Tabellenkalkulation voller Formeln da, die für mich keinen Sinn ergeben. Nein, danke."

Ich presse die Lippen zusammen, Schuldgefühle belasten mich schwer. Ich bin jetzt fünf Monate zu Hause. Er hat mir die Ausrede, dass die Schulbezirke noch nicht für nächstes Jahr einstellen, abgekauft. Das wäre der einfache nächste Schritt, mit einem neuen Lehrauftrag näher an der Heimat neu zu beginnen, aber das ist nicht das, was ich will.

„Dad, ich würde wirklich gerne hierbleiben und dir helfen. Sobald es Frühling ist, wirst du Max verlieren. Ich kann dir helfen, die Lücke zu schließen." Max arbeitet nur in Teilzeit, wenn er mit seiner Landschaftsgestaltung wenig zu tun hat.

„Du hast nicht das College mit Auszeichnung abgeschlossen, um hier zu arbeiten." Er lehnt sich nach vorn und tippt sich an die Stirn. „Du hast Grips. Nutze ihn."

„Du auch." Ich weiß, dass ich nach ihm komme. Wir denken gleich, sind beide analytische Problemlöser.

Er legt seine Brille auf den Schreibtisch und schließt den Laptop. „Und ich hatte keine Gelegenheit, aufs College zu gehen. Dein Großvater starb plötzlich an einem Herzinfarkt, als ich siebzehn war. Ich musste hier übernehmen, sonst hätten meine jüngeren Geschwister kein Essen auf dem Tisch gehabt. Ich will etwas Besseres für dich, das ist alles." Dad hat die Highschool abgebrochen und später die GED-Prüfung für das Diplom gemacht.

Wir haben dieses Gespräch schonmal geführt, die gleichen Gründe umkreist, warum er ein anderes Leben für mich haben will.

Ich beuge mich vor. „Du hattest keine Wahl. Aber ich wähle das hier, wenn du mich lässt."

„Wird nicht passieren, Sloane. Ende der Diskussion."

Ich atme scharf aus und lasse mich wieder in meinen Sitz fallen. Ich weiß nicht, wie ich ihn sehen lassen kann, dass dies die richtige Wahl für mich ist. Das heißt nicht, dass ich meine Bildung wegwerfe. Ich bin dankbar dafür und weiß, dass ich immer wieder zum Unterrichten zurückkehren kann, wenn ich muss, aber ich will ein anderes Leben für mich. Ich nehme an, ich könnte einen Mechaniker-Job in einer anderen Werkstatt bekommen. Die Idee spricht mich nicht an. Ich lebe gerne in Summerdale, und ich liebe die Arbeit mit Dad. Er ist wirklich der beste Mechaniker.

Seine Stimmung hellt sich auf. „Was läuft da zwischen dir und Max? Ich habe euch beide in einem sehr lebhaften Gespräch gesehen. Hat er dich endlich um ein Date gebeten?"

Ich zucke hoch, meine Wangen brennen. *„Da-a-ad.* Das ist lächerlich. Wir sind Freunde."

Er wirft mir einen wissenden Blick zu. „Ich erinnere mich, wie du ihm früher wie ein Welpe hinterhergerannt bist, als du jünger warst." Er lässt seine Finger über den Schreibtisch tanzen.

„Stopp. Wir gehen heute Abend nur noch auf einen Drink. Das ist so eine Gruppensache."

„Welche Gruppe?"

„Nur ein paar Leute von hier, die Max kennt. Keine große Sache." Ich will nicht von Caleb anfangen, falls es nirgendwo hingeht. Außerdem ist die Tatsache, dass er Teil der Modelwelt ist, für mich eine große rote Fahne.

Er schaut mich an. „Okay, viel Spaß. Fürs Protokoll: Ich denke, dass Max ein guter Typ ist."

Ich stehe auf. „Natürlich ist er das. Ich wäre nicht mit einem Idioten befreundet. Ich seh dich dann morgen."

Ich gehe zu meinem Wagen, die kühle Brise fühlt sich gut an meinem überhitzten Gesicht an. Max denkt nicht so an mich. Es war schwierig, ihn dazu zu bringen, heute Abend mit mir zu kommen. Ich musste versprechen, dass das nächste Mal, wenn wir ausgehen, das Bier auf mich geht.

Zwei Stunden später warte ich an der Bar auf zwei Jungs. Nun, das ist überhaupt nicht merkwürdig. Ich habe versucht, hübsch auszusehen, habe mir die Haare gebürstet und Mascara und rosafarbenen Lipgloss aufgetragen. Soweit etwa reichen meine Make-up-Fähigkeiten. Ich trage meinen cremefarbenen Pullover mit Jeans und schwarze flache Schuhe. Ich habe mich nie an Pumps gewöhnen können, was ein toller Höhenbooster gewesen wäre. Ach, zum Teufel. Das unbeholfene Wackeln hätte jeden Höhenvorteil zunichtegemacht.

Es ist Dienstagabend und ziemlich ruhig im Horseman Inn. Ich hab Kayla mit ihrem Verlobten Adam im vorderen Speisesaal zu Abend essen gesehen. Sie hat mich herzlich gegrüßt. In der Bar sind nur ein paar Männer in ihren Dreißigern, die das Spiel im Fernsehen verfolgen. Sie müssen neu in der Stadt sein. Viele neue Familien sind seit meiner Abreise ans College in die Stadt gezogen. Unsere regionale Highschool wurde als eine der besten im Bundesstaat ausgezeichnet, und Summerdale wird dadurch bei jungen Familien immer beliebter.

Ich wische meine klammen Hände an der Jeans ab. Ich schwöre, wenn Max heute Abend nicht kommt, werde ich ihn töten. Er weiß, wie viel mir das bedeutet. Ich will kein Idiot sein, der sich in eine hübsche Schlange von einem Kerl verliebt, der weit außerhalb meiner Liga ist. Ich wäre wahrscheinlich nicht so vorsichtig, wenn Caleb kein Model wäre. Er hat seine Auswahl an schönen Frauen ständig um sich herum. Was sollte er von einer schlichten Person wie mir wollen?

„Kann ich dir was zu trinken bringen?", fragt Betsy, eine coole Barkeeperin, wahrscheinlich Ende zwanzig, die hier vor ein paar Jahren angefangen hat. Sie ist eine ungewöhnliche Kombination aus Punk mit ihren rosafarbenen Haaren und Piercings und Retro mit ihren Outfits. Heute trägt sie ein blau-weiß gestreiftes Hemd über einem weißen Rock mit darauf gestickten Gänseblümchen. Ich frage mich, ob die Leute sie auch für eine seltsame Ente halten. Vielleicht sollten wir zusammen abhängen. Ich weiß nicht, wie ich das fragen soll, also lächle ich nur.

„Ich werde vor der Bestellung auf meinen Freund warten", sage ich. „Danke!"

„Sollst du haben." Ihr Handy klingelt, und sie geht ran. „Hey, Süße. Ich habe gehört, dass du nach einem neuen Look suchst. Du weißt, ich bin dein Mädchen in Sachen Mode." Sie lacht. „Noch drei Semester, dann habe ich offiziell mein Modedesign-Studium abgeschlossen. Das zählt.“

Ich drehe mich zum Eingang. Modedesign ist wie das Gegenteil von Autoreparatur. Ich glaube, wir hätten nichts, worüber wir reden könnten. Max kommt herein, und ich springe vom Barhocker und gehe ihm auf halbem Weg entgegen.

Vor ihm bleibe ich stehen. „Du hast es geschafft, bevor er da ist! Lass uns an der Bar sitzen und lässig tun.“

Er blickt über meinen Kopf zur Bar. „Es sind nur zwei andere hier. Das wird viel zu offensichtlich aussehen.“

„Kennst du diese Jungs?“

„Einer von ihnen ist ein Kunde.“

„Dann kannst du dich ja zu ihnen setzen und Caleb einfach lässig beobachten und mir später sagen, was du denkst.“

Er legt eine Hand auf meinen Kopf. Er macht das immer, weil ich so klein bin. „Was ich nicht alles für dich tue.“

Ich grinse. „Was hast du denn noch für mich getan? Das ist das erste Mal, dass ich dich um einen Gefallen wie diesen bitte.“

„Denk mal nicht, dass ich nicht gemerkt habe, dass du dir alle Rosinen aus den Reparaturarbeiten rausgepickt und mir die Ölwechsel gelassen hast.“

Ich schiebe seine Hand von meinem Kopf. „Ich habe keine Ahnung, wovon du redest.“

Wir gehen zur Bar. Ich nehme meinen Platz ein, und er bleibt, stellt sich neben mich.

Er tippt mir auf die Nase. „Außerdem, jedes Mal, wenn wir Popcorn essen, schnappst du dir die Butterstückchen vom Boden der Schüssel, bevor ich welche bekomme.“

„Ich mache das Popcorn, also bekomme ich die besten Stücke. Ich bewahre immerhin dein Lieblingsbier in meinem Kühlschrank auf.“

Er grunzt und bestellt ein Bier.

„Hey, Sloane“, sagt Caleb und taucht plötzlich direkt vor mir auf.

Mist. Max ist bei … oh, nicht mehr. Er ist zu seinem Kunden hinübergeschlendert, und sie schütteln einander die Hände.

„Hi", sage ich und schiebe mir die Haare hinter die Ohren. Meine Hände wissen nie, was sie tun sollen, wenn Caleb da ist. Warum muss er so aussehen, als ob er gerade aus einer Werbung für Hochglanzmagazine herausgetreten wäre? Er trägt eine schwarze Daunenjacke mit Jeans und Wanderstiefeln. Ein lässiger Look, aber er ist so magnetisch, dass er die Kleidung auf ein neues Level hebt. Kein Wunder, dass er Model ist.

Seine haselnussbraunen Augen sind auf meine gerichtet. „Ich bin froh, dass du nochmal einem Treffen zugestimmt hast."

„Klar, ist ja nicht deine Schuld, dass du arbeiten musstest."

Schau mich an, wie locker ich da rangehe! Es ist fast so, als hätte ich in den letzten fünfzehn Minuten nicht vor Aufregung geschwitzt.

Er zieht seine Jacke aus und enthüllt einen weißen Thermo-Henley, der die Schwellen seiner Schultern und seines Bizeps umreißt. Er riecht nach Holz und sauber, als hätte er gerade geduscht. Mein Puls schlägt schnell. Ich bin mir seiner hyperbewusst, jeder Nerv zum Zerreißen gespannt.

Er blickt auf, seine Augen verengen sich. Ich drehe mich um, um zu sehen, was seine Aufmerksamkeit hat – Max. Ich überlege, ob ich überrascht tun soll, Max zu sehen, aber ich bin schrecklich darin, etwas vorzutäuschen, also sitze ich einfach da, in der Hoffnung, dass Caleb nicht ahnt, warum Max hier ist.

Caleb dreht sich zu mir um. „Was möchtest du trinken?"

Ich entspanne mich ein wenig, weil er Max nicht erwähnt hat. „Das Twisted House Ale vom Fass ist gut."

Er nimmt den Barhocker neben meinem und setzt sich schräg zu mir. Er signalisiert Betsy, und sie kommt herüber und lächelt ihn an.

„Du und Sloane, wie?", fragt sie.

„Wir werden sehen", sagt er mit einem charmanten Lächeln. „Es ist noch früh. Unser erstes Date."

„Viel Glück, mein Hübscher", sagt sie und gießt die Biere ein.

Offensichtlich meint sie nicht wirklich, dass er Glück braucht.

Nachdem wir unsere Biere bekommen haben, setzt er sich anders hin und stellt seine Füße auf die untere Sprosse meines Barhockers, ein Bein zwischen meinem, ein Bein an der Außenseite von meinem. Er berührt mich nicht, aber es fühlt sich an, als wären wir verstrickt. Ich erröte vor Hitze. Es ist sowohl intim als auch nervenaufreibend. Es gibt keine Möglichkeit, dass ich einen schnellen Abgang machen könnte.

„Also, wie war dein Shooting?", frage ich.

„Großartig! Wir waren zu viert, zwei Jungs, zwei Mädels. Wir haben eine Reihe von Fotos am Strand und auf der Venice Promenade gemacht. Alle haben sich gut verstanden, und die Fotografin war lustig. Sie hat es wirklich entspannt und lustig werden lassen."

„Cool. Kannst du jetzt verraten, für wen es war?"

Er beugt sich vor, seine Stimme ist tief und weich an meinem Ohr. „Schwörst du, es keiner Menschenseele zu erzählen?" Er zieht sich zurück, um mir in die Augen zu sehen, so nahe, dass ich kaum atmen kann. Ein Hauch von Vergnügen funkelt in seinen Augen. „Schwörst du's?"

„Ja."

Er lehnt sich nach vorn und flüstert mir ins Ohr: „Cali Pop."

„Das ist groß."

Er grinst. „Japp. Und ich habe gerade herausgefunden, dass sie eine große Kampagne an der Ostküste machen. Mein Agent sagt, ich werde auf einem dieser Jumbo-Bildschirme am Times Square zu sehen sein." Das ist eine verrückte Touristengegend in New York City, gefüllt mit riesigen Werbetafeln.

„Dein Kopf wird riesig sein, wie King Kong."

Er lacht schallend. „Noch nie zuvor bin ich mit einem

riesigen Affen verglichen worden, aber ja, ich werde größer sein als das wirkliche Leben, das ist sicher."

„Ich war nie ein Fan vom Times Square, aber ich bin immer gern in die City gefahren. Ich war als Kind sehr oft da." Meine besten Erinnerungen an meine Mom sind Mittagessen und Shoppen in der Stadt. Dad ist mit mir extra oft dorthin gefahren, nachdem sie uns verlassen hatte, weil er wusste, dass ich es vermisste.

Seine haselnussbraunen Augen funkeln. „Ja? Dann sollten wir mal hinfahren. Was gefällt dir besonders?"

Ich wedele vage mit der Hand herum. „Einfach die Energie, es ist immer etwas los, die Leute hetzen hierhin und dahin. Schaufensterbummel. Und das Essen. Ich liebe das Essen."

„Ja! So viel Abwechslung. Man kann dort alles bekommen, jede Nationalküche, Verschmelzung von Aromen."

„Selbst winzige Lokale können gut sein."

Er zeigt auf mich. „Dann ist das ein Date. Wir fahren gemeinsam in die Stadt."

Ich beiße mir auf die Unterlippe. Das klingt vielversprechend. Er denkt bereits an unser nächstes Date. Er nimmt einen Schluck Bier, also mache ich das Gleiche.

„Also bist du gerne Model?", frage ich. Es ist die eine Sache an ihm, die mich vorsichtig macht.

Er neigt den Kopf. „Ja, ich bin glücklich, wo ich jetzt bin, aber ich habe nicht vor, das für immer zu tun. Mein Zeitplan ist durcheinander; der Cashflow ist unregelmäßig. Ich kann eine Zeit in der Zukunft sehen, in der ich ein Leben mit einem regelmäßigen Gehaltsscheck möchte."

Er klingt so reif, und irgendwie ist das der größte Antörner von allen. Er ist fünfundzwanzig, aber er ist nicht wild und chaotisch. Er denkt geradeaus. „Was würdest du tun, wenn du dich vom Modeln zurückgezogen hast?"

Er sieht nachdenklich aus. „Ich weiß nicht. Ich habe einen Abschluss in Sportwissenschaft, aber ich kann mich nicht als Sportlehrer sehen. Vielleicht Personal Trainer. Ich muss mir anschauen, was damit zusammenhängt. Im Moment gehe ich mit dem Strom, vor allem, seit ich bei dieser großen Marke gelandet bin. Mein Agent sagt, nach den Feiertagen werde ich wahrscheinlich mit Angeboten für große Kampagnen überschwemmt werden."

Vielleicht wird er gar nicht hierbleiben. Bei diesem ernüchternden Gedanken konzentriere ich mich auf mein Getränk und nehme einen Schluck. „Cool. Klingt so, als ob die Dinge für deine Karriere richtig gut laufen."

„Tun sie, aber Summerdale ist mein Zuhause. Letztendlich."

Ich setze ein Lächeln auf. „Klar doch."

Er versteift sich und schaut auf einen Punkt über meiner Schulter. „Gibt es einen Grund, warum Max immer wieder hierherschaut?"

Ich hebe eine Schulter und zwinge mich, nicht hinzusehen. „Ich bin mir sicher, es ist nur Zufall. Wir sind einfach in seiner Sichtlinie, das ist alles."

„Seid ihr gemeinsam hergekommen?"

„Nein. Ich war hier und habe auf dich gewartet, und dann kam er herein." Mein Gesicht läuft rot an. Es stimmt, aber ich habe Max darum gebeten, hier zu sein. Ich schnappe mir mein Bier und trinke. Dann suche ich nach einer Serviette. Meine ist durch das Kondenswasser auf dem Glas nass. Ich kann keine finden, also wische ich diskret meinen Mund mit den Fingern ab. Bin ich nicht das Bild von Weiblichkeit? Deshalb wollen die meisten Jungs mein Kumpel sein, nicht mein Freund. Es sei denn, wir hängen viel ab, und sie werden geil oder was auch immer. Ich bin praktisch, nicht gefragt, und genau deshalb ist Max hier, um mir zu sagen, was er von Caleb hält.

„Wart ihr zweimal zusammen?", fragt Caleb.

Ich breche in Lachen aus. „Nein."

„Warum ist das lustig?"

Ich beruhige mich, lächle immer noch. „Weil wir Freunde sind."

„Hast du viele männliche Freunde?"

„Ja, na ja, jetzt nicht, aber normalerweise bin ich mit Jungs befreundet. Ich habe nicht viel mit Frauen gemeinsam."

„Weil du Mechanikerin bist?"

Ich nippe an meinem Bier, nicht bereit, ins Detail zu gehen. „Ich weiß nicht. Es war nur einfach immer so."

Er mustert mich einen Moment lang, und ich versuche nicht zu zappeln. „Wahrscheinlich hast du etwas mit Kayla gemeinsam. Das ist die Verlobte meines Bruders Adam. Sie ist Biostatistikerin, ihr zwei könntet über Mathezeug reden."

„Ich spreche normalerweise nicht über Mathe, aber ja, ich denke schon. Tatsächlich hab ich sie schon am vergangenen Donnerstag bei der Ladies' Night kennengelernt. Da ich geplant hatte, mit dir zu einem Drink herzukommen, bin ich, nachdem du abgesagt hast, trotzdem gegangen. Sie ist sehr nett."

„Das ist sie. Ihr zwei solltet abhängen."

Ich trinke mehr Bier. Kayla hat nicht darum gebeten, mit mir abzuhängen, und ich fühle mich komisch, sie zu fragen. Ich meine, ich habe sie nur einmal getroffen. Ich werde Jenna morgen Abend beim Winterfest-Treffen sehen, aber das auch nur, weil sie weitere Hilfe braucht, nichts Persönliches.

Caleb beugt sich vor, seine Stimme ist rau. „Also, worauf stehst du außer auf Food-Touren durch die Stadt?"

Ich lächle, obwohl mein Herz so laut in meinen Ohren schlägt, dass ich mich kaum konzentrieren kann. „Autos."

Er lehnt sich zurück. „Ich weiß sehr wenig über Autos, aber ich bin virtuell ziemlich gut mit ihnen. Ich liebe *Blazer*. Weißt du, das Rennvideospiel?"

Mein Lieblingsspiel!

Ich nehme impulsiv seinen Arm und treffe auf den harten Muskel seines Bizepses, die Hitze seiner Haut dringt durch den Hemdsärmel. Ich starre auf meine Hand an seinem Arm, weiß, dass ich loslassen sollte, aber irgendwie bin ich unfähig, mich zu bewegen. „Ich liebe dieses Spiel", sage ich seinem Bizeps.

„Cool."

Ich lasse plötzlich verlegen meine Hand von seinem Arm

fallen. „Wir sollten mal spielen, obwohl ich dich warnen sollte, ich werde dir wahrscheinlich in den Arsch treten." Ich werfe ihm einen Seitenblick zu.

Er neigt den Kopf.

Mist. Klinge ich wie ein Kumpel, der ihn zu einem Spiel herausfordert? Mann! Warum kann ich diese Flirtsache nicht richtig machen?

Ich riskiere einen Blick zurück auf Max, eine stille Frage in meinen Augen. *Verschwende ich meine Zeit hier?* Max zuckt mit dem Kinn in meine Richtung und ermutigt mich, zu meinem Gespräch zurückzukehren.

Ich drehe mich zu Caleb zurück. „Also, ich schätze, jetzt weißt du, worauf ich stehe. Was magst du?"

Seine Lippen verziehen sich. „Dich."

Mein Mund klappt auf, mein Gehirn sucht eine angemessene Antwort. Dann merke ich, dass es nur ein Spruch ist. „Du bist gut. Ich bin sicher, das funktioniert ständig bei dir. Du fragst, worauf der andere steht, und dann fragt die andere Person das Gleiche –" Ich versteife mich bei dem vertrauten Gefühl einer großen männlichen Hand auf meinem Kopf.

„Hey, Cupcake", sagt Max und grinst mich an.

Cupcake?

Max zerzaust meine Haare und schaut auf Caleb. „Ist sie nicht süß wie ein Cupcake?"

Calebs Augen verengen sich. „Klar doch."

Offensichtlich stimmt er nicht zu. Ich glätte meine Haare. *Gott, das ist so peinlich. Warum hat Max ihn das gefragt? Geh wieder auf deinen Spionageposten zurück!*

Max hat einen bösen Schimmer in den Augen, als er hinübergreift, mein Bier nimmt und einen Schluck trinkt. „Ziemlich gut. Was ist das?"

„Twisted House Ale", bringt Caleb zwischen zusammengebissenen Zähnen heraus.

Max trinkt einen weiteren langen Schluck von meinem Bier. Wir probieren immer das Bier des anderen, wenn es lecker aussieht, aber ich sollte hier auf einem Date sein.

Glaube ich. Ich bin mir immer noch nicht sicher, was genau das mit Caleb ist.

Ich schaue zu Caleb, dessen Kiefer verkrampft ist, da zuckt ein Muskel.

Max stellt mein Glas auf die Bar. „Toll. Sloane, wenn du das nächste Mal Bier für mich in deinen Kühlschrank stellst, dann doch bitte was davon. Ich denke, das ist sogar noch schmackhafter als mein übliches."

„Klar", sage ich. Er zahlt für die Pizza, ich halte sein Bier auf Lager.

Max schmunzelt Caleb an.

Caleb steht abrupt auf und stellt sich Max gegenüber. Oh Mist! Ich möchte nicht, dass sie streiten. Halt, kämpfen zwei Männer um mich? Das hat's noch nicht gegeben! Ich bin mir nicht einmal sicher, wer gewinnen würde. Calebs Schultern sind sperriger, aber das kommt vom Fitnessstudio. Max ist stark von der harten körperlichen Arbeit und hat Köpfchen. Andererseits hat Caleb den schwarzen Gürtel. Das ist wahrscheinlich ein Vorteil.

Sie starren sich gegenseitig an.

„Jungs?", sage ich unsicher.

Caleb spricht zwischen seinen Zähnen. „Sloane und ich sind auf einem Date. Du musst gehen."

Max dreht sich zu mir um, legt eine Hand auf meinen Kopf. „Ist es das, was du möchtest, Cupcake?"

Ich schiebe seine Hand weg. „Hör auf, mich Cupcake zu nennen! Du blamierst mich!"

Max neigt den Kopf. „Du hast meine Frage nicht beantwortet. Geht es dir hier mit ihm gut?"

„Es geht ihr gut", antwortet Caleb für mich in einem vage bedrohlichen Ton.

Ich kann keine weiteren Demütigungen ertragen. „Ja, mir geht es gut. Vielen Dank fürs Vorbeischauen. Tschüss, Max."

Er gibt meiner Schulter einen Schubs und schreitet fort, auf dem Weg zum Ausgang. Caleb dreht ihm den Rücken zu, also sieht er nicht, wie Max sich umdreht und mit den Lippen *er steht auf dich* formt, oder die obszöne Geste, die er macht, um zu zeigen, dass wir es bald tun werden.

Ich ducke den Kopf und schiebe mir die Haare hinter die Ohren. Max hat Caleb auf dem Weg nach draußen nur getestet. Ich denke, er hat recht, weil Caleb irgendwie eifersüchtig schien und mich wirklich für sich selbst wollte. Stelle man sich das mal vor. Ein wunderschönes männliches Model will mich – den Kumpel der meisten Jungs, die seltsame Ente unter den Frauen.

„Was für ein Arsch", murmelt Caleb.

„Er ist genau genommen ein großartiger Typ."

„Richtig. So großartig, dass du Bier für ihn lagerst. Warte eine Minute. Bin gleich zurück."

„Oh, okay." Ich trinke mein Bier und verrenke mir den Hals, in der Hoffnung, dass er Max nicht nachgeht. Es ist ziemlich ruhig, keine lauten männlichen Stimmen, also nehme ich an, Caleb ist nur auf dem Männerklo. Ich starre auf den Fernseher über der Bar. Nun, da ich weiß, dass er wirklich auf mich steht, nicht nur als Freund oder Herausforderung, was mache ich mit ihm?

5

Caleb

Es ist mir egal, was Sloane darüber sagt, dass sie und Max nur Freunde sind, ich merke, dass Max auf sie steht. Und er hat es mich wissen lassen, indem er ihr direkt vor mir sagte, sie solle ein bestimmtes Bier in ihrem Kühlschrank für ihn aufbewahren. Ganz zu schweigen von der Tatsache, dass er bei unseren Dates zweimal aufgetaucht ist. Das erste Mal musste ich absagen, aber es zählt dennoch, weil er sich selbst eingeladen hat.

Und warum sollte er nicht auf Sloane stehen? Sie ist intelligent, schön, bodenständig. Das ist keine exzentrische Frau, besessen von Make-up und all dem oberflächlichen Zeug, auf das so viele der Frauen, die ich treffe, stehen. Gefahr bei meinem Job, schätze ich. Ich wusste nicht, wie sehr ich mit der Art von Frau, mit der ich aufgewachsen bin, zusammen sein wollte, bis ich Sloane wiedertraf. Sie ist ein Mädchen aus meiner Heimatstadt, das die Stadt immer noch so liebt wie ich. Ich mag ihre lebhafte, bescheidene Natur. Sie ist einfach so echt. Und sie weiß, was sie im Leben will, auch wenn ihre Berufswahl gegen die Norm verstößt. Ich habe noch nie jemanden wie sie getroffen, und ich glaube nicht, dass ich es jemals tun werde. Sie ist einzigartig.

Ich gehe hinüber zum vorderen Speisesaal, wo Adam und Kayla zu Abend essen. Ich ziehe einen Holzstuhl an ihrem runden Tisch heraus, schiebe den Stuhl in Kaylas Nähe und nehme Platz. Sloane kann uns vom Barbereich aus nicht sehen. Kayla lächelt mich an, ihre leuchtend braunen Augen funkeln.

„Setz dich doch", sagt Adam trocken. Mein Bruder ist sechs Jahre älter als ich. Wir ähneln uns, außer dass er dunkler ist – dunkelbraune Haare, braune Augen und ein stoppeliger Kiefer.

„Wie läuft es mit Sloane?", fragt Kayla.

Ich senke meine Stimme. „Wir haben kaum angefangen zu reden, als Max herüberkam, sie überall angefasst hat, sich etwas von ihrem Getränk genommen und ihr dann gesagt hat, das sei sein neues Lieblingsbier und sie solle es für das nächste Mal, wenn er bei ihr vorbeikommt, vorrätig haben!" Meine Stimme wird am Ende laut. Ich kann nicht anders.

„Läuft da was?", fragt Adam.

„Ich habe ihn auch letzten Donnerstag bei der Ladies' Night gesehen", sagt Kayla. „Sie –"

„Warte mal, da ist sie auch mit ihm hergekommen?" Ich *wusste*, dass er heute Abend aus einem Grund hier war. Sie sagte, er sei nach ihr gekommen, also bin ich nicht sicher, ob sie ihn eingeladen hat oder ob er aufgetaucht ist, um einzugreifen. So oder so, er ist ein großes Problem.

Adam macht sich wieder daran, sein gebratenes Huhn zu essen, und lässt Kayla berichten. Max war am letzten Donnerstagabend bei Sloane, musste aber abrupt gehen, nachdem Audrey seinetwegen angepisst war. Offensichtlich haben Max und Audrey eine Geschichte. Wenn sie wieder zusammenkommen, würde das für mich funktionieren, aber das ist nicht der Grund, warum ich hier bin.

„Kann ich dich um einen Gefallen bitten?", frage ich Kayla.

Adam legt seine Gabel nieder, um zuzuhören.

„Natürlich!", sagt Kayla strahlend.

Ich flüstere ihr ins Ohr: „Könntest du mit Sloane abhängen? Sie ist vor ein paar Monaten zurück in die Stadt gezogen, ihre Freunde aus der Highschool sind weggezogen, und ich denke, sie könnte eine Freundin gebrauchen."

Sie schenkt mir einen wissenden Blick. „Du meinst jemanden außer Max."

Ich neige den Kopf.

„Kein Problem." Sie spricht kurz mit Adam, der sich immer noch nach vorne lehnt und versucht, es zu verstehen. Sie wendet sich zu mir zurück und flüstert vor Begeisterung: „Ich mag sie. Ich lade sie einfach ein, auch an diesem Donnerstag zur Ladies' Night mit uns zu gehen. Und ich werde ihr deutlich sagen, dass sie Max diesmal nicht mitbringen soll. Es wäre Audrey gegenüber nicht fair."

„Perfekt."

Kayla springt von ihrem Sitz. „Ich werde sie jetzt gleich fragen und sie um ihre Nummer bitten, damit wir in Kontakt bleiben können."

Sobald Kayla geht, hebt Adam seine Augenbrauen. „Du hast wirklich das Gefühl, dass du Sloane von ihrem einzigen Freund fernhalten musst, nur weil er ein Kerl ist?"

Ich versuche, mein schlechtes Gewissen zu beruhigen, indem ich begründe, dass Kayla ein viel besserer Freund für Sloane wäre als Max. Funktioniert nicht. Ich bin eifersüchtig. Nicht stolz darauf, aber so ist es. In meinem ganzen Leben war ich noch nie eifersüchtig.

„Schau dich und Kayla an", sage ich defensiv. „Ihr habt immer wieder geschworen, nur Freunde zu sein, habt unendlich viel Zeit miteinander verbracht, und als Nächstes wart ihr verlobt."

Adam lächelt. „Ich habe solch ein verdammtes Glück."

„Ja, ja, wissen wir. Kayla ist die beste Frau, die jemals auf der Erde wandelte."

Sein Blick schweift dahin, wo sie gerade weggegangen ist. „Sie ist alles."

„Wir alle lieben sie, keine Frage." Ich schaue nervös rüber in Richtung des hinteren Speisesaals, verspätet besorgt, dass Kayla Sloane gegenüber mehr verraten könnte, als ich es gerne hätte. Kayla ist ein offenes Buch, sie sagt, was sie denkt, wann immer sie es denkt. Ich bin auch dafür bekannt, dass ich immer sage, was ich denke, aber ich bin diskret. Ich bin mir nicht sicher, ob Kayla die Bedeutung des Wortes kennt.

Adam scheint meine Gedanken zu lesen. „Oh, ja. Kayla wird sich verplappern und sagt Sloane, dass du auf sie stehst. Tust du doch, oder? Ich habe dich noch nie so besorgt darüber gesehen, mit wem eine Frau ihre Zeit verbringt. Normalerweise gehst du locker damit um, immer wartet eine andere Frau um die nächste Ecke."

„Etwas an ihr ist anders." Ich will nicht zugeben, dass ich den Ruck gespürt habe, von dem Dad immer gesprochen hat. Er nannte es einen Blitzschlag. Nach einer Familienlegende musste er, nachdem er Mom bei ihrem ersten Date einen Antrag gemacht hatte, ihr noch zweimal einen Antrag machen, bevor er ein Ja bekam. Es dauerte einen Monat vom ersten Date bis zur Verlobung, und sie heirateten kurz danach. Bei meinen Geschwistern war es so nicht. Adam würde mich damit aufziehen, und dann würde sich der Rest meiner Geschwister ihm anschließen.

„Inwiefern anders?"

Ich hebe eine Schulter und behalte die Intensität meiner Gefühle für sie für mich. „Sie ist cool. Ein wenig geheimnisvoll, als gäbe es eine Menge, was sie nicht sagt."

„Vielleicht ist sie nur schüchtern."

Das überlege ich zum ersten Mal. Ihre kurzen Texte, ihre rosigen Wangen, die Art, wie sie nicht viel oder gar nicht flirtet. Sie schien sich viel wohler dabei zu fühlen, mit Max zu sprechen als mit mir. Ich hatte nicht einmal darüber nachgedacht, dass das der Grund war, warum ich so unsicher war, wo ich mit ihr stehe. Ich fühle mich so viel besser, wenn das alles ist.

„Wie kommt man an der Schüchternheit vorbei?", frage ich. Adam war schon immer zurückhaltend und hat seine eigene Gesellschaft oder kleine Gruppen einer Menschenmenge vorgezogen. Einige Leute haben ihn als Kind schüchtern genannt, obwohl er sich schon zu Wort meldet, wenn ihm etwas wichtig ist.

„Warum fragst du mich das?"

„Weil du still bist, dich zurückhältst."

„Aber aus freien Stücken."

Ich denke, er wird keine Hilfe sein, aber dann überrascht er mich.

„Sie braucht nur Zeit, um sich für dich aufzuwärmen. Sei geduldig."

„Danke!"

Kayla erscheint und lächelt breit.

„Schätze, es lief gut", sage ich leise zu Adam.

„Die Frau ist eine Naturgewalt", sagt er stolz.

Kayla nimmt ihren Platz ein und kündigt an: „Mission erfüllt! Weißt du, ich wusste nicht, dass wir beide unseren Abschluss in Mathe gemacht haben. Sie sagte, dass du ihr gegenüber meinen Job erwähnt hast. Es kommt nicht oft vor, dass ich eine andere Frau mit Mathe als Hauptfach treffe. Das ist der Beginn einer schönen numerischen Freundschaft."

„Toll. Dann gehe ich mal zurück zu ihr." Ich gehe Richtung Barbereich.

„Viel Erfolg!", ruft sie.

Zum ersten Mal habe ich das Gefühl, vielleicht etwas Glück zu brauchen. Sloane hat mich aus dem Gleichgewicht gebracht.

Ich finde Sloane neben ihrem leeren Glas Bier und schließe mich ihr an. „Möchtest du noch einen Drink?" *Nachdem Max die Hälfte deines Bieres getrunken hat?* Ich hätte ihm so gern das Grinsen aus dem Gesicht geschlagen.

Sie blickt auf die Bar und schaut mich nicht an. „Ist schon okay."

Ich setze mich neben sie. „Wie wär's mit Abendessen? Ich könnte uns einen Tisch besorgen."

„Ich habe bereits gegessen." Endlich sieht sie mir in die Augen. „Kayla hat mich am Donnerstag zur Ladies' Night eingeladen."

„Großartig! Du solltest gehen."

Sie betrachtet meinen Gesichtsausdruck. „Du hast ihr aber nicht gesagt, dass sie das tun soll, oder?"

Ich halte mein Gesicht neutral. „Warum fragst du das?"

„Ich weiß nicht. Du bist gegangen, sie kam rüber, und dann bist du zurückgekehrt, nachdem sie gegangen war. Schien nur ein merkwürdiger Zufall."

„Ich habe sie getroffen und ihr von dir erzählt. Sie mochte die Tatsache, dass ihr die Mathematik gemeinsam habt."

Ihre Augen verengen sich. „Die Wahrheit?"

Mist. Ich kann ihr nicht ins Gesicht lügen. „Okay, volles Geständnis, ich sagte ihr auch, dass du eine Freundin gebrauchen könntest. Sie war hin und weg dafür. Sie ist neu in der Stadt, hat hier einen Platz gefunden, und deswegen hilft sie gern anderen dabei, sich eingeschlossen zu fühlen."

Ihre Wangen laufen rot an. „Aber *ich bin nicht* neu in der Stadt."

„Du bist irgendwie neu. Du bist erst vor ein paar Monaten zurückgekehrt und hast gesagt, dass deine Freunde aus der Highschool weggezogen sind. Tut mir leid, dass ich dich ein wenig mit einer Freundin verkuppelt habe. Ich dachte nur, ihr würdet euch mögen."

Sie dreht sich wieder zur Bar zurück. „Ich brauche deine Hilfe nicht, um Freunde zu finden, Caleb." Du hast mich in Verlegenheit gebracht und ihr gesagt, sie solle nett zu mir sein. Das lässt mich erbärmlich aussehen."

Mein Magen zieht sich zusammen. Mist. Ich habe das alles falsch gemacht. „Nein, so ist das überhaupt nicht. Tut mir leid. Ich war eifersüchtig, okay?"

Sie dreht sich zu mir zurück, ihre Augen geweitet. „Eifersüchtig worauf?"

„Max verbringt so viel Zeit mit dir, es ist offensichtlich, dass er auf dich steht und ich wollte, dass du Zeit mit jemand anderem verbringst." Ich schiebe eine Hand durch mein kurzes Haar. „Ich bin der Armselige hier."

Sie starrt mich an, mustert meinen Gesichtsausdruck.

„Ich weiß nicht, was in mich gefahren ist. Ich habe nur nie das Gefühl gehabt ..."

„Welches Gefühl?", fragt sie leise.

Der Blitzschlag. Ich kann das nicht sagen. Die Familienlegende lauert in meinem Kopf, aber es ist dumm. Liebe auf den ersten Blick gibt es nicht wirklich. Warum fühle ich mich dann gezwungen, bei ihr zu sein? Normalerweise kann ich leicht weggehen.

„Können wir von vorne anfangen?" Ich suche verzweifelt in meinem Gehirn nach einem Themenwechsel. „Lass uns ein Spiel namens schlimmste Sache, die ich je gemacht habe, spielen. Dazu zählt nicht, dass ich für dich ein Freundschaftsdate arrangiert habe. Das tut mir wirklich leid. Ich bin sonst nicht der eifersüchtige Typ."

Sie schweigt einen langen Moment.

Ich halte den Atem an. *Habe ich bei unserem ersten Date alles vermasselt?*

Ihre Lippen verziehen sich ein wenig. „Okay, du zuerst."

Ich stoße einen Atemzug aus. „Okay, hier kommt's. Ich habe dem Publikum bei meinem ersten Theaterstück den blanken Hintern gezeigt."

Sie schlägt sich eine Hand vor den Mund. „Im Ernst?"

„Japp, das Stück war so langweilig, dass ich es beleben musste."

„Ist das wirklich das Schlimmste, was du getan hast?"

„Eins davon. Und jetzt bist du dran."

„Ich mache nichts Schlimmes."

„Das ist nicht fair. Du hast zugestimmt zu spielen, hast mich gestehen lassen, und dann sagst du das. Na-hein, es muss etwas geben."

Sie verzieht das Gesicht. „Ich habe Kaugummi vom Summerdale Mart stibitzt." Das ist das kleine Lebensmittelgeschäft in der Stadt. „Die zuckrige Sorte, die große Blasen bläst. Meine Eltern hätten mir das nie gekauft."

„Hat dich der gute alte St. Nick erwischt?" Der Laden wird von Nicholas geführt, einem Mann in seinen Sechzigern, der dem Weihnachtsmann ähnelt, mit weißem Haar und Vollbart.

Sie klatscht eine Hand an ihre Stirn. „Das war der

schlimmste Teil. Ich war sieben und hab immer noch an den Weihnachtsmann geglaubt. Ich war mir so sicher, dass er der echte Weihnachtsmann ist, und ich dachte, ich würde nie wieder Geschenke zu Weihnachten bekommen. Ich habe gestanden und es in der nächsten Woche zurückgegeben, minus drei Stücke. Dad war so verlegen, dass er extra dafür bezahlt hat, und dann hatte ich einen Monat lang kein Fernsehen."

„Kein Fernsehen? Horror."

Sie lacht, ein kehliger Laut, der so sexy ist. „Es war schrecklich. Ich war süchtig nach *Speed Dawg*." Das ist ein Rennzeichentrickfilm mit Hunden.

„Kein *Speed Dawg* mehr. Sonst noch etwas?"

„Nah, ich war so ziemlich ein Kind, das den Regeln folgte."

„Ich war so schlimm, wie ich es mir nur leisten konnte."

Sie blickt nach vorne. „Das habe ich dir angesehen."

Ich stoße ihre Schulter mit meiner an. „Ich vermute, du bist schüchtern. Ist das wahr?""

Sie starrt mich an. „Nein, warum fragst du das?"

„Du flirtest nicht wie die meisten Frauen."

Sie ist still, bevor sie murmelt: „Tut mir leid, dich zu enttäuschen. Wahrscheinlich sehen mich deswegen die meisten Jungs als Kumpel."

Ich beuge mich vor. „Ich bin nicht enttäuscht. Mir gefällt, dass du anders bist."

Sie sieht mir in die Augen, und ich spüre erneut diesen Ruck. Hier ist definitiv etwas. „Oh", sagt sie.

Ich habe den Drang, sie zu küssen, aber ich halte mich zurück. Zu früh.

Sie glättet ihr Haar zurück, ihre Wimpern flattern nach unten. „Du bist der erste Typ, der es für gut hält, dass ich nicht wie andere Frauen bin."

„Ich liebe das."

Sie blickt in meine Augen. *Blitzschlag*. Es ist echt.

Sloane

Caleb begleitet mich nach unserem ersten Date über den dunklen Parkplatz zu meinem Auto. Ich bin ruhig, aber mein Geist wirbelt. Ich hatte heute einen schönen Abend. Er scheint aufrichtig, und er ist so ein fröhlicher Kerl, voller guter Laune, es ist leicht, sich in seiner Nähe zu entspannen. Er hat mich mit Kayla in Verlegenheit gebracht, aber er hat sich entschuldigt. Er ist tatsächlich eifersüchtig auf Max. Ich hab ihm gesagt, dass wir Freunde sind. Vielleicht empfindet Caleb nur so viel für mich, was mich schweben lässt.

Ich will fast nicht, dass der Abend zu Ende geht, aber ich möchte mich nach unserem ersten Date nicht zu ihm nach Hause einladen. Ganz gleich wie viel Lust ich auf ihn habe. Mein Haus kommt nicht in Frage, da ich im Moment bei Dad lebe. Wie auch immer, ich bin sicher, dass die meisten Frauen nach einem ersten Date mit ihm nach Hause gehen, und ich will nicht einfach eine weitere Frau sein, die er am nächsten Tag vergisst.

„Nun, ich denke, das heißt dann gute Nacht", sage ich, als wir mein Auto erreichen. „Ich seh dich dann vielleicht. Wenn du willst, oder was auch immer."

Etwas Geschick im Flirten wäre jetzt gut.

„Komm her", sagt er und zieht an meinem Arm. „Hier ins Licht, wo ich dich besser sehen kann. Lass uns noch eine Minute reden."

Ich folge ihm. Sobald wir aus dem Schatten eines großen Baumes treten, leuchtet der Vollmond auf Caleb. Seine kantigen Züge sehen schärfer aus, als wäre er aus Marmor geschnitzt. Seine maskuline Schönheit glänzt einfach. Selbst sein hellbraunes Haar nimmt einen goldenen Heiligenschein an. Was sieht er, wenn er mich anschaut? Eine einfache Frau, die früher das seltsame Entlein war, oder etwas mehr?

Er tritt näher heran und senkt seinen Kopf auf meine Höhe, um mir in die Augen zu sehen. „Ich will dich wiedersehen."

Wie wäre es jetzt? Nein, nein, ich darf nicht in sein Bett eilen, obwohl er so schön und nett ist und alles an mir mag, was sonst nirgendwo in die Form passt. Ich bin immer noch platt, dass er auf mich steht.

„Ich auch", flüstere ich. „Dich wiedersehen, meine ich. Mich selbst sehe ich ja die ganze Zeit." Ich wedle mit den Händen herum. „Hallo!"

Er lächelt. „Du bist lustig."

„Das war mein Flirten."

„Ah! Wirst du auch noch rot? In diesem Licht ist das schwer zu sagen."

Meine Wangen brennen. „Nein."

Er schiebt eine Strähne hinter mein Ohr, seine Finger streifen meine überhitzte Wange. Mein Atem stockt bei seiner Berührung. „Doch, wirst du."

Ich schaue im Mondlicht zu ihm auf, begeistert, aber völlig sprachlos.

„Du bist so schön", flüstert er.

Ich versteife mich. Da bin ich auf seine ganze Aufrichtigkeit hereingefallen, und jetzt kommen nur noch Sprüche. „Du sagst diese schmeichelhaften Dinge, und ich bin sicher, dass viele Frauen darauf –"

Er beugt sich vor, die Worte sind heiß an meinen Lippen. „Ich will *dich*." Er umfasst mein Gesicht mit beiden Händen, und die Welt verschwindet.

„Was tust du denn da?", frage ich dümmlich.

Seine Stimme ist leise, beruhigend. „Ich möchte, dass du dich so verliebst, wie ich, als ich dir das erste Mal nahe genug war, um dich wirklich zu sehen." Seine Lippen treffen in einem leichten Hauch auf meine, was einen Rausch der Lust durch mich sendet. Und dann noch ein Streifen, sanft, als wäre ich etwas Kostbares. Er vertieft den Kuss, und meine Knie werden schwach. Es ist der köstlichste, erotischste Kuss meines Lebens. Meine Finger kräuseln sich in sein Hemd, halten ihn an mir und geben den Kuss mit gleichem Enthusiasmus zurück.

Er unterbricht den Kuss. „Blitzschlag", murmelt er und streichelt meine Wange.

Weitere nette Worte, die ich nicht verstehe. Es klingt natürlich schön. Ich nehme meine Hand von seiner Brust, aber ich scheine mich nicht wegbewegen zu können.

Er ergreift sie. „Ich weiß, so geht das Spiel nicht, aber ich stehe wirklich auf dich."

Ich starre ihn an. Niemand hat mir jemals so etwas gesagt und definitiv nicht das erste Mal, dass wir ausgegangen sind. Er ist fast zu gut, um wahr zu sein „Warum?"

„Du bist schön, intelligent und so anders als jede andere Frau, die ich treffe." Er nimmt meine Hand und legt sie über sein Herz, das kräftig klopft. „Ich fühle etwas. Hier."

Mein Mund wird trocken. Der Beweis liegt direkt unter meiner Handfläche. Ich gebe fast nach und will nichts anderes, als meine Arme um ihn werfen und ihn küssen, bis wir beide atemlos sind, aber ich kann es nicht. Einem Teil von mir gefällt, was er sagt; ein Teil von mir vermutet, dass er einfach nur gut darin ist zu sagen, was Frauen hören wollen. Ich muss klug bleiben.

Er trete einen Schritt zurück. „Ich bin eine Herausforderung. In dem Moment, in dem du bekommst, was du von mir willst, wirst du weggehen."

„Du meinst Sex? Sloane, Schatz, das kann ich überall bekommen."

Ich verziehe das Gesicht. „Kein Scherz. Ich bin sicher, dass du jeden Dienstag von spärlich bekleideten Models mit großen Titten umgeben bist."

„Heute ist Dienstag."

Und ich bin flachbrüstig.

Ich verenge die Augen. „Du weißt, was ich meine."

Er beugt sich vor, seine Stimme ist weich an meinem Ohr. „Ich werde keinen Sex mit dir haben, bis du zustimmst, mich zu heiraten."

Ich zuck zusammen. „Dich heiraten!"

Seine Augen sind auf meine gerichtet. „Das stimmt. Verlobung, ehe wir diesen Schritt gehen."

„Du bist verrückt. Ich werde dich nicht heiraten. Ich kenne dich kaum."

„Noch nicht. Du hast auch noch keinen Sex mit mir."

Ich starre ihn an, mein Blick schweift zu seinem Mund, seinem sehnigen männlichen Hals, der weiten Schulterbreite. Oh, er ist gut, denn jetzt kann ich an nichts anderes mehr denken. Jetzt *möchte* ich Sex mit ihm haben.

Ich nehme seinen Kopf und ziehe ihn zu mir herunter für einen leidenschaftlichen Kuss. Er erwidert ihn, sein starker Arm legt sich um meine Taille, zieht mich an seinen Körper, meine Zehen bleiben kaum auf dem Boden. Ich möchte nicht, dass dieser Kuss jemals zu Ende geht. Er ist der König aller Küsser, und ich kümmere mich nicht einmal darum, wie er so geworden ist, weil ich nicht aufhören kann, mehr zu wollen.

„Oh! Sind das Sloane und Caleb?", fragt eine weibliche Stimme aus der Ferne.

Wir lösen uns abrupt voneinander und sehen Kayla und Adam auf dem Weg zu ihrem Auto. Das Schlimmste ist, dass es mir nicht mal peinlich ist. Ich bin *wütend* wegen der Unterbrechung. Ich kann nur daran denken, dass ich Caleb wieder küssen möchte. So habe ich noch nie für jemanden empfunden.

„Gute Nacht!", ruft Caleb heiser.

Adam hebt zum Abschied die Hand.

„Gute Nacht!"

Kayla ruft fröhlich: „Bis Donnerstag, Sloane!"

„Man sieht sich dann!", rufe ich, ihre fröhliche Freundlichkeit erwärmt mich. Sie scheint aufrichtig zu sein, auch wenn Caleb sie in meine Richtung gestoßen hat. Es ist schwer, über seine Einmischung beleidigt zu sein, wenn sie so nett ist.

Sobald sie in ihr Auto steigen, wende ich mich zu Caleb. „Ich will dich." *Scheiß auf das Protokoll für erste Dates.*

Er streicht mit seinem Daumen über meine Unterlippe. „Bin froh, dass das auf Gegenseitigkeit beruht."

„Ich wohne bei meinem Dad. Lass uns zu dir gehen."

„Das ist in Ordnung, solange du dich an die Regeln erinnerst. Du musst zustimmen, mich zu heiraten, bevor wir Sex haben."

„Richtig." Wenn er umgekehrte Psychologie verwendet,

funktioniert das vollkommen, denn jetzt kann ich nur noch an Sex denken. Wahrscheinlich ist es nicht gerade hilfreich, dass ich keinen Sex hatte, seit ich mit meinem ehemaligen Kollegen, einem Englischlehrer, zusammen war, der Shakespeare-Sonette als romantisches Vorspiel rezitierte. Leider war das der Höhepunkt unserer gesamten Begegnung, die schneller vorüber war als ein Sonett.

„Ich meine es", sagt er.

Ich nicke. „Adresse?"

„Ich wohne im Apartment über dem Summerdale Sweets. Jenna und ich haben getauscht, als sie sich mit Eli verlobt hat."

„Cool." Es ist nur die Straße runter, und das Beste daran ist, dass er allein lebt. „Dann seh ich dich da." Ich nehme den Schlüsselanhänger zu meinem Auto aus der Handtasche und schließe es auf.

Er öffnet mir die Autotür und überrascht mich erneut. „Ich spiele hier nicht herum, Sloane."

6

Ich halte inne und lasse die Worte einsinken. „Okay."

Er nickt einmal und schließt die Tür für mich. Ich erschaudere und starte den Motor, fahre vom Parkplatz Richtung Summerdale Sweets.

Ich parke auf der Straße vor der Konditorei. Dad holt hier manchmal Donuts oder Muffins für uns, damit wir sie bei der Arbeit genießen können, aber ich bin noch nie in dem Laden gewesen. Das sollte ich, zumal Jenna und ich morgen Abend gemeinsam im Winterfest-Ausschuss arbeiten werden.

Ich steige aus dem Auto und atme die frische Nachtluft ein. Die Straße hinunter auf einem Hügel befindet sich der alte Friedhof der Presbyterianischen Kirche. Die meisten Grabsteine stammen aus dem 18. Jahrhundert, einige von ihnen kippen zur Seite. Ich sitze dort gerne auf der Steinbank im Schatten einer großen Eiche. Es ist so etwas wie mein geheimer Ort, an den ich gehe, wenn ich etwas Zeit für mich brauche. Manche Leute mögen es gruselig finden, aber ich finde es friedlich.

Wenige Augenblicke später biegt Caleb in die Einfahrt und steigt aus. Ich deute auf die andere Straßenseite. „Haben die Geister dich hier schon mal gestört?"

Er dreht sich um, um über die Straße zu schauen, und wendet sich zu mir zurück. „Ehrlich gesagt gehe ich manchmal hin, um ihnen Gesellschaft zu leisten. Es gibt da eine Steinbank –„

„Unter der alten Eiche. Das ist mein heimlicher Zufluchtsort."

Er kommt zu mir herüber und nimmt meine Hand in seine. Einer seiner Mundwinkel hebt sich. „Machst du dich über mich lustig?"

„Nein", sage ich langsam. „Das ist mein Platz."

„Es ist *mein* Platz. Wie kommt es, dass ich dir da noch nie begegnet bin?"

Mir fällt die Kinnlade herunter. Ich kann nicht glauben, dass er dort auch rumhängt. „Ich gehe normalerweise nach der Arbeit zum Sonnenuntergang hin, wenn ich etwas Zeit allein brauche. Als ich in der Highschool war, bin ich fast jeden Tag nach der Schule dagewesen."

Er drückt meine Hand. „Als ich noch ein Kind war, hab ich mich um Mitternacht aus dem Haus geschlichen, um ihn zu besuchen. Zuerst habe ich gehofft, einen Geist zu treffen, und dann wurde es einfach ein Ort, an dem ich denken konnte."

Ich frage mich sofort, ob er hoffte, dass der Geist seiner Mutter ihn besuchen würde, aber ich möchte keine schmerzhafte Erinnerung wecken. Es ist allgemein bekannt in der Stadt, dass seine Mutter bei einem Autounfall starb, als er noch jung war. Ich denke, seine Familie ging in die presbyterianische Kirche, obwohl es keine neuen Gräber gibt. Sie haben seit mehr als hundert Jahren keinen Platz mehr.

Er fährt fort und schaut hinüber. „Ich bin zum ersten Mal seit langer Zeit wieder dort hingegangen, nachdem ich hier eingezogen bin."

„Das ist das Großartige daran. Er ist da, wenn man ihn braucht."

Er hebt meine Hand und küsst die Knöchel, seine Augen sind auf meine gerichtet. „Hast recht." Er führt mich an der Hand zur Außentreppe, die zu seiner Wohnung führt. „Ich muss dich warnen. Huckleberry wird heftig bellen. Er ist ein fantastischer Wachhund und sieht furchterregend aus wie die Hölle. Er wird aber nicht beißen."

„Es ist schwer, vor einem Hund namens Huckleberry Angst zu haben."

Sein Hund fängt wie auf Stichwort an zu bellen, als wir uns der Eingangstür nähern. Der tiefkehlige Laut erschreckt einen.

„Ich bin froh, dass ich kein Räuber bin", sage ich.

„Ich bin's", kündigt Caleb an, bevor er die Tür aufschließt. „Geh zurück." Er greift an das Halsband des Hundes, verschafft mir Platz einzutreten, und schaltet das Licht ein. Huckleberry ist ein sibirischer Husky mit blauen Augen und einem hellgrauen Fell mit schwarzen Markierungen.

„Hallo, Huck", sage ich.

Er stürzt sich auf mich zu, aber Caleb hält ihn am Halsband fest. „Sitz!", befiehlt er. Sobald Huck sitzt, sagt Caleb zu mir: „Du kannst ihn jetzt streicheln."

Ich lasse Huck an meiner Hand schnuppern, dann greife ich nach hinten, um ihn hinter dem Ohr zu kraulen. „Ich liebe Hunde, auch Katzen, aber Dad ist allergisch, weswegen wir nie ein Haustier haben könnten."

„Du kannst meins genießen, solange du ihn bei seinem richtigen Namen nennst."

„Warum Huckleberry?"

Er streichelt kräftig seinen Kopf, und Hucks Zunge hängt in einem Hundelächeln heraus. „Weil er ein Idiot ist. Er ist ein Huckleberry." Er nimmt eine Leine, die an einem Haken bei der Tür hängt. „Ich werde schnell mit ihm rausgehen. Fühl dich ganz wie zu Hause." Er legt ihm die Leine an, und sie gehen aus der Tür.

Ich schaue mich um. Es ist nicht ganz die Junggesellenbude, die ich erwartet hatte. Es ist eigentlich ganz gemütlich. Ich frage mich, ob das Jennas Möbel sind, da sie doch die Wohnung getauscht haben. Es gibt ein graues Sofa mit einer langen Chaiselongue an einem Ende, ein paar hölzerne Beistelltische, einen Couchtisch und einen Fernseher auf einem kleinen Ständer. Die Wände sind cremefarben gestrichen. Eine Collage von schwarz gerahmten Fotos an der Wand über dem Sofa zieht meine Aufmerksamkeit auf sich.

Ich gehe hinüber und erwarte, Fotos von seiner Arbeit als Model zu sehen. Es ist seine ganze Familie. Seine Eltern und die fünf Kinder sind vor dem Weihnachtsbaum versammelt. Caleb strahlt auf dem Foto oben links, wahrscheinlich ist er da ungefähr drei. Sein Haar ist fast blond. Oh, schön. Jedes Foto ist Weihnachten, die gleiche Pose vor dem Baum. Man kann die Kinder aufwachsen sehen, und seine Eltern haben die Arme umeinander gelegt, sie sehen glücklich aus. Es sind insgesamt sechs Bilder. Sie hören auf, als Caleb noch klein ist, vielleicht acht, wenn es von jedem Jahr eines gibt. Wenn ich mich richtig erinnere, ist seine Mutter damals gestorben. Anstatt mit den Bildern weiterzumachen, hat er da aufgehört. Das hat etwas Trauriges und Süßes.

Ich ziehe meine Jacke aus und hänge sie an einen Haken bei der Tür. Gegenüber dem Wohnbereich befindet sich ein runder, schmiedeeiserner Kaffeetisch mit zwei Stühlen. Er sieht klein im Essbereich aus. Durch einen Bogen kommt man in die Küche. Ich schaue in die andere Richtung am Wohnzimmer vorbei, wo es einen Flur gibt, der zu seinem Schlafzimmer führen muss.

Nun, ich werde sicher nicht so vermessen sein, dass ich einfach dort hineingehe, mich nackt ausziehe und auf ihn warte. Ganz egal, wie sehr ich ihn will. Das wäre unhöflich. Glaube ich. Oder wäre das verführerisch und sexy? Ich wünschte, ich hätte Freundinnen, die ich so etwas fragen könnte. Die paar Male, die ich Freunde gefragt habe, haben sie sich schlapp gelacht und mich informiert, ich müsse nur sagen, dass ich ficken will, und es wäre eine beschlossene Sache. Selbst *ich* weiß, dass das für ein erstes Date zu viel ist. Ich möchte ihn nicht vergraulen.

Ich setze mich auf das Sofa, lehne mich zurück und versuche, entspannt und behaglich auszusehen. Als ob ich Jungs die ganze Zeit auf sexy Weise verführen würde.

Die Vordertür öffnet sich, und Huckleberry rast mir entgegen, keuchend und glücklich. „Hi!" Ich streichele ihn. Sein

Fell ist kalt, weil er draußen war. Er stößt sich nach vorn, seine Fahne hebt sich, und er wedelt.

„Huckleberry, sitz!", befiehlt Caleb. Der Hund gehorcht sofort und sieht ihn an. „Guter Junge, gut gemacht." Er gibt ihm ein Leckerchen aus seiner Jackentasche und schaut mich an. „Ich habe einen Trainer engagiert, der mir beibringt, wie ich mit ihm arbeite. Dieser Hund ist so schlau und eifrig zu gefallen, dass er in einem Monat alle Befehle gelernt hat. Sieh nur, wie schlau er ist. Huckleberry, hol den Affen."

Huckleberry trabt zu einem großen Weidenkorb in der hinteren Ecke des Essbereichs und beginnt, Hundespielzeug herauszuholen. Kongs, Seilspielzeuge, eine neongrüne Frisbeescheibe, und dann greift er sich einen purpurnen Affen, rennt zu Caleb und lässt ihn ihm zu Füßen fallen.

„Beeindruckend", sage ich.

„Sieh dir das an." Caleb gibt ihm ein Leckerchen, lobt ihn und geht dann vor ihm in die Hocke. „Hol den gelben Ball."

Huckleberry rennt zurück, holt ihn aus dem Korb und lässt ihn Caleb vor die Füße fallen.

„Dieser Hund hat Talent", sage ich beeindruckt. „Er kann sogar Farben unterscheiden."

Caleb verkneift sich ein Lächeln.

„Moment mal." Ich gehe zum Spielzeugkorb. Dort sind zwei gelbe Bälle. Die einzige Farbe. „Nicht so schwierig, wenn sie alle gelb sind."

Caleb grinst. „Du wärst beeindruckt gewesen, wenn du nicht geguckt hättest. Er sieht die Welt hauptsächlich in Gelb und Blau." Er streichelt Huckleberrys Seite. „Guter Junge, du zeigst uns, wie klug du bist." Er steht auf. „Er macht auch dieses lustige Ding, wo er seine eigene Leine ins Maul nimmt und sich selbst Gassi führt. Den Trick habe ich ihm nicht beigebracht. Den hat er sich ganz allein ausgedacht. Kann ich dir was bringen?"

„Mir geht's gut." Ich beuge mich hinunter, um Huckleberrys Seite zu streichen, und er leckt mir das Gesicht, was mich überrascht. „Igitt! Hundekuss."

„Ich hoffe, du hast nichts dagegen, wenn ich was esse. Ich

hatte keine Abendessen." Er geht in die Küche, und Huckleberry folgt ihm in schnellem Trab.

Himmel, jetzt fühle ich mich schlecht. Caleb dachte wahrscheinlich, dass wir zusammen im Horseman Inn zu Abend essen würden. Er hat mich gefragt, ob ich etwas essen wollte, als wir dort waren. Ich hatte mich nur zu einem Drink verpflichtet, weil ich so unsicher bei ihm war. Ich glaube, ich hab's vermasselt.

Ich folge ihm in die Küche. „Ich wusste nicht, dass du nichts gegessen hast."

„Kein Problem. Ich habe noch Reste. Ich werde sie einfach aufwärmen. Du kannst dich zu mir an den Tisch setzen. Möchtest du Wein? Ich habe das, Wodka oder Wasser. Such's dir aus."

„Wasser ist okay. Ich hol schon."

Ich fange an, in die Schränke zu schauen, und er stellt sich hinter mich und greift über meinen Kopf nach dem Glas. Er grinst zu mir hinab. „Bitte sehr."

Ich wende mich ihm zu, unsere Körper sind eng aneinandergedrückt, die Hitze berauschend. „Caleb."

Er streicht mit einem Finger über meine Nase. „Ich möchte dich kennenlernen. Erzähl mir alles."

Ich starre auf seinen Mund und sehne mich nach einem weiteren Kuss. „Es gibt nichts zu erzählen. Ich bin in Summerdale aufgewachsen, zum College weggezogen, habe vier Jahre in einem Job verbracht, den ich nicht mochte, und jetzt bin ich wieder zu Hause."

Er küsst mich, ein schneller harter Kuss. „Das kannst du besser." Er geht weg, öffnet den Kühlschrank und zieht eine Schüssel mit etwas heraus, das er in die Mikrowelle stellt.

Ich bediene mich am Spülbecken mit Wasser. „Ich habe deine Familienfotos von Weihnachten gesehen. Die sind so süß. Es ist cool zu sehen, wie sich die Kinder auf dem Foto verändern, aber deine Eltern sehen immer gleich aus. Glücklich."

„Glücklich und müde, da bin ich mir sicher. Sie hatten fünf Kinder, und wir waren *keine* Engel. Dad leitete das

Horseman Inn, ein langjähriges Robinson-Unternehmen, und Mom war Krankenschwester."

Meine Mom war Verkäuferin und dann meine Managerin, bis ich ihre Träume vereitelt habe, indem ich peinlich wurde. Das behalte ich für mich.

Einige Minuten später gehen wir zu seinem Bistrotisch. Caleb isst Hühnerpfanne mit Reis. Ich trinke mein Wasser und starre auf die Weihnachtsbilder.

Nach einer Weile frage ich ihn: „Fühlst du dich mit den Bildern an Weihnachten besser oder schlechter?" Es sind nur zweieinhalb Wochen bis Weihnachten.

Er sieht sie über seine Schulter an. „Es erinnert mich daran, dass meine Eltern immer noch ein Teil von uns sind, was mich gut fühlen lässt. Es wäre dumm, Bilder aufzubewahren, die mich traurig machen."

„Stimmt."

„Mom starb, als ich acht war, einige Tage nach Weihnachten. Ihr Auto rutschte auf Blitzeis aus, als sie auf dem Weg zu ihrer Arbeit im Krankenhaus war."

„Das tut mir so leid."

Er nickt. „Danke! Danach war Weihnachten nie mehr dasselbe, aber ich hatte meine Erinnerungen. Dad hat diese Bilder jedes Jahr zu Weihnachten aufgestellt, damit es sich anfühlte, als wäre sie dabei. Ich war der Einzige, der sie wollte, nachdem Dad gestorben war."

Er ist eine Waise. Ich habe das plötzliche Bedürfnis, ihn zu umarmen. Sein Dad ist erst vor kurzem gestorben, ungefähr vor zwei Jahren. Ich erinnere mich an ihn vom Horseman Inn, wenn ich zu Hause war.

Ich mustere ihn einen Moment lang. Er hat eine so natürlich fröhliche Haltung, es ist schwer vorstellbar, was er durch den Verlust beider Eltern relativ jung durchgemacht hat. „Es ist gut, dass du all deine Geschwister hattest, die für dich da waren. Ich bin ein Einzelkind."

„Ach ja? Muss ruhig gewesen sein bei dir zu Hause."

„Das war es."

Er nickt. „Ich hatte Glück, sie zu haben. Nach Moms Tod

trat mein Dad auf den Plan und versuchte, alles zu sein, was wir brauchten, und meine ältere Schwester, Sydney, war für mich wie eine zweite Mutter. Meine älteren Brüder haben auch auf mich aufgepasst. Ich hab's überlebt. Ich schätze, du stehst deinem Dad nahe, da du gerne mit ihm arbeitest. Was ist mit deiner Mom? Sie hat die Stadt vor einiger Zeit verlassen, oder?"

Mein am wenigsten liebstes Gesprächsthema, obwohl ich mir nicht vorstellen kann, dass er gerne darüber gesprochen hat. „Vor der Scheidung, als ich noch sehr jung war, fühlte ich mich ihr nahe. Danach nicht mehr so sehr."

„Dein Dad hat das Sorgerecht bekommen, das ist ungewöhnlich."

Ich zucke die Schultern. „Mom hat das Land verlassen. Sie hat sich nicht wirklich daran gewöhnt, Mutter zu sein."

„Das ist grässlich."

Ich halte eine Hand hoch. „Hat großartig funktioniert. Dad und ich haben mehr gemeinsam, und wenn das nicht passiert wäre, hätte ich nie die Ausbildung zur weltbesten Mechanikerin gemacht. Ich liebe meinen Job da."

„Du denkst, dass du in Summerdale bleiben wirst?"

„Definitiv." Ich presse meine Lippen fest aufeinander. „Mist. Erzähl meinem Dad das nicht. Er will unbedingt, dass ich eine richtige Karriere mache. Er will nicht zuhören, wenn ich sage, dass es das ist, was ich will."

„Vielleicht ändert er seine Meinung, wenn er erkennt, wie unverzichtbar du bist." Er lächelt, und ich merke, wie ich das Lächeln erwidere. Er streicht mit dem Daumen über meine Wange und blickt mir für einen atemberaubenden Moment in die Augen. Ich bin begeistert.

Er küsst mich, ein zarter Kuss, der mich dazu bringt, in seinen Schoß kriechen zu wollen. Er unterbricht den Kuss und steht auf, seine Finger fahren über meinen Kiefer, während er mein Gesicht hebt. Er beugt sich hinab und küsst mich wieder.

Ich lächle verträumt.

Er blickt mich für einen intensiven Moment an, bevor er

sich abrupt abwendet. „Ich werde abwaschen, und dann kommen wir ins Geschäft." Er geht in die Küche.

Huckleberry schmeißt den Tisch fast um, als er darunter hervorrennt, um Caleb zu folgen.

Geschäft. Hmm …

Er muss Sex meinen. Kurz bevor er das gesagt hat, hat er mich geküsst, wir hatten eine sehr heiße Knutschpartie auf dem Parkplatz, und er hat mich für mehr Privatsphäre zu sich nach Hause eingeladen. Das ist die einzige logische Schlussfolgerung. Ich bin froh, dass er diese Verführungssache so schön und klar für mich gemacht hat.

Er stellt sein Geschirr in die Spülmaschine, zwinkert mir zu und geht den Flur hinunter. Ich nehme an, er putzt sich die Zähne. Nun, ich werde einfach in seinem Bett auf ihn warten. Ich kann einem Verführungssignal folgen, wenn ich es sehe. Das Augenzwinkern noch zu den vorherigen Signalen gibt mir Zuversicht.

Ich stelle mein Wasserglas in die Spülmaschine und gehe den Flur hinunter, wo Caleb gerade verschwunden ist. Die Schlafzimmertür ist geschlossen. Huckleberry sitzt direkt davor.

„Pass auf", sage ich, schiebe ihn beiseite, quetsche mich durch die Tür und schließe sie schnell hinter mir. Ich will keinen Hund im Bett bei uns.

Die Badezimmertür ist geschlossen. Großartig. Das gibt mir Zeit, mich vorzubereiten. Ich schaue mich um. Sein Schlafzimmer ist spärlich. Nur ein Kingsize-Bett mit einer marineblauen Decke und einem grau gepolsterten Kopfteil, ein paar Nachttische aus Holz und Eisen und eine hohe Kommode. Er muss die meisten seiner Sachen im Schrank hängen haben. Ich bin beeindruckt, dass er so ordentlich ist. Dad hat immer Klamotten herumliegen und macht sich nie die Mühe, saubere Wäsche zu falten, zieht einfach Sachen direkt aus dem Korb.

Huckleberry winselt von der anderen Seite der Tür.

„Schh, ist schon in Ordnung", sage ich ihm. Ich mache hier nichts Schlimmes, was einen Hund in Alarmbereitschaft versetzen müsste. Ha-ha. Ich ziehe mich schnell aus und tauche unter die Decke. Oh, die Laken müssen aus Seide sein. Ich schiebe mich zwischen sie. Sie sind hellblau, und die Wirkung all der blauen und grauen Bettbezüge ist so entspannend. Ich sollte wahrscheinlich das Deckenlicht ausschalten und einfach die Nachttisch-Beleuchtung einschalten.

Ich höre Wasser im Badezimmer laufen. Okay, ich habe Zeit. Ich schalte das Nachttisch-Licht an und flitze aus dem Bett zum Lichtschalter an der Tür.

Huckleberrys Pfote erscheint unter der Tür, während er jault. Ich schiebe sie zurück. Schh, geh schlafen."

Wuff! Wuff! Wuff! Er kratzt an der Tür.

„Huckleberry, sitz!", flüstere ich heftig durch die Tür. Ich schaue zurück zur Badezimmertür. Noch geschlossen.

Wuff! Wuff! Und dann wird es schlimmer. Huckleberry heult immer und immer wieder.

Verdammt, er ist laut. Ich schaue mich um und bemerke, dass sich in der Ecke neben dem Nachttisch ein Hundebett befindet. Huckleberry muss denken, dass Schlafenszeit ist, und er außen vor gelassen wurde.

Ich laufe zum Hundebett, einem großen blaukarierten Sitzsack mit cremefarbenem Fleece auf der Oberseite. Dann renne ich zurück zur Tür, öffne sie und schiebe es ihm entgegen. Huckleberry nimmt das Ende in sein Maul und schüttelt den Kopf von einer Seite zur anderen.

„Friss das nicht! Du sollst darin schlafen. Lass los." Ich versuche, es aus seinem Maul zu ziehen, aber er senkt die hintere Hälfte, um eine bessere Hebelwirkung zu haben, und macht weiter. Ich möchte es nur ins Wohnzimmer stellen, damit er nicht durch irgendwelche Geräusche aus dem Schlafzimmer seines Besitzers alarmiert wird.

Junge, ist sein Kiefer stark. „Wenn ich loslasse, wirst du es dann ins Wohnzimmer bringen?" Ich verhandle mit einem Hund namens Huckleberry.

Er schüttelt den Kopf und zieht fast das Bett aus meinem Griff. Ich stemme meine Fersen dagegen und lehne mich ein wenig zurück. Plötzlich lässt er los und bellt. Ich falle rückwärts –

direkt in Calebs Arme. *Oh Gott.* Hitze blitzt durch mich in völliger Beschämung. Ich war so gefangen in unserem Tauziehen, dass ich nicht gehört habe, wie die Badezimmertür aufging.

Caleb grinst zu mir hinab. „Warum kämpfst du mit Huckleberry um sein Bett?"

Ich richte mich auf und wende ihm weiter meinen Rücken zu. „Nett von dir, nicht zu erwähnen, dass ich nackt bin, während ich mit Huckleberry um sein Bett kämpfe."

Caleb schaltet die Deckenleuchte ein. „Dieser Teil gefällt mir."

Ich eile zur Seite des Bettes und ziehe meinen Pullover wieder an, ohne mich um den BH zu bemühen. Der Pullover ist lang genug, um alle relevanten Teile abzudecken. Huckleberry rast rüber, schnappt sich mein schwarzes Höschen und rennt weg.

„Hey! Das gehört mir!" Ich bin nicht bereit für eine höschenlose Hundejagd mit Caleb als Zeuge, also ziehe ich meine Jeans ohne an und meinen BH unter dem Pullover. Was für ein böser Hund.

Caleb betrachtet mich von der anderen Seite des Zimmers von oben bis unten. „Wäre es unpassend zu sagen, dass du ohne Kleidung noch besser aussiehst?"

Ich erstarre, hin- und hergerissen zwischen Verlegenheit und dem glänzenden Blick der Zustimmung in seinen Augen. Ich weiß nur, dass er viele, viele schöne Frauen sowohl in seiner Arbeitswelt als auch in seinem gesellschaftlichen Leben gesehen hat.

„Es macht mir nichts aus, es zu hören", gebe ich zu.

Er überwindet die Distanz und legt seine Arme um mich. „Ich würde sagen, dieses Höschen ist hinüber." Er streichelt beruhigend meine Haare und vermittelt subtil, dass er versteht, wie verrückt alles durch meine vorzeitige Nacktheit und meinen verlorenen Kampf mit einem entschlossenen sibirischen Husky geworden ist.

Ich lehne meine Stirn an seine Schulter. „Das sollte eine sexy Verführung sein."

Er hebt mein Kinn. „Ich bin dir an den Haken gegangen. Vertrau mir."

Huckleberry rast mit meinem Höschen vorbei und springt auf das Bett, gräbt sich in die Decke und hebt sie so hoch, um mein Höschen unter der Decke zu versteckten. Er legt sich prompt hin, hechelt und sieht mächtig stolz auf sich aus.

„Zumindest weiß ich, dass es jetzt in Sicherheit ist", scherze ich.

Caleb lacht und geht zum Bett. „Huckleberry, runter." Der Hund springt sofort vom Bett und wartet gespannt auf den nächsten Befehl. Caleb rettet mein Höschen und hält es mit beiden Händen am Bündchen hoch. In seinen Händen sieht es seltsam winzig aus. „Zumindest ist es noch in einem Stück. Ich werde es für dich waschen."

„Für mich ist es jetzt tot. Wirf's einfach weg."

Er schleudert es in meine Richtung, und ich trete zur Seite. *So viel zum Thema Verführung.*

Ich muss es wissen. „Was meintest du, als du sagtest, dass wir ins Geschäft kommen würden?"

Ein Lächeln umspielt seine Lippen. „Unterhalten."

Große Fehleinschätzung. Ich denke, ich werde jetzt einfach nach Hause gehen.

Ich verschränke die Arme, schaue überall hin, nur nicht auf ihn. „Oh."

„Würdest du dich besser fühlen, wenn ich mein Hemd ausziehe?"

7

Ich öffne die Arme, mein Mund wird trocken. „Ja, bitte."

Er zieht sein Hemd in einer schnellen Zweihandbewegung aus, die seine Muskeln anspannt. Mein Puls rast. Das ist *viel* besser. Und wirklich, konfrontiert mit dem schönsten Beispiel eines männlichen Körpers, das ich je gesehen habe, verblasst meine vorherige Scham in den Hintergrund. Es hilft mir, dass ich komplett angezogen bin (ohne mein Höschen), und er ist das Ausstellungsobjekt, das gleicht das Spiel aus. Eine freundliche, sexy Geste seinerseits. Seine Haut ist golden, definiert durch geformte Muskeln von seinen abgerundeten Schultern über die Länge seiner Arme, seine Brustmuskeln, seine Bauchmuskeln. Eine Spur von Haaren verschwindet unter dem Bund seiner Jeans.

Ich befeuchte meine Lippen. „Hast du viele Oben-ohne-Fotoshootings gemacht?"

„Einige. Oder manchmal mit offenem Hemd."

Er legt sich aufs Bett und öffnet mir die Decke. Ich zögere nicht und tauche voll bekleidet hinein.

Ich werfe die Decke impulsiv über meinen Kopf. Ich glaube, ich bin noch nicht ganz bereit, nach meinem Auftritt vorhin Haut zu zeigen. „Kannst du das Licht ausschalten?", frage ich, meine Stimme gedämpft unter der Decke.

„Aber ich habe deinen süßen kleinen Körper schon gesehen."

Das stimmt. Ich würde mich wahrscheinlich entspannen, wenn wir uns wieder küssen würden, aber dann erinnere ich mich an unseren pelzigen Zeugen. „Starrt uns Huckleberry an?"

Etwas springt auf mich, und ich quietsche und reiße die Decke von meinem Gesicht. Es ist nicht Huckleberry. Caleb hat mich unter sich gefangen, seine Arme und Beine auf beiden Seiten von mir.

„Ich bin gefangen", protestiere ich.

Er umfasst meinen Kiefer. „Kapitulation, Liebling." Er küsst mich. Lange, tiefe Küsse, die mich alles vergessen lassen, außer seiner Hitze und seinem Gewicht, seinem Geschmack, dem festen Druck seiner Lippen.

Und dann bewegt er sich, und sein Mund läuft an meinem Hals entlang, seine Zähne kratzen daran. Ich erbebe. Er zieht mich hoch, damit er mein Oberteil ausziehen kann, als Nächstes meinen BH, und drückt mich dann wieder auf die Matratze. Jetzt sind wir beide ohne Oberteil und in Jeans. Er streichelt meine Brüste, lässt die Brustwarzen spitz werden, saugt dann an ihnen, ein beharrliches Ziehen, das meine Hüften sich rastlos bewegen lässt, während das Verlangen sich zwischen meinen Beinen sammelt.

Ich lasse meine Hände frei über ihn laufen und schwelge in den harten Ebenen der Muskeln, der zurückgehaltenen Kraft. Sein geschorenes Haar ist merkwürdig weich und stachelig zugleich. Sein Mund trifft meinen wieder in einem anhaltenden Kuss.

Er hebt den Kopf. „Wir sollten aufhören."

„Wir sollten nicht aufhören." Ich knöpfe meine Jeans auf und winde mich heraus. Jetzt bin ich völlig nackt, da Huckleberry ja mein Höschen genommen hat. Mir ist sogar egal, wo dieser freche Hund ist, solange er nicht stört.

Er hält seinen Blick auf meinem Gesicht. „Ich habe dir gesagt, dass wir keinen Sex haben werden, bis du bereit bist, mich zu heiraten."

Mir fällt die Kinnlade herunter. „Ist das jetzt dein Ernst? Du hast mich in dein Bett eingeladen. Du küsst mich, als ob du es ernst meinst und nicht als wolltest du dich unterhalten." Kein Wunder, dass ich mich früher verrechnet habe. *Gemischte Signale?*

„Blitzschlag", murmelt er, was keinen Sinn ergibt.

Ich habe keine Zeit, darüber nachzudenken, weil seine Hand über meinen nackten Bauch nach unten zieht und jeder Muskel in meinem Körper sich in Erwartung strafft. Er bewegt sich und lässt seine Hand an meiner Seite entlangstreichen, über die Kurve meiner schmalen Hüfte. Er küsst meine Hüfte. „Du hast die süßesten kleinen Kurven."

Ich schließe die Augen. „Ich glaube nicht, dass es fair ist, mich in dein Bett zu bringen und dann, weißt du, über Ehe zu sprechen, wenn es gerade dringendere Bedürfnisse gibt."

Seine Lippen streichen über meine. „Über welche Art von Bedürfnis sprechen wir?"

Ich fasse seinen Nacken und starre ihm direkt in die Augen. „Sehr dringende Bedürfnisse."

Seine Hand zieht eine langsame Spur von meiner Hüfte bis zur Falte meines Oberschenkels und dann meinen inneren Oberschenkel hinunter. Er beobachtet meinen Ausdruck, während er sich bewegt. „Ist es schon eine Weile her für dich?"

„Ja." Ich frage nicht, wie lange es für ihn her ist, aber er erzählt es trotzdem, seine Hand hält auf meinem Oberschenkel inne.

„Für mich auch. Ich fand, dass ich den bedeutungslosen leeren Sex leid bin."

Ich bin sicher, dass seine Version einer langen Zeit viel kürzer ist als meine eigene. Moment mal. Wenn er bedeutungslosen Sex leid ist, was macht er dann bei unserem ersten Date im Bett mit mir?

Ist es für ihn zutiefst bedeutungsvoll, dass wir zusammen sind? Ist es das, was er mit Blitzschlag meint? Liebe auf den ersten Blick?

Ist das der Grund, warum er über die Ehe spricht?

Das ist verrückt!

Ich bin dabei, ihm das zu sagen, als sein Mund meinen bedeckt, ihn öffnet und dann innen erkundet. Ich schmelze in die Matratze. Und dann seine Finger, seine herrlichen Finger, sie versinken im Zentrum der Lust, und meine Beine spreizen sich in völliger Hingabe.

Er küsst mich immer wieder, während seine Finger mich in einer engen Lustspirale hochziehen, hochziehen, hochziehen. Und dann beobachtet er meinen Ausdruck, während seine Finger Magie wirken. Ich kann nicht wegschauen, hypnotisiert von der Intensität seiner Augen, die mich irgendwie sowohl nahe halten als auch mich die Kontrolle verlieren lassen. Etwas Tiefes wechselt zwischen uns, ein Ansturm von Emotionen, ein Erkennen von Seelen.

Ich schaudere, als der Orgasmus mich in einem Rausch der Lust trifft. Sein Mund bedeckt meinen und schluckt meine sanften Schreie.

Er hebt den Kopf. „Schön, du bist so schön, Sloane."

Ich blinzele unerwartete Tränen beiseite. Ich glaube ihm tatsächlich.

Caleb

Ich habe eine nackte sexy Frau in meinem Bett, und jetzt weiß ich nicht, was ich mit ihr anfangen soll. Sie kann nicht bleiben, weil die Versuchung für mich zu stark wäre. Ich habe eine Linie in den Sand gezogen, hauptsächlich, weil ich wollte, dass sie an meine Aufrichtigkeit glaubt. Die einzige Möglichkeit, sicher zu wissen, dass sie die eine ist, ist, Zeit damit zu verbringen, einander kennenzulernen. Bei Sloane kann ich in jedes Kästchen einen Haken machen – intelligent, schön, fähig, sexy. Und da ist noch etwas. Sie ist in keiner Weise unecht. Nicht mit Schichten von Kosmetika oder in ihrer Art. Alles an ihr ist unkompliziert und ehrlich. Selbst wenn sie unbeholfen ist, ist es entzückend, weil es echt ist.

Und die Tatsache, dass wir uns einen geheimen Ort in Summerdale teilen, wo ich noch nie jemanden gesehen habe, muss auch etwas bedeuten. Nach Moms Tod habe ich mich ihr dort am nächsten gefühlt, obwohl sie außerhalb der Stadt begraben ist. Als wir Kinder waren, ist sie mit uns zur Presbyterianischen Kirche gegangen. Könnte Mom Sloane zu mir geschickt haben?

All diese Zeichen – der Ruck, die einfache Kompatibilität, der gemeinsame geheime Platz in der Stadt – macht das Sloane zu der einen, auf die ich gewartet habe? Ich neige zu einem Ja. Dennoch möchte ich sie nicht überrumpeln. Dad hat Mom bei ihrem ersten Date einen Antrag gemacht. Ich mache ihr keinen Antrag. Ich sage nur, lass uns keinen Sex haben, bis wir da sind. Ein Antrag für das zukünftige Wir.

Bin ich verrückt?

Ich stehe aus dem Bett und suche nach Huckleberry. Er hat es sich bequem gemacht, auf Sloanes Kleidung liegend. Ich ziehe sie unter ihm heraus und schüttle sie aus, klopfe sie ab. „Nicht zu schlecht. Nur etwas Fell darauf."

„Wirfst du mich raus?" Ihre Stimme trifft eine hohe Note.

„Nein, du kannst bleiben. Es scheint einfach sicherer zu sein, wenn wir beide angezogen sind."

Sie packt ihre Sachen und zieht sie schnell an. „Ich weiß, wenn ich jemandes Gastfreundschaft überstrapaziert habe."

„Hey, das ist es nicht. Ich möchte das nur nicht überstürzen."

„Ich verstehe das vollkommen." Sie rollt auf der anderen Seite aus dem Bett, um mich zu meiden.

Ich gehe herum und treffe sie dort, schnappe mir mein Hemd vom Nachttisch und ziehe es an. „Es braucht nicht viel, um dich in Rage zu bringen. Du hast Temperament."

Ihre bernsteinfarbenen Augen blitzen. Mein Herz hüpft, schlägt heftiger. „Ich habe kein Temperament."

„Du beeilst dich zu gehen, weil du denkst, dass ich dich nicht hier haben will."

Sie hebt ihr Kinn. Ihre Haare sind ein zerwühltes Chaos von meinen Fingern und der Matratze. „Ich bin nicht wütend, dass ich gehen soll. Es ist okay. Ich versteh's, okay?"

Ich lege meine Finger um ihren Nacken und ziehe sie an mich. „Ich stimme zu, dass es für mich einfacher wäre, wenn du weggegangen wärst, denn falls du es nicht bemerkt hast, bin ich ziemlich angetörnt. Aber das bedeutet nicht, dass du gehen musst. Ich beruhige mich schon wieder."

Sie sieht auf meinen Schritt, der gegen meine Jeans drückt. „Oh, da ist wirklich eine Beule. Sollte ich dir, äh, helfen?"

„Nein", bringe ich knirschend hervor.

Sie sieht mir in die Augen, ein entschlossener Glanz in ihnen. „Ich kann dich nicht heiraten, weißt du, also könntest du auch das ganze *kein Sex vor der Heirat* sein lassen."

„Warum nicht? Bist du heimlich mit jemand anderem verheiratet?"

„Nein."

„Sag mir nicht, dass du noch nicht achtzehn bist."

Sie lacht. „Jetzt bist du albern."

„Was für eine Erleichterung."

Sie drückt gegen meine Brust. „Du weißt, dass ich ein Jahr älter bin als du."

Ich schiebe ihr die Haare aus dem Gesicht, beuge mich hinab und küsse ihre Wange. „Dann verstehe ich das Problem nicht."

Sie tätschelt meine Schulter. „Das war schön. Danke!" Sie geht zur Tür.

Ich starre ihr hinterher, hin- und hergerissen zwischen dem Loslassen und sie zum Bleiben aufzufordern. Ich scheine in dieser Blitzschlagsituation allein zu sein. Dad hat Mom dreimal einen Antrag gemacht, bevor sie zugestimmt hat. Vielleicht braucht Sloane nur Zeit, um mitzukommen. Oder vielleicht bilde ich mir diese ganze Sache auch nur ein. Dad ist der einzige Robinson, der an Liebe auf den ersten Blick für den Einen glaubt. War das nur eine Familienlegende? Es gibt nur einen Weg, es sicher zu wissen.

„Abendessen morgen Abend!", rufe ich.

Sie bleibt stehen, dreht sich um und sieht mir in die

Augen. *Ruck.* „Ich habe morgen Abend das Winterfest-Komi-tee-Treffen."

„Und ich habe Anfänger-Karate-Kurs. Vorher. Ich will dich auf einen schnellen Happen treffen."

Sie schüttelt den Kopf. „Bist du nicht – willst du nicht …"

„Was?"

Sie wirft die Hände in die Höhe. „Das ist mein schönstes Outfit. Nur als Warnung. Besser wird es nicht."

Ich schüttle den Kopf. Sie macht sich Sorgen, dass ich Models gewohnt bin, was nicht weit von der Wahrheit entfernt ist, aber ich habe gelernt, tiefer zu schauen.

Sie deutet auf ihre Beine. „Und ich habe noch einen Blei-stiftrock, den ich im Winter nicht trage, weil ich darin friere."

Ich gehe zu ihr. Sie macht große Augen und weicht einen Schritt zurück. Ich lege einen Arm um ihre Taille, schiebe sie zurück zur Wand und drücke sie dagegen.

Ihre Augen weiten sich, ihr Atem kommt angestrengter. „Was machst du denn?", fragt sie atemlos.

Ich spreche nahe an ihr Ohr. „Habe ich dir nicht gesagt, dass keine Kleidung der beste Look für dich ist?"

Sie nickt. In ihrem zarten Hals schlägt der Puls ganz schnell. Ich drücke meinen Mund darauf und höre ihr Seuf-zen. Meine Lippen biegen sich nach oben. Die Chemie zwischen uns funktioniert. Ein vielversprechender Start.

Ich hebe den Kopf, um direkt in ihre Augen zu sehen. „Du musst für mich nicht ändern, wer du bist. Trag, was auch immer bequem für dich ist."

Sie starrt mich an, ihre Lippen geteilt.

Ich gebe ihr einen letzten Kuss. „Wir sehen uns morgen Abend zum Essen. „Ich schicke dir die Details."

Sie nickt, dreht sich um und geht zur Haustür. Ich gehe mit ihr hinaus und hole ihre Handtasche von dort, wo sie sie am Sofa zurückgelassen hat. Ich helfe ihr in die Jacke.

Sie sieht zu mir auf, ihre Wangen ein rosiges Pink. „Gute Nacht, Caleb. Das war wirklich schön." Ihre Stimme ist weich mit einem Hauch von Sehnsucht.

Es braucht alles, was ich habe, um sie gehen zu lassen. Ich küsse ihre Stirn. „Gute Nacht!"

Sie geht, und ich stoße einen Atemzug aus.

Huckleberry trabt mit ihrem Höschen im Maul herein.

„Gib mir das!"

8

Sloane

Ich gehe ins Summerdale Pizza, und Caleb ist bereits da, steht direkt drinnen. Ich kann plötzlich nicht mehr sprechen. Dieser Mann hat mich nackt gesehen. Er hat mir einen explosiven Orgasmus beschert, mir gute Nacht gesagt, und jetzt haben wir ein zwangloses Date mit Pizza.

„Hallo", sagt er herzlich.

Wärme breitet sich durch mich aus, nur von seiner Stimme. Es ist, als ob seine Wärme ansteckend ist. „Hi! Ich dachte nicht, dass Models Pizza essen."

„Ich werde es heute Abend bei den Karate-Kursen abarbeiten. Drew und ich sparren normalerweise danach noch. Er ist ein toller Trainingspartner. Ehemaliger Army Ranger."

„Cool. Ja, hab ich gehört. Ich wäre nervös, mit ihm zu kämpfen, auch nur zum Training."

Eli nimmt meine Hand und geht mit mir zum Tresen. „Nee. Er ist mein großer Bruder. Außerdem hat er eiserne Kontrolle. Er war der Anführer seines Teams, weil sie sich darauf verlassen konnten, dass er einen kühlen Kopf bewahrt."

Ich unterdrücke einen Schauer bei dem ruhigen, tödlichen

Soldatenbild, das mir in den Kopf kommt. „Ich schätze, das ist gut."

„Ja, was kann ich dir bringen?"

„Ich nehme ein Stück Peperoni, danke."

Er bestellt für mich und holt sich dann einen Salat und eine Scheibe weiße Pizza mit Spinat.

Ich mustere sein Profil mit den perfekten Winkeln und der makellosen Haut. „Du bist einer dieser Verrückten, die grüne Smoothies trinken, nicht wahr?"

Seine haselnussbraunen Augen sehen in meine. „Was du zu dir nimmst, zeigt sich außen. Du magst das Resultat, nicht wahr?"

„Du bist so von dir eingenommen."

Er beugt sich vor und flüstert mir ins Ohr: „Deine Röte verrät dich, Liebling."

„Ich bin nicht rot." Es ist seltsam, dass er mich Liebling nennt. Ich bin kein bisschen ein *Liebling*. Das impliziert ein süßes kleines Ding.

Sal, ein Mann mittleren Alters mit dünner werdendem braunem Haar, meldet sich hinter dem Tresen zu Wort: „Du bist von einer Wange zur anderen rot, Honey. Was sagt dieser Mann da in dein Ohr?"

„Nichts", erwidere ich, noch peinlicher berührt.

„Sie ist schüchtern", sagt Caleb.

Sal zieht den Kragen seines roten Poloshirts nach oben und duckt den Kopf. „Dann musst du sie aus ihrer Schale herauslocken. Wie eine Schildkröte."

Oh, bitte. „Ich suche uns einen Tisch." Ich ziehe ein paar Servietten aus dem Spender am Ende der Theke und nehme einen Tisch an der Frontscheibe.

Ein paar Minuten später sitzt Caleb mir gegenüber mit unserer Pizza auf Papptellern. „Ich muss vielleicht meine Meinung zu deiner Schüchternheit überdenken. Schließlich hast du bei unserem ersten Date für mich gestrippt."

Meine Wangen glühen. „Würdest du bitte leiser sprechen?"

„Was? Sind doch bloß wir hier drin. Sal ist hinten bei den Öfen. Er kann uns nicht hören."

Ich nehme einen Bissen von der Pizza und kaue. „Sprich das nie wieder an. Tu einfach so, als wäre es nicht passiert."

„Aber jedes Mal, wenn ich dich ansehe, sehe ich unter deine Kleidung mit diesem Röntgenblick, den du mir gewährt hast." Er öffnet seine Wasserflasche. „Du weißt schon, wegen der nackten Sache."

Ich beuge mich vor. „Hör auf, nackt zu sagen!"

„Nackt."

Ich tue, als wollte ich ihn erwürgen. Er lacht, nimmt meine Handgelenke und küsst jedes einzelne. Mein Atem zittert. Wie habe ich es geschafft, die Aufmerksamkeit dieses wunderschönen Mannes zu bekommen? Und es ist nicht nur sein Aussehen. Seine ganze Persönlichkeit ist wie ein Sonnenstrahl – fröhlich, hell, großzügig scheint sie über mir. Er ist fast zu perfekt.

Ich nehme einen Bissen von der Pizza und lächle. Zwischen seinen Vorderzähnen steckt ein Stück Spinat. Ich sage kein Wort. Er ist endlich mal nicht so perfekt, und das lässt mich entspannen.

Er erzählt mir von seinem Bruder Eli, der in etwas mehr als drei Wochen am Silvesterabend in einer kleinen Zeremonie im Haus seiner Schwester Sydney und ihres Mannes Wyatt heiraten wird. Die Anzahl von Familienmitgliedern, engen Freunden und den Hunden, auf die Jenna besteht, gerät außer Kontrolle. Jenna hält sich für eine Hundemom, und das bedeutet, dass ihr Pibull, Mokka, dort sein muss, sowie Elis Pitbull, Lucy, und da Sydney und Wyatt bereits zwei Hunde haben, denken sie jetzt darüber nach, direkt vor den großen Fenstern des Zeremonienbereichs einen Hundespielbereich einzurichten. Die Hunde werden natürlich förmlich gekleidet sein.

Er trinkt etwas Wasser und fährt mit der Zunge an seinen Zähnen entlang. „Denkst du, ich sollte Huckleberry mitbringen?"

Verdammt, er ist wieder perfekt. Kein Spinat mehr zwischen den Zähnen.

Ich schüttle den Kopf. „Ich sage dir immer wieder, die anderen Hunde werden sich über ihn lustig machen wegen dieses lächerlichen Namens. Du kannst nicht zulassen, dass er sein Gesicht zeigt, während Huckleberry ihm folgt." Ich nehme einen Bissen von der Pizza und kaue.

„Und was ist mit dir? Wärst du gerne meine plus eins?"

Ich verschlucke mich fast an meiner Pizza. Ich kaue zu Ende und schlucke. „Du hast gesagt, es ist eine kleine Familienhochzeit. Ich gehöre nicht dorthin."

„Ich habe Jenna bereits gefragt, und sie sagte, es sei in Ordnung, wenn ich dich mitbringe."

Meine Augen werden größer. „Das hast du?"

„Ja, heute früh."

„Denkst du, dass wir in drei Wochen noch zusammen sein werden?", platze ich heraus.

Er nimmt meine Pizza und legt sie auf seinen Teller. „Keine Pizza mehr für dich, bis du zugegeben hast, dass du auf mich stehst."

Ich starre auf meine Pizza, die halb auf sein Stück gelegt ist. Irgendwie wie wir gestern Abend, ineinandergeschlungen in seinem Bett. Ich hebe den Kopf und stelle fest, dass seine Augen auf meine gerichtet sind. Er meint es ernst. „Wie konnte irgendeine Frau *nicht* auf dich stehen? Du bist wie das ideale männliche Exemplar, außer dass du manchmal merkwürdig über Blitzschläge sprichst und das Abendessen anderer stiehlst."

Er neigt den Kopf. „Tut mir leid, was war das?"

Ich beuge mich über den Tisch und flüstere: „Ich stehe auf dich. Kann ich jetzt mein Abendessen zurückhaben?"

Er lehnt sich vor, seine Augen leuchten verschlagen. „Ich weiß. Ich möchte doch nur, dass du es zugibst."

Ich schnappe mir meine Pizza zurück und nehme einen kräftigen Bissen.

„Du kannst deinen Bleistiftrock zur Hochzeit tragen", sagt er.

Ich schlage mir die Hand vor die Stirn. Ich kann nicht glauben, dass er sich daran erinnert hat, dass das mein einziges elegantes Outfit ist.

„Oder ich könnte mit dir ein Kleid kaufen gehen, oder –" er hält einen Finger hoch „– noch besser, wenn du Primo-Designer-Sachen haben möchtest, habe ich Zugang zu einer Garderobe, die wir uns ausleihen könnten."

Irgendwie gehe ich mit ihm auf eine Familienhochzeit. Sie werden denken, dass wir es ernst meinen, und das ist erst unser zweites Date. Ich kann nicht glauben, dass Caleb verzweifelt eine Freundin braucht, also muss seine Rede von Engagement und Ehe speziell für mich sein. Äh, *hallo*! Zweites Date. Nicht nur, dass er für uns viel zu hohe Erwartungen hat, sondern es wird zwangsläufig zu einem Absturz kommen. Wie kann er so sicher sein, dass wir füreinander bestimmt sind?

„Caleb, ich denke, vielleicht müssen wir hier einen Gang zurückschalten."

„Es ist zu schnell."

„Nun, ja, … ich bin ein wenig überwältigt."

Sein Gesichtsausdruck verschließt sich. „Alles klar."

Mist. Ich glaube, ich habe seine Gefühle verletzt.

„Lass uns einfach Zeit miteinander verbringen, ungezwungen, wie jetzt, okay?", sage ich. „Das ist gut."

Er lehnt sich in seinem Sitz zurück. „Ich werde dieses Wochenende nicht da sein. Deshalb wollte ich dich heute sehen. Am Freitag habe ich ein Fotoshooting in der City für einen Charity-Kalender, und ich werde das Wochenende damit verbringen, einem neuen Model beim Einzug in meine Wohnung in der City zu helfen." New York City ist das, was die Einheimischen „die City" nennen.

„Wow. Ich wusste gar nicht, dass du ein Apartment in der City hast. Die Mieten da sind der Killer."

„Der Agentur gehört die Wohnung, und ich übernachte dort kostenlos im Austausch dafür, dass ich den neuen Jungs dabei helfe, sich einzuleben und weil ich dafür sorge, dass sie keine Probleme haben."

Mein Herz wird weich. „Du bist also wie ein Mentor für die jüngeren Models."

Er hebt gelassen eine breite Schulter. „Ja, ich schätze schon. Die Agentur vertraut mir, dass ich sie auf der Geraden halte."

Ich mag das sehr. Er ist ein guter Typ und denkt geradeaus. „Cool. Wofür ist der Charity-Kalender?"

„Eigentlich ist es mein Shooting. Eine Spendenaktion für ein neues Tierheim hier in Summerdale. Jungs oben ohne mit ihren Hunden." Er lächelt und erwärmt sich für das Thema. „Dr. Russo, der Tierarzt, nimmt in einem kleinen Raum in seinem Tierarztbüro Streuner auf und hilft ihnen, ein Zuhause zu finden. So habe ich Huckleberry bekommen. Huckleberrys Besitzer sind weggezogen und wollten ihn nicht mitnehmen. Wie auch immer, Dr. Russo versucht, genug Geld zu sammeln, um ein hochmodernes Tierheim auf dem Grundstück hinter dem Tierarztbüro zu bauen."

Er nutzt sein Modeltalent für einen guten Zweck. Er ist einfach nur genial. „Das ist großartig. Wenn es für einen lokalen Zweck ist, warum hast du die Einheimischen nicht gebeten, mit ihren Hunden mitzumachen? Deine Brüder könnten oben ohne posieren. Die Leute würden definitiv Geld geben, um das zu sehen." *Besonders Drew*. Er mag auf seine verstohlene Art beängstigend sein, aber es ist nicht zu leugnen, dass der Mann sich spektakulär fit hält. Das behalte ich für mich.

Einer seiner Mundwinkel hebt sich. „Ich wäre eifersüchtig, wenn ich nicht wüsste, dass du so verrückt nach mir bist, dass du dich bei unserem ersten Date –" er formt mit dem Mund das Wort *nackt* „– gemacht hast. Wie auch immer, nein. Meine Brüder, verdammt, die meisten Menschen hier verstehen nicht, was ich tue."

„Was meinst du?"

Er atmet scharf aus, sein sonniges Auftreten schwindet. „Sie halten einfach nicht viel davon. Als wäre es oberflächlich. Was soll's, wenn ich fröhlich bin und die Kamera mich liebt?

Das heißt nicht, dass ich oberflächlich bin. Das sieht nur so aus. Sie verstehen es nicht."

„Haben sie dich tatsächlich oberflächlich genannt?" Wie er über seine älteren Brüder spricht, habe ich angenommen, dass sie ihn in allen Dingen unterstützten.

Er runzelt die Stirn. „In so vielen Worten. Ich werde zum größten Teil nicht ernst genommen. Der Jüngste, das Baby, das mit einem Haufen voller Bargeld durchs Leben schwebt, weil ich mit guten Genen gesegnet bin."

„Modeln ist harte Arbeit."

Er richtet sich auf und mustert mich. „Das ist es. Woher weißt du das?"

Ich sehe weg. „Habe ich gehört. Oder vielleicht hab ich es irgendwo gelesen."

„Es können lange zermürbende Tage sein, aber offensichtlich hat es auch seine Vorteile."

Mein Verstand blitzt sofort zu den langbeinigen Models in Bikinis zurück. Ich halte den Mund.

„Du könntest mich zu dem Shoot begleiten. Jenna macht auch mit, weil sie bei der Spendenaktion für das Tierheim mitgeholfen hat. Sie wird da sein, um mich zu unterstützen, die Hunde im Zaum halten, während ich mit den Models kämpfe. Zwölf Models und ihre Hunde, einer pro Monat."

Adrenalin rauscht durch mich. Ich habe geschworen, nie wieder einen Fuß ins Model-Shooting zu setzen. Ich habe posttraumatischen Stress deswegen. Im Ernst. Ich brauche keine Erinnerung daran, wie mein Leben war, bevor mein Aussehen mich im Stich gelassen hat, zusammen mit meiner Mutter. Nicht, dass ich jetzt hässlich bin. Ich weiß, dass ich eher eine graue Maus bin. Ich bin nicht das Branchenideal, und meine Haut kribbelt, wenn ich nur an die Erinnerung denke – Lichter, Kamera, der Fotograf, der das Model lenkt.

„Ich bin, äh, nicht so toll darin, Hunde zu bändigen", sage ich. „Du hast gesehen, wie ich mit Huckleberry um sein Hundebett gekämpft habe."

Er schmunzelt, seine haselnussbraunen Augen funkeln. Er

muss es nicht aussprechen. Er denkt es – an mich, wie ich *nackt* um das Hundebett kämpfe.

Ich stoße ihm einen Finger in die Brust. „Sag es nicht."

Er greift nach meinem Finger. „Es wäre großartig, dich da bei mir zu haben. Danach könnten wir in der Stadt abhängen."

„Ich würde dir nur im Weg stehen."

„Dann will ich dich sehen, wenn ich wiederkomme. Sonntagabend."

Wie kann ich Nein sagen? Caleb lässt mich alle möglichen verrückten Risiken mit meinem Herzen eingehen. Ich nicke.

Er umfasst meine Wange und küsst mich. Ein warmes, glühendes Gefühl sprudelt in mir auf. Kein Mann hat mich je so offen bewundert. Es ist fast zu gut, um wahr zu sein.

Eine nagende Stimme der Warnung klingt in meinem Kopf. Wenn etwas zu gut scheint, um wahr zu sein, ist es das normalerweise auch. Ich möchte nicht daran denken. Im Moment fühlt sich alles magisch an.

9

Kurz nach unserem Abendessen gehe ich in die Summerdale-Bibliothek zum Loft im zweiten Stock, wo es einen verglasten Tagungsraum gibt sowie einen ruhigen Arbeitsraum und das Bibliotheksbüro. Ich weiß nicht, was ich von einer Winterfest-Ausschusssitzung erwarten soll. Normalerweise trage ich auf ruhige Weise zur Gemeinschaft bei – kostenlose Mathe-Nachhilfe, die Reparatur eines Autos mit geringer oder keiner Bezahlung, eine Spende an die örtliche Feuerwehr, den Rettungsdienst, die Bibliothek, und alle, die diesen Ort ehrenamtlich oder öffentlich finanziert am Laufen halten. Ich bin mir nicht einmal sicher, *wie* ich helfen soll. Ich bezweifle, dass hier Mathematik oder Autos beteiligt sein werden.

Das Summerdale Winterfest (gar nicht ironisch benannt, aber lustig für mich, Sommer/Winter) ist in der Regel im Januar, nachdem die Aufregung der Feiertage vorbei ist, und uns Tag für trostloser Tag der kaltgraue Winter bevorsteht. Es gibt eine Parade um den See, Eislaufen, wenn der See gefroren genug ist, eine Varieté-Show im Standing O Theater in der großen roten Scheune und Essensverkäufer aus der Stadt am Seeufer. Als Kind habe ich mich am liebsten daran erinnert, am Strand Marshmallows für S'mores zu rösten. Ich habe mir den Hintern abgefroren, aber für diese S'mores hat es sich gelohnt.

Ich schaue in den Besprechungsraum. Meine Lehrerin der dritten Klasse, Mrs. Ellis, sitzt dort und plaudert mit Nicholas, dem Typ, der wie der Weihnachtsmann aussieht und dem der Summerdale Mart gehört, von dem ich als Kind Kaugummi geklaut habe. Es ist unmöglich, sich nicht der Vergangenheit zu stellen, wenn man nach Hause zieht. Mrs. Ellis war immer wütend, weil ich so viel Unterricht für Modelcastings und Fotoshootings verpasst habe. Sie sagte immer mit einer ernsten Stimme, die mich zu Tode erschreckte, ich solle meiner Mutter ausrichten, dass meine Ausbildung wichtiger sei als Bilder. Ich habe immer meine Hausaufgaben gemacht und mit der Klasse mitgehalten, aber sie hat mich dennoch misstrauisch beäugt. Damals habe ich entschieden, dass sie einfach eine gemeine alte Frau ist, aber im Nachhinein hat sie wohl auf mich aufgepasst.

Audrey erscheint an meiner Seite, ihre blauen Augen sind so hell wie ihr Lächeln. Ihr langes schwarzes Haar trägt sie in einem Knoten mit Bleistiften, die aus ihm herausragen. Muss ein harter Tag in der Bibliothek gewesen sein. „Geh nur rein, ich bin gleich da."

„Erwartest du noch mehr?" Ich hätte gern noch mehr Puffer, bevor ich mich dem Raum nähern kann. Nennen Sie mich verrückt, aber ich fühle mich immer noch ein bisschen wie dieses Ladendiebstahl-Kind, das zu viel Unterrichtszeit verpasst hat.

„Hast du Angst vor dem General?", flüstert sie, und ihre Augen tanzen vor Vergnügen.

Sie muss Mrs. Ellis meinen. Nicholas ist normalerweise so fröhlich wie der Weihnachtsmann. „Nennen die Leute sie so?"

Sie hält ihre Stimme leise. „Meine Freunde und ich haben das getan. Wir haben sie oft gesehen, weil sie Harpers Groß-mutter ist und sie großgezogen hat. Sie hat uns Mädchen Angst gemacht. Selbst jetzt kann ich nicht anders, als bei ihr kerzengerade zu stehen. Sie kommt rüber wie ein knallharter Sklaventreiber, aber ihr Herz ist am rechten Fleck." Harper

Ellis ist jetzt eine berühmte Schauspielerin. Jeder in der Stadt weiß von ihr.

„Ich habe nicht so sehr Angst, es ist mir eher ... unangenehm."

„M-hm, nun, Jenna wird bald zusammen mit Levi hier sein." Sie lächelt und schüttelt den Kopf. „Ich muss mich immer noch daran gewöhnen, Levi Bürgermeister zu nennen, obwohl er das schon seit vier Jahren ist. Wir sind zusammen aufgewachsen, oh, und Mrs. Peabody von der Summerdale Nursery School wird hier sein. Das sind alle."

„Was ist mit Sydney und Kayla?"

„Sie springen bei der Veranstaltung selbst ein."

Ich dachte, das wäre mehr wie die Teilnahme an der lustigen Gruppe von der Ladies' Night. Ich kenne Levi oder Mrs. Peabody nicht so gut. Levi war über mir in der Schule, und ich war nicht in der Summerdale Grundschule. Das ist die strengere Vorschule, die von der Presbyterianischen Kirche geleitet wird. Meine Eltern haben mich in die soge-nannte „Hippie"-Vorschule der Episkopalier geschickt, die es für wichtiger halten zu spielen, als Buchstaben und Zahlen zu lernen. Ich glaube, mir hätten die Buchstaben und Zahlen besser gefallen. Mom war ein Freigeist. Ich habe nie ganz verstanden, was sie in Dad gesehen hat. Obwohl ich weiß, warum sie geheiratet haben – meinetwegen. Eine ungeplante Schwangerschaft, eine Blitzhochzeit, gefolgt von einer Schei-dung, sobald meine Mom meine Modelkarriere nicht mehr hatte, um dafür zu bleiben. Ich nehme an, es hätte anders laufen können, aber Dad ist ein altmodischer traditioneller Typ. Er hat ihr einen Antrag gemacht, als sie verkündete, dass sie schwanger sei.

Was soll's, es geht los. Ich bin sechsundzwanzig Jahre alt, und es gibt keinen Grund, mich von einer Lehrerin der dritten Klasse einschüchtern zu lassen oder mich für meine kurze Ladendiebstahl-Karriere schuldig zu fühlen.

Ich trete ein, und zwei Augenpaare starren mich an. Ich möchte mich plötzlich dafür entschuldigen, dass ich keine perfekte Schülerin und noch dazu eine Delinquentin bin. „Hi!"

„Sloane Murray, schön, Sie hier zu sehen", sagt Mrs. Ellis. „Kommen Sie, setzen Sie sich zu mir, und erzählen Sie mir, wie es Ihnen geht."

Wow, der General klingt so warm und herzlich. Vielleicht bekommt ihr der Ruhestand. Es muss einen auslaugen, jahrzehntelang Drittklässler herumzukommandieren. Mrs. Ellis ist in ihren Achtzigern, aber sie ist immer noch lebhaft. Sie trägt einen blauen Schal um den Hals, mit einem dicken Pullover aus lavendelfarbener Wolle. Ihr weißes Haar ist kurz und stachlig, ihre braunen Augen sind scharf wie eh und je.

Mrs. Ellis sitzt vor Kopf, also nehme ich den Platz neben ihr ein. Santa, ich meine, Nicholas sitzt mir gegenüber. Er ist ein weißhaariger Mann in seinen Sechzigern, mit einem schneeweißen Bart und einem runden Bauch. Er passt so richtig in das Santa-Bild, weil er ein rotes Hemd trägt und Hosenträger. Ich denke, er mag es, sein Image für die Kinder in der Stadt zu bewahren. Die meisten von uns glaubten, dass der Weihnachtsmann in Summerdale lebte, nicht am Nordpol, obwohl er immer sagt, er sei nur der Helfer des Weihnachtsmanns.

„Wie geht es Ihrem Dad?", fragt Nicholas mich.

„Es geht ihm gut. In der Werkstatt ist viel los. Ich helfe ihm dabei, den Überblick zu behalten, und Max Bellamy ist auch Teilzeit da, nur für den Winter."

„Warum haben Sie die Lehre verlassen?", fragt Mrs. Ellis. „Ich habe nur Gutes über Sie als Mathe-Lehrerin gehört, seit Sie in der Highschool waren. Schien mir so natürlich zu passen."

„Ich bin gut darin, aber ich liebe es nicht. Ich arbeite gerne an Autos."

Sie schürzt die Lippen. „Ich wette, Ihr Vater ist nicht glücklich darüber, nachdem er für das College bezahlt hat."

Ich neige den Kopf. Mein Modeln hat auch einen Teil davon bezahlt, aber ich erwähne das nicht, da sie es nie mochte, dass ich Unterricht fürs Modeln verpasst habe. „Er würde es vorziehen, wenn ich meinen Abschluss verwenden würde."

Sie trommelt mit den Fingern auf den Tisch. „Nun, ich glaube fest an die Macht guter Bildung, aber es gibt eine Sache, die ich gelernt habe, während ich Harper großzog. Der Leidenschaft zu folgen kann das erfüllendste Leben bieten, das man sich vorstellen kann. Sie macht, wofür sie geboren wurde, schauspielert und führt jetzt sogar ein bisschen Regie, und sie leuchtet positiv vor Glück. Das könnte natürlich auch durch ihren wunderbaren Ehemann, Garrett, kommen. Er ist ein *richtiger Mann*, und ich sage Ihnen, Garrett bekommt alles hin! Er ist so eine Hilfe in meinem Haus. Haben Sie meine Urenkelin Caroline gesehen?"

Bevor ich antworten kann, noch ein wenig fassungslos von ihrer warmherzigen Begeisterung, nimmt sie ihr Handy vom Tisch, tippt schnell und zeigt mir dann Bild für Bild von Baby Caroline. Ich bin ein wenig überrascht, wie geschickt sie mit dem Handy ist. Ich habe sie mir immer als altmodische Technophobe vorgestellt. In der dritten Klasse waren wir der einzige Klassenraum, der immer noch die Tafel anstelle des Bildschirms benutzte, der mit einem Laptop synchronisiert wurde. Selbst den Laptop berührte sie kaum.

Sie lächelt auf den Handybildschirm, ihre Augen weichen nicht von ihm. „Sie ist fünf Monate alt und sitzt bereits mit ein wenig Unterstützung am Rücken aufrecht. Und sie lächelt, oh, ihr Lächeln!"

Ich fange an zu sehen, warum Mrs. Ellis jetzt weniger einschüchternd ist. Ihre Urenkelin macht sie glücklich und milder. Caroline ist ein wunderschönes Baby mit hellbraunen Haaren und blau-grünen Augen. Ihre Eltern ziehen ihr eine Vielzahl von niedlichen Outfits mit Gänseblümchen, Kirschen, Tupfen, verschiedenen hellen Grundfarben an, immer mit passenden winzigen Schleifen in ihren Haaren. Ich könnte sie mir wunderbar in einem Werbespot für Windeln oder Babynahrung vorstellen, aber ich würde dieses Leben keinem Kind wünschen, egal wie schön es ist, Geld fürs College zu haben.

„Hast also jetzt doch dem Handywahn nachgegeben", sagt Nicholas.

Mrs. Ellis lässt sich nicht durcheinanderbringen und zeigt mir immer noch Bilder – es müssen wohl tausend sein –, während sie Nicholas antwortet: „Ich habe mich zuerst geweigert, aber dann hat mir mein Schwiegersohn zu Thanksgiving ein Handy geschenkt und mir gezeigt, wie einfach es ist, Bilder zu verschicken und Video-Chats mit Caroline zu haben. Er hat alles für mich eingerichtet. Es ist wichtig, dass sie regelmäßig von mir hört und mich sieht. Technologie hat ihren Platz. Gib mir deine Nummer."

Das macht er, sagt sie langsam und deutlich, und sie schickt ihm ein Bild von Caroline.

Überrascht zieht er sein Handy aus der Gesäßtasche. „Was ist das?"

„Ich habe dir gerade ihr Bild geschickt", sagt sie. „Drück auf Akzeptieren, und es wird bei deinen Fotos sein."

Er tippt auf sein Handy und starrt verwundert. „Nun, da ist es. Wie hast du das bloß gemacht? Ich werde dir ein Foto von meiner Katze, Noelle, schicken."

Sie beginnen eine enthusiastische Diskussion über Technik, basierend auf allem, was ihr Schwiegersohn ihr beigebracht hat – all den Tricks – und ich muss endlich kein Baby mehr bewundern, das ich noch nie getroffen habe. Ich liebe Kinder, weshalb ich schon immer Mathelehrerin war. Selbst als ich Vollzeit-Mathematiklehrerin war, habe ich samstags benachteiligte Kinder unterrichtet. So viele Kinder fallen in dem Fach zurück, und es ist das eine Thema, das ständig auf sich selbst aufbaut. Ein wackeliges Fundament sorgt für jahrelange Schwierigkeiten. Ich unterstütze das Fundament.

Die Tür öffnet sich, und wir blicken alle hinüber. Audrey hält Jenna, die an Krücken geht, die Tür auf. Ihr blondes Haar schwingt in ihr Gesicht, während sie unbeholfen hereinkommt.

„Jenna!", ruft Mrs. Ellis. „Was ist passiert?"

„Verstauchter Knöchel", sagt Jenna. „Bin auf dem Weg zu meinem Auto heute Morgen auf dem Eis ausgerutscht. Die gute Nachricht ist, dass es mein linker Fuß ist, sodass ich immer noch fahren kann. Und die beste Nachricht ist, ich bin nur für zwei Wochen an Krücken, und der Stiefel kommt rechtzeitig zu meiner Hochzeit ab."

Sie setzt sich neben mich und stellt ihre Krücken gegen den Tisch. „Ich muss danach mit dir reden", sagt sie an mein Ohr.

Meine Augen weiten sich. *Mit mir? Worüber könnte Jenna mit mir reden müssen?*

Levi kommt in einem karierten beigefarbenen Flanellhemd mit Khakis herein. Ein lockerer Bürgermeister. Sein etwas längeres braunes Haar ist nach hinten gestrichen, und er hat einen getrimmten Bart. Er hat die Funktion des Bürgermeisters von Perkins übernommen, der schon ewig Bürgermeister war und mit 87 Jahren gestorben ist.

Er schüttelt meine Hand. „So gut, einen weiteren Freiwilligen zu haben. Du arbeitest in der Werkstatt, oder? Mr. Murrays Tochter."

„Ja, Sloane Murray."

„Herzlich willkommen. Ich bin Levi Appleton."

Er schüttelt Mrs. Ellis die Hand, die wissen will, ob er in seinem einsamen Junggesellenhaus genug zu essen bekommt, und dann Nicholas, der nur lächelt. Levi hält Mrs. Ellis' Spannung, bis er auf ihre beharrlichen Fragen hin schließlich sagt, dass er im chinesischen Restaurant in der Stadt Essen zum Mitnehmen holt, was gesund ist.

„Sie müssen sich besser um sich selbst kümmern, Levi", sagt Mrs. Ellis streng. „Ein Mann in Ihrem Alter sollte daran denken, sich niederzulassen."

Ich schätze, sie meint, dass das beides Hand in Hand geht. Sich um sich selbst kümmern wird einen Partner anlocken. Ich denke an Caleb und seinen gesunden Lebensstil, und mein Herz dreht sich ein wenig. Könnte was dran sein.

„Mmm-hmm", macht Levi, während er einen Notizblock und einen Stift aus seiner Ledertasche herausnimmt. Ich habe das Gefühl, dass sie dieses Gespräch wöchentlich führen.

Audrey bedeutet Mrs. Peabody hineinzugehen. Die Vorschuldirektorin ist eine dünne Frau mit zusammengekniffenen Lippen und grauen Haaren in einem Knoten. Nach kurzen Begrüßungen rundherum, kommen wir zum Geschäft. Das Komitee informiert mich über das, was sie bereits geplant haben, das übliche Zeug, an das ich mich als Kind vom Winterfest erinnere, aber jetzt sind sie auf der Suche nach neuen Ideen.

„Wir sollten etwas mit Hunden machen", sagt Jenna. „Eine Spendenaktion für das Tierheim, das Dr. Russo bauen möchte. Er hat immer noch nicht genug Geld, um etwas zu bewirken."

Da erinnere ich mich an Jennas Beteiligung an einer weiteren Spendenaktion für das Tierheim, den Fotokalender, den Caleb organisiert hat. Sie haben am Freitag das Shooting. Ist es das, worüber sie mit mir hatte reden wollen?

Es folgt eine begeisterte Debatte darüber, was man mit Hunden tun könnte und ob das drinnen oder draußen sein sollte. Die Ideen reichen von Hundeschlittenrennen über einen Hundeschönheitswettbewerb bis hin zu einer Hundeparade. Ich denke an Huckleberry und wie Caleb damit angegeben hat, wie schlau er ist, und wie er die richtigen Spielzeuge auf Befehl genommen hat. Frech auch, aber das könnte lustig sein.

Ich hebe meine Hand, um die Aufmerksamkeit aller zu bekommen. „Was wäre mit einem Supertalent-Wettbewerb? Man müsste eine Teilnahmegebühr bezahlen, und dann könnten die Besitzer zeigen, was ihr Hund alles kann. Muss nichts Großes sein. Einfach etwas Lustiges."

„Das klingt fantastisch", sagt Jenna. „Jeder denkt, dass sein Hund besonders ist, aber ich weiß, dass mein Hund es wirklich ist. Mokka kann einen Plüschwelpen auf seinem Kopf balancieren und durch das ganze Haus laufen, sogar nach oben, ohne dass er runterfällt."

„Wie hast du das herausgefunden?", frage ich.

„Er hatte sein Maul voller Tennisbälle und wollte auch
noch den Plüschwelpen, konnte ihn aber nicht mehr aufnehmen, also legte ich ihn auf seinen Kopf. Er mag es, eine
Menge Spielzeug für sich zu haben, anstatt mit Lucy zu
teilen, das ist unser anderer Pitbull."

Bürgermeister Levi schnappt sich seinen Stift und schreibt
damit auf seinen Notizblock. „Mir gefällt das. Lasst uns das
mit auf den Plan nehmen."

„Ich habe darüber nachgedacht, über den üblichen Back-
verkauf hinauszugehen", sagt Jenna. „Meine heiße Schokolade, Brownies und Fudge sind im Winter riesige
Verkaufsschlager. Also-o-o-o könnten wir ein Schokoladenfest
veranstalten!"

„Oh mein Gott, ich liebe Schokolade", sagt Audrey. „Ja.
Das klingt großartig."

Mrs. Peabody bietet die Idee an, den Anbau der presbyterianischen Kirchen zu nutzen, damit die Kinder drinnen
spielen können, womit jeder einverstanden ist. Und dann
spricht Audrey die absurdeste Idee aus.

„Ich dachte, es würde Spaß machen, einen Schneekönig
und eine Königin mit einer Krönung und einem königlichen
Ball zu haben."

Wir alle starren sie an.

Sie fährt fort. „Ich habe die Winterfestivals anderer
Gemeinden online recherchiert. Das ist ein Wohltätigkeits-
ding. Der offizielle König und die offizielle Königin werden
aufgrund ihres Beitrags zur Gemeinschaft aus nominierten
Personen ausgewählt. Dann werden König und Königin zu
Summerdale-Botschaftern, nehmen an lokalen Paraden, Spendenaktionen und Festen teil und besuchen die Schulen zu
besonderen Anlässen. Es wäre für jedes Alter offen, solange
sie erwachsen sind. Was meint ihr? Wir würden Tickets für
den Ball verkaufen, um die Kosten für die Anmietung eines
Raums zu decken und Geld für das Tierheim zu sammeln."

„Das gefällt mir!", ruft Jenna.

Audrey strahlt. „Ich dachte sogar an offizielle Titel – King
Frost und Queen Snowflake."

Außer mir stimmen alle dem Konzept enthusiastisch zu. Ich bin still. Es ist nicht meine Aufgabe, Ideen niederzumachen. Ich bin sicher, dass einige Leute es lustig finden würden. Es klingt zu nah an einem Schönheitswettbewerb für mich, einen König und eine Königin zu haben. Ich hatte meinen Anteil an albernen Wettbewerben. So habe ich einen Modelagenten bekommen.

Mrs. Ellis übernimmt die Verantwortung und klingt genau wie der General, den Audrey und ihre Freunde sie heimlich genannt haben, während sie Befehle ausspricht und die Verantwortung für die Logistik aller neuen Punkte auf der Tagesordnung verteilt. Ich tausche einen amüsierten Blick mit Audrey aus. Und dann gibt mir der General die Verantwortung für die Organisation des königlichen Balls!

„Aber ich weiß nichts über königliche Bälle", protestiere ich.

„Sie lernen doch schnell", sagt Mrs. Ellis. „Außerdem wird Ihre ganze Modelerfahrung sicherlich gut genutzt werden können bei der Suche nach einem König und einer Königin. Wir sollten auch einen Hofstaat haben aus Ehrenschülern der Highschool. Sehen Sie, Sloane, auch das ist so richtig Ihre Sache, die Arbeit mit Highschool-Schülern." Die Frau hat einen Verstand wie eine Stahlfalle. Von all den Kindern, die sie über die Jahre unterrichtet hat, erinnert sie sich noch immer daran, dass ich früher ein Kindermodel war.

„Aber –"

„Sie sind hier, um etwas beizutragen, nicht wahr?", verlangt Mrs. Ellis zu wissen, ihre scharfen Augen bohren sich in meine.

Ich setze mich gerader auf. „Ja, Ma'am."

„Gut. Jeder Person in diesem Raum wurde eine Aufgabe nach ihren natürlichen Fähigkeiten zugewiesen."

Da es keine Aufgabe gibt, Autos zu reparieren oder Mathematik zu unterrichten, habe ich nicht viel, worauf ich zurückgreifen kann. Es ist auch nicht so, als ob ich etwas über die anderen Aufgaben wüsste.

Ihre Stimme wird weicher. „Vielleicht möchten Sie einen

weiteren Freiwilligen finden, der Ihnen hilft. Das ist ein großer Job."

Damit vertagt sich das Treffen schnell. Nicholas begleitet Mrs. Ellis hinaus und hält ihr seine Armbeuge hin, die sie ablehnt, obwohl sie wegen einer schlechten Hüfte hinkt.

Jenna packt meinen Arm. „Bleib noch."

Ich bleibe und beobachte Nicholas und Mrs. Ellis auf ihrem Weg nach draußen inmitten einer lebhaften Diskussion. Er lächelt; sie sieht streng aus.

Nachdem alle gegangen sind, sagt Jenna: „Wärst du bereit, für mich beim Fotoshooting mit Caleb am Freitag einzuspringen? Er sagt, er habe dich bereits gebeten, ihn zu begleiten, und du hast dich nicht qualifiziert gefühlt, dich mit Hunden herumzuärgern, aber ich bin verzweifelt. Das Shooting wird ein Chaos sein, wenn nicht jemand hilft. Wenn du sie an der Leine hältst, sollte es machbar sein. Und bevor du fragst, ich bitte dich aus zwei Gründen – erstens, Caleb steht auf dich. Er hat Eli, meinem Verlobten, gesagt, dass du die coolste Frau bist, die er je getroffen hat, und ich fand das so süß."

Ich halte den Atem an. *Ich? Cool?*

Sie fährt fort. „Caleb sagt immer, was er denkt. Es wäre gut, wenn du ihn mal in seinem Element sehen würdest."

Mein Bauch dreht sich langsam. Ich möchte nichts tun, was so viel Schmerz der Vergangenheit hervorruft. Die grellen Lichter, die Kamera mit ihrem alles sehenden Objektiv, der Fotograf, der Anweisungen ruft. Mom coacht von der Seite: „Kopf hoch, großes Lächeln!"

Umgekehrtes hässliches Entlein.

„Bitte überlege es dir", sagt Jenna, als ich schweige. „Der zweite Grund, warum ich dich frage, ist, dass ich bereits Sydney, Audrey und Kayla gefragt habe, und sie können am Freitag nicht von der Arbeit weg. Nicht, dass du meine letzte Wahl bist, es ist nur, dass ich dich nicht gut genug kenne, um dich um einen Gefallen zu bitten, aber hier bin ich und flehe dich an. Es wird wahrscheinlich spät werden. Ich hoffe, da du für deinen Dad arbeitest und Max jetzt auch da ist, kannst du vielleicht freibekommen. Es ist für einen guten Zweck. Und dafür hast du was gut bei mir. Kostenloser heißer Kakao den ganzen Winter, oder was immer du aus meiner Konditorei willst."

Ich schlucke kräftig und versuche, meine schrecklichen Erinnerungen zu verdrängen. „Ich werde darüber nachdenken."

Sie stößt einen Atem aus. „Okay, aber es ist in nur zwei Tagen. Wenn du es nicht schaffst, muss Caleb sich um die Hunde kümmern und das Shooting allein bewältigen, was wirklich schwierig ist. Habe ich den Süße-Männer-Faktor erwähnt? Zwölf Models. Obwohl ich sicher bin, dass Caleb der Beste von ihnen ist." Sie stupst mich mit dem Ellbogen an.

„Ich habe ihm gegenüber erwähnt, dass er statt Models auch Jungs von hier hätte nehmen können, aber Caleb meint, dass seine Brüder nicht viel von seinem Modeln halten. Er sagt, die meisten sehen ihn nur als ein hübsches Gesicht."

„Das stimmt nicht. Eli hat nie etwas Schlechtes darüber gesagt, dass er modelt."

„Hat er jemals etwas Gutes gesagt?"

Sie sieht nachdenklich aus. „Hmm … nicht, dass ich das jemals gehört habe. Er ärgert ihn, weil er Grünkohl-Smoothies trinkt."

„Er könnte einfach sensibel sein." Oder vielleicht ist er empfindlich, weil er heimlich fürchtet, dass nicht akzeptiert wird, wer er ist und was er gerne tut. Klingt ein wenig wie jemand, den ich kenne. Das lässt mich innehalten. Vielleicht ist Caleb das seltsame Entlein in seiner Familie. Seine Brüder haben praktische Karrieren – ein Karate-Studio-Besitzer, ein Zimmermann und ein Polizist. Seine Schwester leitet das Familienrestaurant.

„Ooh, ich weiß", sagt Jenna. „Wie wäre es, wenn du morgen in deiner Mittagspause mit mir Dr. Russo besuchen würdest? Ich bin mir sicher, wenn du seine Einrichtung und die Tiere siehst, die auf eine Adoption warten, würdest du verstehen, wie wichtig das ist."

„Das ist nicht nötig."

Sie nimmt ihr Handy und geht auf eine Website, die die Tiere zeigt, die auf eine Adoption warten. Es gibt ein Mutter-Tochter Calico Katzenpaar, einen älteren Boston Terrier mit spitzen Ohren, und einen gelben Hund. Die Katzen sind in ihrem Zwinger zusammengerollt. Der Boston Terrier trägt eine Fliege und starrt ziemlich hochmütig in die Kamera. Das Maul des gelben Hundes ist in einem glücklichen Lächeln offen, während er von der Kamera wegschaut. Mein Herz zieht sich zusammen. Sie brauchen nur ein wenig Liebe.

„Plötzlich will ich sie alle mit nach Hause nehmen", sage ich.

Sie wirft einen Arm um meine Schultern und umarmt mich von der Seite. „Ich wusste, dass du ein Herz aus Gold haben musst. Sonst wäre Caleb nicht so gaga über dich. Danke! Willst du Caleb die gute Nachricht überbringen, oder soll ich? Du machst es doch, richtig?"

„Wenn es für meinen Dad okay ist, wenn ich mir am Freitag freinehme." Ich ignoriere das Brennen in meinem Bauch. Das ist größer als mein persönliches Trauma. Das ist für Tiere in Not.

„Wie geht es Max?", fragt sie.

Ich bin überrascht, dass sie fragt. „Gut."

Sie fährt in einem verschwörerischen Ton fort. „Es gab eine Menge Spannung zwischen ihm und Audrey am vergangenen Donnerstag in der Bar. Glaubst du, da ist noch was?"

„Ich habe keine Ahnung. Er war zurückhaltend deswegen."

Sie sieht sich um, wahrscheinlich nach Audrey. „Warum lädst du ihn nicht morgen Abend zur Ladies' Night ein?"

„Willst du die beiden verkuppeln?"

Sie senkt ihre Stimme. „Vielleicht. Ich erinnere mich, wie es in der Highschool bergab ging, und er war nicht gerade ein Sonnenschein, nachdem sie Schluss gemacht hatten. Er hat es an dem Tag beendet, an dem sie beschloss, an die Columbia zu gehen, im Frühjahr unseres letzten Jahres. Das ist eine Top-Schule. Wie auch immer, sie war angepisst, weil es in der City ist, nahe genug, dass er sie hätte besuchen können, aber statt-dessen hat er ihre Bindung durchtrennt."

„Hm."

Sie fährt fort. „Und dann war sie auch nur für ein Semester an der Columbia, bevor ihr Dad seinen Job verlor. Ihre Eltern konnten sich die Studiengebühren nicht leisten, sodass sie nach Hause kommen und an die staatliche Univer-sität pendeln musste. Mittlerweile war Max mit jemand anderem zusammen, und sie hat ihn einfach abgeschrieben. Ich denke, es ist nur, weil sie nach Mr. Right sucht, dass sie so verstimmt war zu sehen, wie er sich vor ihren Augen um ein Date bemühte. Wahrscheinlich war es auch nicht gerade hilf-reich, dass sie zwei Margaritas hatte. Sie hat sich nicht zurückgehalten, ihre Meinung zu sagen."

Ich blinzele, überrascht, wie viel sie mir erzählt hat. „Es muss ernst gewesen sein, wenn sie sich mehr als zehn Jahre später immer noch gegenseitig anschreien."

„Genau", sagt sie. „Um ganz ehrlich zu sein, sie hängt schon immer an Drew, und es ist ein komplettes – hey, *du!*"

Audrey hat gerade die Tür geöffnet. „Hey, ihr beiden, seid ihr bereit zu gehen? Ich will abschließen."

„Selbstverständlich." Jenna manövriert sich aus ihrem Sitz und hüpft ein wenig. Ich reiche ihr die Krücken.

Die beiden gehen zusammen hinaus, und ich folge. Ich bin mir nicht sicher, ob ich Max zur Ladies' Night einladen sollte. Was ist, wenn es Audrey wütend macht?

Ich verabschiede mich von ihnen und gehe zu meinem Auto. Ich misch mich da besser nicht ein. Max ist auf sich gestellt, was Audrey betrifft. Er erzählt mir nichts über seine Frauen. Wir spielen einfach Videospiele oder schauen uns Horrorfilme an. Er ist nie lange genug mit einer Frau zusam-men, um unsere gemeinsame Zeit länger zu unterbrechen.

Ich starte den Motor und lasse ihn warm werden. Es dauert ewig, bis das Auto an einem kalten Winterabend warm wird. Ich fahre los, meine Finger halten das Lenkrad ganz fest. Ich bin also etwas vorbelastet, was das Modeln angeht. Ich denke einfach an den Boston Terrier mit der

Fliege, der ein Zuhause braucht, oder an das Mutter-Tochter-Katzenpaar, und alles wird in Ordnung sein. Richtig? Ich habe zwei Tage, um mich mental darauf vorzubereiten.

Trotz der Kälte im Auto bricht mir der Schweiß aus. *Für die Tiere, für die Tiere …*

10

───────

Am nächsten Tag bin ich wieder bei der Ladies' Night, oder bei dem, was Sydney und ihre Freundinnen den Donnerstagabend-Wein-Club nennen. Ich kann nicht umhin zu bemerken, dass keine von ihnen Wein trinkt. Ein ehemaliger Buchclub, der nie Bücher gelesen hat, wurde zu einem Weinclub, der nie Wein trinkt. Ironie.

Ich bin immer noch ein wenig überrascht, wie leicht diese Gruppe von Frauen mich aufgenommen hat. Sydney, Jenna und Audrey kennen sich schon lange. Kayla ist erst im vergangenen Jahr dazugekommen und jetzt ich. Ich bin am Ende der Gruppe neben Kayla. Bei meinem zweiten Bier lache ich tatsächlich mit ihnen und fühle mich wohl. Sydney hat gerade eine lustige Geschichte über ihren Mann Wyatt erzählt, was für einen Wirbel er um ihren Hund Snowball, einem weißen Shih Tzu, macht. Sie sagt, Wyatt kämpft dreimal am Tag darum, kleine flauschige Stiefel an Snowballs Pfoten für ihre Spaziergänge zu bringen. Sie hat uns ein Bild der Stiefel an einem verärgerten Snowball gezeigt. Die Stiefel sind winzig graue Dinger mit Lammwollfutter. Offenbar ist Snowball mehr daran interessiert, sie zu zerkauen als in ihnen zu laufen.

Kayla lehnt sich an meine Schulter. „Also-o-o, wie läuft es mit Caleb?"

Die anderen Frauen reden immer noch über Hunde-schneestiefel, weil Jenna denkt, dass sie eine tolle Idee für ihre Hunde sind. Ich sehe in Kaylas liebenswürdig braune Augen und merke, wie ich mich ihr anvertraue. „Ich bin ein wenig überwältigt. Er hat bei unserem ersten Date von Ehe gespro-chen. Er kommt sehr stark daher und hat von einem Blitz-schlag gesprochen, als wir uns zum ersten Mal getroffen haben. Ich meine, klingt das normal?"

„Ooh, ich weiß nicht genug über seine Dating-Geschichte, um das zu wissen." Sie kramt ihr Handy aus der Handtasche. „Lass mich kurz Adam fragen, was da los ist." Die Alarmglo-cken schrillen durch mich. Adam ist Calebs älterer Bruder und Kaylas Verlobter. Das wird auf jeden Fall Caleb zu Ohren kommen.

„Nein, warte. Nur zwischen uns, okay?"

Sie steckt ihr Handy zurück. „Alles klar. Mädelskodex."

„Was ist das?"

„Du weißt schon, wenn du mit deinen Freundinnen über deinen Typ sprichst. Mädelskodex heißt, dass unsere Lippen versiegelt sind. Ich habe viel zu viel über Adam erzählt, als wir noch auf wackeligem Boden waren. Manchmal braucht man eben die Perspektive seiner Freunde auf die Dinge."

„Cool."

Sydney blickt von Kaylas anderer Seite herüber. „Ich hasse es, euch zu unterbrechen, da ihr da drüben so eine Mädelsko-dexsache habt, aber ich habe das Wort Blitzschlag gehört. Ich denke, ich kann da helfen." Sydney ist Calebs ältere Schwes-ter. Ich denke, ich muss das Horseman Inn verlassen, wenn ich vermeiden will, auf Menschen zu treffen, die irgendwie mit ihm zu tun haben. Das hier *ist* nun mal ein Robinson Familienunternehmen. Sein ältester Bruder Drew sitzt in der hintersten Ecke und schaut sich das Spiel im Fernsehen an. Ziemlich sicher, dass er uns nicht von dort drüben hören kann. Dennoch.

„Mädelskodex", flüstere ich.

Sydney stupst meine Schulter an. „Absolut! Ich erzähle das nur zu deinen Gunsten. Also, Dad hat immer erzählt, wie er Mom zum ersten Mal traf, als ob er von einem Blitzschlag getroffen worden wäre. Bam! Er wusste genau da, dass sie diejenige war, die er heiraten würde. Er hat ihr sogar bei ihrem ersten Date einen Antrag gemacht. Natürlich dachte sie, er sei verrückt, aber nach einem Monat Daten und zwei weiteren Anträgen hat sie schließlich zugestimmt. Sie haben geheiratet, uns fünf bekommen und sehr glücklich zusammengelebt. Caleb hat dir also gesagt, er habe einen Blitzschlag für dich gespürt?"

Ich starre auf den Tresen. „Oh, wow", murmele ich. Ich habe diese glücklichen Familienbilder bei ihm gesehen. Ich weiß, wie viel seine Familie ihm bedeutet, heißt das also, er will wirklich glauben, dass der Blitz für ihn wie für seinen Dad eingeschlagen hat? Kein anderer Kerl hat sich sofort in mich verliebt, besonders kein Kerl wie er, der jede haben könnte.

„Sloane?", spricht mich Sydney an.

Ich wende mich ihr zu. „Das hat er gesagt. Blitzschlag." Ich lasse den Teil aus, in dem er sagte, dass wir keinen Sex haben werden, bis ich zustimme, ihn zu heiraten. Seine Schwester muss nichts über unser Sexualleben wissen, oder das Fehlen davon. Obwohl es diese eine nackte Zeit gab …

„Sie ist überwältigt", wirft Kayla ein.

Sydney lächelt. „Ich bin mir sicher, meine Mom hat dasselbe empfunden. Gib ihm einen Monat. Schau, was passiert."

„Einen Monat", wiederhole ich.

Sydney nickt einmal. „Wenn es wirklich der Blitzschlag ist, ist nichts weiter nötig, um den Deal zu besiegeln. Natürlich hängt es davon ab, wie du über die Ehe denkst."

„Und ihn", sagt Kayla.

„Wie empfindest du für ihn?", fragt Sydney.

Ich bemerke, dass Jenna und Audrey sich vorbeugen und mit gespannter Aufmerksamkeit zuhören.

Ich schlucke kräftig, nicht daran gewöhnt, mit einer Gruppe von Frauen über intime Dinge zu sprechen. Jungs reden nie über solche Gefühle. „Ich mag ihn, aber –"

„Das ist ein Anfang", sagt Sydney und sieht erfreut aus. „Meinst du, dass dir eine ernsthafte Beziehung gefallen könnte?"

„Wie eine Ehe?" Meine Stimme bricht. Ich habe nichts gegen die Ehe mit der richtigen Person. Es ist nur ein bisschen viel, so bald darüber zu reden.

Ihre hellbraunen Augen sind mitleidig. „Denk nicht, du müsstest es überstürzen. Caleb ist wahrscheinlich so übermäßig begeistert, weil er glaubt, dass es für ihn genauso passiert ist wie für Dad. Aber ich sage dir was." Sie hebt einen Finger in die Luft. „Caleb hat zuvor noch nie Interesse an der Ehe gezeigt. Die Frauen stellen ihm nach, und er kann sie nehmen oder verlassen. Nichts hält lange an, und es stört ihn nie."

„Er hat mich verfolgt!", rufe ich.

Sie grinst. „Das könnte ein Teil deiner Anziehungskraft sein."

„Genau das habe ich befürchtet. Er ist auf der Jagd, und dann, sobald er mich fängt ..." Ich spreche nicht weiter und erinnere mich daran, wie ich das angesprochen habe, und er darauf meinte, bis zur Ehe keinen Sex mit mir haben zu wollen. Er sagte, er spiele nicht.

„Sobald er dich hat, wird er dich fallen lassen?", fragt Kayla.

Sie ist sehr aufmerksam. Ich entspanne mich. Es ist einfacher es zu erzählen, wenn jemand versteht, womit ich zu kämpfen habe. „Ja. Als würde ich unvorsichtig, er würde mir einfach das Herz rausreißen und weggehen und dabei jegliches Interesse verlieren."

„Oh nein, Caleb ist nicht so", sagt Kayla. „Er ist der Süßeste der Robinsons. Ich glaube, weil er der Jüngste ist. Nichts für ungut, Sydney."

„Ich wollte nie süß sein", sagt Sydney und kippt ihren Whiskey runter. „Ich trete in den Hintern. Aber du bist die Süßeste in deiner Familie, Kayla."

Ich unterdrücke ein Lachen. Sydney sagt auch, ihr Mann, Wyatt, ist nicht süß. Kayla ist nicht nur mit Sydneys Bruder

Adam verlobt, sie ist auch Wyatts Schwester. Ich habe Wyatt nur einmal getroffen, als er hinter der Bar mit Betsy arbeitete und über die Drinks sprach, die er servierte, was er kostenlos macht, weil er ein Whisky- und Bierliebhaber ist und Sydney bei der Auswahl des Inventars geholfen hat. Er schien mir ein selbstbewusster, fröhlicher Typ zu sein.

Kayla strahlt und dreht sich zu mir um. „Stimmt, ich bin die Süßeste. Ich bin auch die Jüngste wie Caleb. In meiner Familie ist Wyatt frech, Paige ist stahlhart, und Brooke ist abgestumpft, hauptsächlich, um ihren kitschigen Kern zu verbergen. Ich schätze, Caleb und ich sind süß, weil wir die Jüngsten sind und so gut von unseren älteren Geschwistern betreut wurden. Ich weiß, dass ich in dieser Hinsicht Glück hatte. Wyatt hat auf mich aufgepasst, und ich wusste immer, dass Paige und Brooke auch auf meiner Seite sind."

Sydney seufzt. „Ich gebe zu, dass ich Caleb verhätschelt habe. Er war erst acht, als Mom starb. Ich habe ihn mit all meiner Liebe überschüttet und ihm viel durchgehen lassen. Dad war damit beschäftigt, hier zu arbeiten, und hat einiges verpasst von dem, was zu Hause geschah."

„Es ist nichts falsch daran, ihn mit Liebe zu überschütten", erklärt Kayla. „Tatsächlich wette ich, das ist der Grund, warum er so fröhlich ist. Adam sagt, nichts zieht Caleb runter. Er ist immer sonnig, sogar früh am Morgen."

„Das kann ich nicht alles auf meine Kappe nehmen", sagt Sydney. „Er war sogar ein fröhliches Baby. Wahrscheinlich war er deswegen schon immer so beliebt. Die Menschen lieben Caleb, die Kamera liebt Caleb …"

Sie wenden sich beide an mich, als ob ich den Rest dieses Satzes ergänzen soll.

Ich hebe meine Hände. „Wir hatten erst zwei Dates."

„Aller guten Dinge sind drei", sagt Sydney mit einem Grinsen.

∼

Caleb

Ich trete mit Sloane in den offenen Studio-Raum in einem Loft in Manhattan, ein Teil von mir hofft, sie zu beeindrucken. Sobald ich die Tür hinter uns schließe, löse ich Huckleberrys Leine und lasse ihn auf seine Schnüffeltour gehen. Rockmusik plärrt aus einem tragbaren Lautsprecher. Das Loft mit freiliegenden Ziegelsteinen und glänzenden Hartholzböden ist leer, mit Ausnahme der Einrichtung des Fotografen und einem großen weißen Hintergrund, Leuchten, Kamera auf einem Stativ und ein paar Metall-Klappstühlen. Ich bin froh zu sehen, dass Dmitri so früh hier ist. Er justiert die Jalousien an der Fensterwand am anderen Ende des Raumes. Die Models sind noch nicht da, aber es sind auch noch fünfzehn Minuten bis zur Call Time, also bin ich nicht allzu besorgt.

Ich stelle eine Tasche mit Plastikwasserschalen für die Hunde, Papiertüchern, Reinigern und Hundebeuteln für den Fall von Unfällen ab. Dann nehme ich Sloanes Hand und gehe zu Dmitri. Er ist in seinen Vierzigern, lässig gekleidet in ein weißes Button-Down-Hemd, das nicht in der Hose steckt, verblasste Jeans und Slipper. Seine dunklen Haare sind noch kürzer geschnitten als meine. „Schönen Raum hast du gefunden!", rufe ich über die Musik.

Er dreht sich um, seine Augenbrauen heben sich. „Solange die Sonne mitspielt." Er holt sein Handy heraus, reduziert die Lautstärke der Musik und kommt rüber, um uns zu begrüßen, bleibt kurz vor Sloane stehen, seine Hände bilden einen Rahmen um ihr Gesicht. „Schau dir diese Augen an. Wie Katzenaugen, ein goldener Bernstein. Großartig. Kann ich ein Bild von dir machen?"

Sloane setzt einen Schritt zurück. „Ich bin nur hier, um mit den Hunden zu helfen."

Er lächelt. „Tut mir leid, eins nach dem anderen. Ich bin Dmitri Gulko." Er streckt mir seine Hand entgegen.

Sie schüttelt sie. „Sloane."

Er sieht mich an. „So auffällig mit den dunklen Haaren und den goldenen Augen."

„Nicht wahr?"

Sloanes rosige Wangen werden rot, und sie murmelt etwas über hellbraune Augen.

„Wie wäre es mit einem Bild von euch beiden zusammen?", fragt er mich und hebt seine Brauen. Er hat in der Vergangenheit viele Bilder von mir bekommen. Er will wirklich Sloane.

„Ist schon okay", sagt Sloane und lässt meine Hand los, um zu den Fenstern hinten zu gehen.

Dmitri sagt leise: „Sie hat keine Ahnung von ihrer Schönheit. Was für ein einzigartiger Look, und irgendwie funktionieren der weite Pullover und die zerrissene Jeans an dieser zierlichen Statur. Mühelos schick."

Fakt ist, der weite Pullover rutscht von einer Schulter, entblößt ihr zartes Schlüsselbein und ihre Schulter, und die Jeans ist enganliegend. So sexy. „Das dachte ich auch. Noch cooler, sie ist Mechanikerin."

Er starrte mich an. „Ich muss sie bei der Arbeit fotografieren. Weißt du, wie viele Autofreaks *alles* kaufen würden, wenn sie in der Werbung zu sehen ist?" Dmitri macht viel Werbung.

„Sie ist schüchtern." Ich weiß, sie hat behauptet, es nicht zu sein, aber ich glaube ihr nicht ganz. Sie wird nur langsam warm, ist nicht sehr gesprächig, und sie errötet leicht. „Am besten verschieben wir die Sache mit dem Foto. Damit fühlt sie sich unwohl."

„Schade", sagt er.

Die Tür öffnet sich, und Gerard, ein großer Kerl mit dunklem Haar, durchdringenden blauen Augen und riesigen Muskeln, kommt herein und hält einen kleinen weißen Pudel in der Armbeuge. „Bonnie und ich sind bereit für unsere Nahaufnahme. Können wir Februar sein? Sie sieht gut aus vor rosaroten Hintergründen. Ihr wisst schon, zum Valentinstag."

Huckleberry kommt rübergerannt und bellt. Ich gebe ihm den Sitzbefehl und gehe zu ihm, halte ihn am Halsband und gebe Bonnie die Chance, erst einmal anzukommen.

„Der Februar gehört dir", sage ich und streichle Bonnie. „Danke, dass du das machst."

„Alles für dich. Wir sind bei diesen Nahrungsergänzungs-Anzeigen zusammengekommen."

Er setzt Bonnie ab, und Huckleberry springt auf seine Füße. Sloane eilt zu Bonnie, wahrscheinlich um sie zu beschützen, aber Bonnie flippt aus, dreht sich um und läuft. Das inspiriert Huckleberry nur, sie zu jagen. Gerard rast zur gleichen Zeit wie Sloane hinter Bonnie her.

„Sloane, schnapp dir Huckleberrys Halsband!", rufe ich.

Sie wechselt die Richtung, gerade als Gerard herumschwenkt, und sie knallen ineinander. Seine Arme legen sich um sie und verhindern ihren Sturz.

„Hallo", sagt er herzlich und blickt auf sie hinab.

„Tut mir leid", sagt sie, tritt aus seinen Armen und glättet ihr Haar.

Ich befestige Huckleberrys Leine, und Gerard hebt Bonnie wieder hoch. „Ist sie mit jemandem zusammen?", flüstert Gerard mir zu.

„Mit mir", sage ich. „Denk nicht einmal daran."

Sloane kommt rüber und nimmt Huckleberry an die Leine. „Tut mir leid. Ich werde ihn an der Leine bei mir halten. Stellen wir die beiden einander vor. Huckleberry, sitz!" Sie wartet, bis er sitzt, dann sagt sie: „Das ist Bonnie. Wir jagen sie nicht, aber du darfst schnüffeln."

Gerard beugt sich gehorsam hinunter und lässt Huckleberry an Bonnie schnüffeln. Bonnie bleibt vollkommen still, ihre kleine Nase zittert. Huckleberry beendet seine Überprüfung mit einem Lecken ihrer Nase.

„Okay, jetzt sind wir alle Freunde", sagt Sloane.

Ich stelle sie Gerard vor, der ihr sein glühendes Lächeln schenkt. „Schön, dich kennenzulernen, Sloane."

„Ebenso", sagt sie ohne einen Hauch von Erröten. Das bedeutet, dass sein Glühen nicht funktioniert hat. Ha! „Hast du eine Leine für sie? Ich werde sie beide an meiner Seite behalten. Caleb, wo ist das Spielzeug?"

„Mist. Das hab ich im Kofferraum gelassen. Ich hole es."

Ich rase aus der Tür und überlasse Sloane zwei Männern, die sie so sehen wie ich – eine coole, mühelos schöne Frau. Die Tatsache, dass sie es nicht weiß, trägt nur zu ihrem Reiz bei. Ich habe noch nie eine andere Frau wie sie getroffen.

Es dauert gut fünfzehn Minuten, bis ich in der Garage bin, in der ich geparkt habe, die Spielzeugkiste geholt habe und wieder zurück bin.

Ich trete ein und erwarte ein volles Haus mit elf Modeln und ihren Hunden, aber es sind nur Gerard und zwei weitere Model-Freunde, Rusty und Shane, da. Mit mir haben wir nur vier Models für einen Kalender. Das wird nicht funktionieren. Es soll ein neues Gesicht und ein neuer Hund für jeden Monat sein.

Ich grüße sie und gehe zu Dmitri. „Lass uns einfach anfangen. Hoffentlich werden die anderen bald auftauchen."

Nur tun sie es nicht. Ich rufe an und schreibe ihnen, erhalte nur Voicemails und ein paar lahme Ausreden, dass ein zahlender Gig reingekommen sei. Es ist für einen wohltätigen Zweck, und sie waren einverstanden gewesen, ihre Zeit zu spenden. Ich bin sauer und habe das Gefühl, dass ich den gemieteten Raum und Dmitris Zeit verschwendet habe, der mir damit einen Gefallen tun wollte. Verdammt.

Ich werde zuletzt fotografiert, damit die anderen Models gehen können, wenn sie fertig sind. Sloane hatte eine leichte Zeit mit den Hunden. Huckleberry war der einzige große Hund. Die anderen – ein Yorkie, der Zwergpudel und ein Windhund – haben die meiste Zeit damit verbracht, in einer warmen Ecke auf dem Windhundbett zu dösen. Huckleberry ist in Sloanes Nähe geblieben.

Jetzt bin ich dran. Nur noch ich, Sloane und Dmitri sind da.

„Halte Huckleberry eine Minute lang fest", sage ich zu ihr.

Sie hält seine Leine hoch, um mir zu zeigen, dass sie an ihm hängt. Sie sitzt im Schneidersitz auf dem Boden, Huckleberry liegt neben ihr, der Kopf ruht auf seinen Pfoten, während er seine Augen auf mich hält. Ich ziehe mein Hemd aus und lege es auf die Lehne eines Metall-Klappstuhls.

Sloane beobachtet mich interessiert. Nicht so sehr als wäre sie vor Lust verrückt, als vielmehr neugierig auf meine Modelarbeit.

Dmitri bespritzt mich mit Öl.

„Okay, lass den Hund los!", rufe ich Sloane zu.

Sie lächelt und öffnet die Leine. „Lauf zu Caleb!" Sie muss Huckleberry einen Schubs geben, bevor er aufsteht, seine Hinterbeine und dann seine Vorderbeine streckt.

„Komm schon, Huckleberry", sage ich und klatsche mir auf den Oberschenkel.

Er kommt herüber, und ich hocke mich hin und lobe ihn, während ich ihn streichle. Ich höre, wie die Kamera drauflosklickt. Es ist nicht leicht, mit ihm zu posieren. Die kleineren Hunde können hochgehoben werden, nicht Huckleberry.

Sloane schlendert herüber. „Versuch, dich Seite an Seite mit ihm zu legen."

„Ja", sagt Dmitri. „Das ist gut."

Ich gebe Huckleberry den Befehl, Platz zu machen. Sobald er liegt, gehe ich neben ihm auf den Bauch. Die Kamera schießt drauflos, während wir uns gegenseitig aus der Nähe betrachten, und dann schnippt Dmitri mit den Fingern, und wir sehen beide zur Kamera.

„Ich werde ihn seine Tricks machen lassen", sage ich. Dann gebe ich ihm Befehle, während ich um ihn herum arbeite. Er sitzt, wir schütteln die Pfoten, und er rollt herum. Dafür reibe ich seinen Bauch, und er wackelt auf seinem Rücken, was mich zum Lachen bringt.

„Viele lustige Bilder", sagt Dmitri. „Jetzt stellt euch beide hin und schenk mir einen sexy glühenden Blick. Stell dir vor, die Kamera ist deine Schönheit Sloane hier."

Sloane schaut aufmerksam zu, wie ich mein Ding mache und die Kamera liebe.

Sobald Dmitri zufrieden ist, wendet er sich an Sloane. „Sicher, dass du kein Bild von euch beiden haben willst?"

Sie schüttelt den Kopf. „Nein, danke. Du hast heute genug gearbeitet."

„Das ist keine Arbeit. Es wäre mir eine Freude."

Sie schaut auf ihr Outfit hinab. „Ich bin nicht für Fotos angezogen."

Dmitri zeigt auf mich. „Er ist oben ohne. Ich finde, dein Pullover ist perfekt. Wenn du ihn einfach hier reinsteckst." Er deutet vorn auf seine Jeans.

Sie steckt ihn hinein. Schätze, das ist für sie okay.

„Rutsch rüber, Huckleberry", sage ich, und schubse ihn nach rechts. Er hat sich jetzt mitten vor dem Hintergrund ausgestreckt und entspannt sich.

Ich locke Sloane mit dem gekrümmten Finger.

Sie kommt rüber und wendet sich an Dmitri. „Das ist aber nur ein Erinnerungsfoto für uns. Ich will das nicht irgendwo im Kalender oder online, okay?"

„Absolut", sagt er. „Stellt euch einander gegenüber."

Ich lege einen Arm um ihre Taille und ziehe sie an mich, ein vertrauter Ruck geht durch mich, als ihre bernsteinfarbenen Augen in meine blicken. Ihre Wangen werden rot, als sie zu mir aufschaut, ihre Lippen öffnen sich. Die Kamera klickt drauflos.

„Der Kontrast eurer Farbe und Größe macht ein großartiges Tableau", sagt Dmitri. „Caleb, leg deine Arme von hinten um sie."

Ich drehe sie und lege meine Hände an ihre Hüften, dann um ihre Taille und beuge mich nach unten, um sie anzulächeln.

„Er macht so viele Bilder", flüstert sie.

„Das ist sein Ding. Er lässt uns später unseren Favoriten auswählen."

Wir beide drehen den Kopf und schauen in die Kamera.

„Sloane, du bist ein Naturtalent!", ruft Dmitri. „Hast du schonmal gemodelt?"

Schweigen.

Ich beuge mich vor, um sie anzusehen. Ihre Lippen sind fest zusammengedrückt. „Sloane?", hake ich nach.

Sie löst sich von mir. „Das waren jetzt genug Bilder."

Dmitri senkt die Kamera. „Möchtet ihr sie sehen?" Er

gewährt ihr einen Blick auf die Rückseite seiner Digitalkamera.

„Später, danke." Sie geht los, um Huckleberrys Leine zu holen.

Dmitri und ich tauschen einen überraschten Blick aus. Er hat ihr bloß ein Kompliment gemacht, aber anscheinend hat es sie zum Schweigen gebracht.

Er packt seine Sachen ein, während Sloane und ich aufräumen, Spielzeug einsammeln und verschüttetes Wasser aus den Hundenäpfen wegwischen.

„Habt ein schönes Wochenende!", ruft Dmitri. „War schön, dich kennenzulernen, Sloane."

„Vielen Dank, finde ich auch", sagt Sloane.

„Dmitri, danke für alles", sage ich. „Hast was gut bei mir."

Er lächelt. „Ich freue mich immer, einem guten Zweck zu dienen."

Sobald er geht, sagt Sloane: „Es ist so blöd, dass die anderen Models nicht gekommen sind. Tut mir leid."

Ich stoße einen Atemzug aus. „Ja."

„Was wirst du jetzt tun?"

„Ich weiß nicht. Ich denke, ich arbeite einfach mit dem, was wir haben, auch wenn es nicht so attraktiv ist, das gleiche Modell für mehrere Monate wiederzuverwenden. Dmitri hat genug Bilder in verschiedenen Posen, ich könne es also machen."

Sie schüttelt den Kopf. „Hol dir Jungs aus dem Ort, um die anderen Monate zu füllen. Deine Brüder und jeden anderen jungen Kerl. Ich könnte Max bekommen, oh, und den Tierarzt in der Stadt, Dr. Russo. Ich hab ihn auf seiner Website gesehen, und er ist nicht schlecht anzuschauen. Sogar unser Bürgermeister könnte mitmachen. Viele Frauen stehen auf Levis bärtigen Look." Sie zählt es an ihren Fingern ab. „Das sind schon mal sechs Jungs. Dann brauchen wir nur noch zwei. Ich könnte Max fragen, ob jemand aus seinem Gartenbauteam bereit wäre zu posieren."

Ich verziehe das Gesicht, vor allem, weil klar ist, dass sie

Max nahesteht, und ich hasse es, dass ich so besitzergreifend bei ihr bin. Normalerweise bin ich sehr entspannt bei Frauen. „Das wird nichts werden. Lass uns gehen!" Ich nehme Huckleberrys Leine und gehe aus der Tür.

Sloane bleibt an meiner Seite. „Warum nicht?"

Ich schließe die Tür hinter uns und gestehe die Wahrheit. „Weil die alle keine Models sind und sie es für dumm halten." *Sie werden denken, ich bin dumm.*

„Es ist nicht dumm. Es ist für einen guten Zweck. Ich bin sicher, dass Dr. Russo alles dafür tun würde, weil es doch für sein Tierheim ist. Und ich weiß, dass ich Max überzeugen kann. Alles, was ich tun muss, ist, ihm für den nächsten Monat Pizza zu versprechen."

Ich gehe zum Aufzug und drücke den Knopf. Ich halte den Mund geschlossen, damit ich nicht wie ein eifersüchtiger Freund klinge. Ich bin mir nicht einmal sicher, dass ich ihr Freund bin. Sie war nur einverstanden, heute hierherzukommen, weil Jenna sie darum gebeten hat. Als ich sie gefragt hat, hat sie abgelehnt.

Wir treten in den Aufzug, während ich versuche, mein Temperament zu kühlen. Ich bin nur frustriert und unsicher, wo ich bei ihr stehe. Eine völlig neue Erfahrung für mich.

Sloane sieht nachdenklich aus. „Eigentlich schulde ich ihm dann zwei Monate Pizza. Ich habe ihm bereits einen Monat versprochen, damit er mir bei der Organisation des Königsballs für das Winterfest hilft."

Es reicht. Max steht definitiv auf sie. Welcher Typ will einen Ball organisieren? „Was für ein königlicher Ball?"

Sie erklärt, dass Audrey nach anderen Winterfesten gesucht hat und dachte, dass es eine gute Idee wäre, die Idee eines Königs und einer Königin für unser Winterfest zu übernehmen. Hmm, vielleicht hat Max zugestimmt, um enger mit Audrey zusammenzuarbeiten. Ich kann aber nicht davon ausgehen, dass das der Grund ist. Es geht genauso wahrscheinlich um Sloane.

„Wenn es Audreys Idee war, warum arbeitet sie nicht daran?", frage ich.

„Sie ist bereits für Programme, Kartenverkauf und Werbung für das Winterfest zuständig."

„Ich werde auch Mitglied dieses Ausschusses. Ich werde dir helfen, den Ball zu planen und was auch immer du brauchst."

Ihr Gesicht erhellt sich. „Wirklich? Oh, vielen Dank! Das wächst mir nämlich ganz schön über den Kopf. Ich war noch nie selbst bei einem Ball, geschweige denn dass ich eine schicke Veranstaltung geplant hätte. Und die Krönung haut mich irgendwie um. Ich habe keine Ahnung, wie das gehen soll. Ich habe Max beauftragt zu recherchieren, was zu tun ist."

Ja, ich muss auf jeden Fall da sein.

„Warte mal, du warst nie bei einem Ball?", frage ich. „Nicht einmal beim Abschlussball?"

Sie hockt sich hin, um Huckleberry zu streicheln. „Diese Dinge sind sowieso lahm. Richtig, Huckleberry?"

Ich lese zwischen den Zeilen. Niemand hat sie eingeladen. Idioten.

Der Aufzug öffnet sich im Erdgeschoss, und ich lasse sie zuerst mit Huckleberry hinausgehen. Sobald wir den Flur betreten, teile ich ihr mit: „Wir gehen gemeinsam zum Ball."

„Der ist in fünf Wochen."

„Und?"

Sie schüttelt den Kopf. „Nichts."

Sie glaubt nicht, dass wir so lange zusammenbleiben. Aus irgendeinem Grund scheint sie immer noch nicht zu verstehen, wie viel ich für sie empfinde. Es ist an der Zeit, ihr etwas zu bieten, hier in der Stadt.

Ich hebe ihr Kinn und küsse sie. „Du wirst meine Königin sein."

Sie blinzelt ein paarmal. „Dadurch wirst du wohl zu meinem König?"

„Du wirst dich schon daran gewöhnen."

„Hat dir schon mal jemand gesagt, dass du hartnäckig bist?"

Ich packe sie und senke sie über meinen Arm. Sie kreischt, was Huckleberry aufgeregt bellen lässt.

„Caleb!" Ihre bernsteinfarbenen Augen strahlen. Sie sieht glücklich aus. Ich ziehe sie wieder hoch und gebe ihr einen schnellen Kuss. „Lass uns gehen, Königin."

Sie lacht, und wir gehen Hand in Hand aus dem Gebäude, Huckleberry trabt neben uns her.

11

Sloane

Ich gehe zurück zu Calebs Wohnung im Gramercy Park. Er hat eine gemietete Zwei-Zimmer-Wohnung, was selten ist, die unter dem Namen des Eigentümers der Agentur geführt wird. Das Tolle an Caleb ist, dass er, obwohl er verärgert war, dass das Model-Shooting nicht so lief, wie er gehofft hatte, das unsere gemeinsame Zeit nicht ruinieren lässt. Er hat sogar freiwillig angeboten, mir beim Winterfest zu helfen.

Er hat mich seine Königin genannt. Und verdammt, wenn ich mich jetzt nicht irgendwie besonders fühle.

„Sieht so aus, als wäre Hugo hier", sagt Caleb und deutet auf eine schwarze Daunenjacke an einem Haken bei der Tür. Das Wasser läuft im Badezimmer. Caleb geht den Flur hinunter zu den Schlafzimmern und kehrt zurück. „Er hat seine Koffer in den richtigen Raum gestellt. Ich muss sicherstellen, dass er sich einlebt und weiß, was wo ist. Er ist zwanzig und gerade aus Schweden hergeflogen. Das ist sein erstes Mal in New York. Willst du eine Flasche Wasser?"

„Klar doch."

Ich setze mich aufs Sofa und beobachte Huckleberry, der herumschnüffelt. Das scheint sein Ding zu sein, wenn er irgendwo neu ankommt. Calebs Wohnung ist spärlich. Im

Wohnzimmer, das sich zu einem kleinen Essbereich und, hinter einer halben Wand, einer Pantry-Küche öffnet, stehen ein dunkelgrünes Sofa, ein Couchtisch und ein Fernseher. Die beiden Schlafzimmer und das Badezimmer sind einen kurzen Flur vom Wohnzimmer entfernt. Das Schöne ist, dass das Wohnzimmer drei Fenster mit Blick auf die Stadt hat.

Ich gehe zu ihnen hinüber und schaue in der Ferne auf die Gebäude und den eingezäunten Park.

„Hey, Mann, ich bin Caleb, dein Mitbewohner."

Huckleberry bellt und läuft zu einem atemberaubenden, großen Kerl mit dicken, blonden, schulterlangen Haaren, noch nass von der Dusche, eisblauen Augen und hohen Wangenknochen. Hugo sieht aus wie ein nordischer Gott. Er trägt ein beigefarbenes Henley-Hemd mit Jeans und Sneakern.

„Schön, dich kennenzulernen", sagt Hugo, schüttelt Caleb die Hand und streichelt Huckleberry kurz.

„Das ist meine Freundin, Sloane", sagt Caleb und zeigt auf mich.

Mein Puls steigt, Wärme durchfährt mich. Schätze, jetzt ist es offiziell. ich bin seine Freundin. Nun, er hat gesagt, ich sei seine Königin, also vermute ich, dass der Freundin-Teil da impliziert war.

Hugo kommt zu mir, Huckleberry folgt ihm, um an seiner Jeans zu schnuppern. „Ich bin Hugo. Auch schön, dich kennenzulernen." Er streckt mir die Hand entgegen.

Ich lege meine Hand in seine, und er schüttelt sie kräftig.

„Das ist eine sehr schöne Wohnung", sagt Hugo zu Caleb. „Jeder sagt, dass es in New York City nur kleine Apartments mit Kakerlaken und Ratten gibt. Stimmt nicht." In seiner Stimme ist eine Musikalität, die man gerne hört, und sein Englisch ist beeindruckend.

„Wie hast du so gut Englisch gelernt?", frage ich.

Hugo lacht. „Viele Menschen in Schweden sprechen Englisch. Wir lernen es in der Schule, und ich schaue mir englische Sendungen im Fernsehen an. Ich war auch für drei Sommer in Vermont in den USA im Sommercamp. Schöner

Ort, um mein Englisch zu üben viele Mädchen." Er setzt ein verschlagenes Lächeln auf.

„Das wette ich", sagt Caleb lachend. „Hast du dich schon bei der Agentur gemeldet?"

„Ja. Ich habe mein US-Handy und Geld in US-Dollar gewechselt."

„Großartig! Dann lass mich dir zeigen, wo alles ist, dir die Lage erklären, und dann holen wir uns was zum Abendessen."

„Ich würde gern heute Abend in einen Club gehen", sagt Hugo. „Ich habe gehört, dass sie hier richtig wild sind."

Caleb klopft ihm eine Hand auf die Schulter. „Ich habe Neuigkeiten für dich, Kumpel. Diese Clubs sind ab einundzwanzig."

„Wir können uns eine gefälschte ID besorgen, oder?"

„Nein, wir tun nichts Zwielichtiges. Niemals. Aber keine Sorge, es gibt viele Partys, zu denen ich dich mitnehmen kann." Er führt ihn in die Küche und zeigt ihm, wo alles ist, die Fertiggessen und auch alles, was er braucht, um grüne Smoothies zu machen. Ich merke, wie ich lächle, während ich Calebs Vortrag lausche, in dem es darum geht, dass er auf sich selbst achten sollte, und wie wichtig das ist, nicht nur für ein gutes Aussehen vor der Kamera, sondern auch um gesund zu bleiben.

„In der Nacht vor einem Fotoshooting keinen Alkohol", warnt Caleb. „Das sieht man deinem Gesicht an. Geschwollene Augen und Wangen. Nicht gut."

Hugo neigt den Kopf, seine Haare fallen ihm über ein Auge. „In Schweden darf man mit achtzehn Alkohol trinken. Keine große Sache. Einundzwanzig ist echt spät."

„Auf Partys gibt's 'ne Menge Alkohol. Alles in Maßen, und das schließt Partys ein. Das heißt: gesund essen, Sport treiben und schlafen. Wenn du diese drei Dinge aus irgendeinem Grund nicht hinbekommst, dann wenigstens zwei. Das kann ich nicht genug betonen. Der Schlüssel zu einer erfolgreichen Modelkarriere ist, sich gut um sich selbst zu kümmern. Ich werde bis Sonntagabend hier sein, dich morgen früh mit einem grünen Smoothie versorgen und dir einen guten Start bereiten."

„Ist das obligatorisch?", fragt Hugo.

„Ja, Hugo, das ist es."

Hugo dreht sich zu mir um. „Lässt er dich auch grüne Smoothies trinken?"

„Ich habe noch nie mit ihm gefrühstückt. Wir sind noch nicht so lange zusammen."

„Möchtest du über Nacht bleiben?", fragt Caleb mich. „Das da ist ein Schlafsofa." Er zeigt auf das grüne Sofa. „Ich kann schauen, was heute Abend los ist. Freitagabends gibt es immer irgendwo eine Party."

Hugo schmunzelt. „Du lässt deine Freundin auf einem Schlafsofa schlafen? Vielleicht habe ich auch ein oder zwei Dinge, die ich dir beibringen könnte."

„Kümmer dich um deinen eigenen Kram", sagt Caleb lächelnd. Er zieht sein Handy aus der Gesäßtasche. „Siehst du? Ich habe gerade eine Einladung von einem Musikproduzenten bekommen, für den ich vor ein paar Monaten ein Video gedreht habe. In der Regel ist Tigrans Penthouse voll mit Rockstars und Models. Klingt das gut?"

„Yeah!" Hugo jubelt. „Wicked cool." Sein Slang muss aus dem Sommercamp stammen. Die Leute in der Gegend von Neuengland sagen gern wicked.

Caleb dreht sich zu mir um. „Bist du dabei, meine Königin?"

Wie kann ich Nein sagen? Er hat mich seine Königin genannt.

„Ich muss morgen Mittag wieder in Summerdale sein", sage ich. „Ich gebe Nachhilfe in der Bibliothek."

„Ich wusste nicht, dass du Nachhilfe gibst."

„Doch, ich habe ein paar Kinder, die ich in Mathematik unterrichte. Eins ist in der fünften Klasse, der andere in der zehn."

Er blickt in meine Augen, seine Lippen formen ein Lächeln. „Cool. Auf dem Weg nach Hause vom Abendessen holen wir alles, was du zum Fertigmachen brauchst. Hast du Hunger?"

„Ja!"

„Was ist mit dir, Hugo?"

Hugo schüttelt den Kopf. „Ich möchte nicht bei deinem Date mit deiner Königin stören."

Caleb lacht. „Platz für alle am königlichen Hof. Komm schon, das Abendessen geht auf mich."

Hugo dreht sich zu mir um. „Bist du dir sicher, dass es okay ist?"

„Absolut! Außerdem bin ich sicher, dass Caleb sicherstellen will, dass du was Gesundes zu Abend isst."

Caleb neigt den Kopf Richtung Tür. „Lasst uns gehen! Und, Hugo, halt dich von den Hot-Dog-Ständen fern."

„Ich dachte, ich hätte einen Mitbewohner und keinen Babysitter", murrt Hugo.

Caleb bleibt abrupt stehen. „Ich passe eben auf die Neuen auf. Die Agentur zahlt mir nichts dafür. Ich tue es, weil ich will, dass du Erfolg hast. Verstanden?" Er bietet Hugo einen Faststoß an.

Er erwidert den Faststoß. „Alles klar."

„Du wirst sehen, ich kann auch lustig sein."

Ich lächle Hugo an. „Er hat seinen Hund Huckleberry genannt."

„Das ist ein dummer Name für einen Hund wie den", sagt Hugo. „Er sollte Koda oder Zeus heißen."

Ich lächle. „Nicht wahr?"

Hugo und ich gehen gemeinsam aus der Tür und lassen uns viele würdige Namen für Huckleberry einfallen. Caleb hat ein kurzes Handgemenge an der Tür, weil er Huckleberry dazu bringen muss, in der Wohnung zu bleiben, bevor er sich uns anschließt und einen Arm um meine Schultern legt, während wir gehen.

Meine Wangen werden rot, aber ich tue cool, als ob wir immer so gehen. Als wären wir ein echtes Paar. Vielleicht habe ich am Ende dieses Wochenendes das Gefühl, als wären wir es wirklich.

Ich bin vielleicht nicht cool genug für diese Party, selbst mit meinem Upgrade von Sneakers zu schwarzen Plateaustiefeln mit Blockabsatz. Caleb hat sie mir in einem Geschäft gekauft, an dem wir nach dem Abendessen vorbeigekommen sind, und ich liebe sie wie verrückt. Sie sind knallhart und verschaffen mir zweieinhalb Zentimeter in der Höhe, ohne mich wackeln zu lassen. Wir sind in einer zweigeschossigen Penthouse-Wohnung, die Tigran gehört, einem Musikproduzenten. Das ganze Haus ist in Weiß gehalten, mit nur ein paar schwarzen Pops als Kontrast in der Deckenbeleuchtung und ein paar modernen eckigen Leder- und Chromstühlen. Das ist kein Haus, in dem man Kinder, Hunde oder Rotwein haben sollte. Zumindest könnte ich das nicht. Ich würde mir ständig Sorgen machen, das Weiß schmutzig zu machen.

Wir sind jetzt schon eine Stunde hier. Hugo ist fast sofort verschwunden und hat sich in die Mitte einer Gruppe von Frauen gestellt, die ihn gleich aufgenommen und für seinen Akzent geschwärmt haben.

Ich habe noch nie mehr Rockstars getroffen oder so viele strahlende Frauen gesehen. Caleb ist in seinem Element, redet und lacht mit allen. Ich schlüpfe davon, um die Toilette zu benutzen. Diese Party erinnert mich daran, wie ich Caleb zum ersten Mal im Horseman Inn während der Verlobungsfeier seiner Familie getroffen habe. Ich bin am Rand einer Gruppe, die ihn anbetet. Er ist die Sonne, um die sich alle drehen. Ich bin nicht einmal einer dieser Planeten, die sich um ihn drehen. Ich bin in seinem Schatten, unbemerkt, verschwinde im Hintergrund.

Ich klopfe an die Badezimmertür in der unteren Etage.

„Besetzt!", ruft die Stimme einer Frau.

Ich warte und spiele mit dem Saum meines Pullovers. Ich bin so underdressed für diese Party. Die Frauen tragen enge Kleider, kurze Röcke und einige sind in Hosenanzügen. Jeder sieht so aus, als wäre er gerade vom Laufsteg gekommen.

Was auch immer. Ich würde mich sowieso in solche Klamotten nicht wohlfühlen.

Die Tür öffnet sich, und eine große rothaarige Frau in einem silbernen Jumpsuit, der sich an ihrem Nabel öffnet, sieht mich mit verengten Augen an. Caleb hat uns vorhin vorgestellt. Rochelle. Er hat mit ihr bei der Cali Pop Kampagne gearbeitet.

„Hi", sage ich.

Sie schaut mich von oben herab an. „Bist du wirklich mit Caleb zusammen?"

„Wie bitte?"

„Du bist so –", sie gestikuliert vage in der Luft „ – *gewöhnlich*. Sei ehrlich, bist du seine Assistentin? Er hat dich hierhergebracht, um das Land zu erobern, nicht wahr?"

Ich presse meine Lippen fest aufeinander. „Ich bin Automechanikerin. Was ist daran gewöhnlich?" Ich falle auf, ob ich es mag oder nicht.

Sie hebt ihre perfekt gewölbten Augenbrauen. „Das ist merkwürdig."

„Du bist merkwürdig."

Sie schnaubt. „Honey, du bist *weit* außerhalb deiner Liga. Du wirst ihn nie behalten." Sie stolziert auf Stilettos davon.

Meine Augen und Wangen sind heiß, als ich ins Badezimmer trete. Die Kacheln sind strahlend weiß. Mein Körper wird taub und bewegt sich auf Autopilot.

Ich erhasche einen Blick auf mich selbst im Spiegel, als ich meine Hände wasche. Mein Gesicht ist blass, meine Augen glänzen vor unvergossenen Tränen. *Lass sie nicht in deinen Kopf. Sie ist eifersüchtig. Wahrscheinlich will sie Caleb.*

Ich gehe hinaus, und der Klang hohen weiblichen Lachens erreicht mich. Ich zögere. Ich bin nicht bereit, Caleb wieder in der Mitte des Ganzen zu treffen, umgeben von seinen glamourösen Bewunderern.

Ich finde die Küche, getrennt vom Hauptwohnraum, wo eine Frau vom Catering gerade eine Art Knödel frittiert. Sie ist eine ältere Frau, ihr schwarz-graues Haar in einem hübschen Knoten, sie trägt eine weiße Schürze über einem langärmeligen schwarzen Hemd und einem türkisfarbenen Blumenrock.

„Das riecht köstlich", sage ich.

Sie lächelt und nickt.

„Sind viele Leute hier. Sie müssen hart arbeiten."

Sie nickt und legt einen Knödel auf eine Platte, die mit Papiertüchern bedeckt ist.

„Ziemlich glamourös", sage ich und ziehe einen Stuhl an die Insel, an der sie kocht. „Es ist schön, ein wenig Ruhe zu bekommen."

Sie lächelt und nickt.

Zum ersten Mal, seit ich hier bin, entspanne ich mich endlich. Es ist schön, jemanden zu haben, der so gut zuhört. Ich erzähle ihr von Caleb und Hugo und dem coolen Restaurant, in dem wir vorher zu Abend gegessen haben, mit Lichterketten, einer alten Jukebox und superfreundlichen Kellnern. Das Essen war auch gut. Dann vertraue ich ihr an, was ich normalerweise beruflich mache und dass ich mich dadurch so-o-o fehl am Platz hier fühle. Ich sage nichts von den gemeinen Dingen, die Rochelle gesagt hat, aber es fühlt sich gut an, mir so viel von der Seele zu reden.

Ich bleibe eine Weile da und esse Knödel mit diesen köstlichen Saucen, die sie zubereitet. Ich habe Glück, dass ich direkt an der Quelle beim Caterer sitze. Wer weiß, wie lange es dauern würde, bis dieses Zeug bei all diesen Leuten da draußen zu mir käme?

Caleb steckt seinen Kopf herein. „Da bist du ja."

„Hi, ich habe mir nur einen Snack besorgt. Sie kocht fantastisch." Mir wird klar, dass ich ihren Namen gar nicht weiß. „Tut mir leid, da habe ich die ganze Zeit geredet und mich gar nicht vorgestellt. Ich bin Sloane."

Caleb winkt ihr leicht zu und lächelt. „Bye."

„Aber –" Er zieht mich direkt von meinem Stuhl. Ich bin so überrascht, dass ich kein Wort sage. Er zieht mich einen schmalen Flur hinunter ins Bad, schließt und verriegelt die Tür. „Was tust du denn da?"

„Was tust *du* denn da?", erwidert er mit einem heftigen

Flüstern. „Ich nehme dich mit auf eine Party voller Rockstars, und du versteckst dich in der Küche?"

„Ich habe mich nicht versteckt. Ich habe mich nur mit dem Caterer unterhalten." Ich hebe mein Kinn. „Sie ist wegen ihres Jobs nicht weniger wichtig als eine Musikerin."

Er verengt die Augen. „Das ist Tigrans Mom. Sie ist Armenierin und spricht kein Wort Englisch, also bin ich nicht genau sicher, wie du mit ihr geplaudert hast."

Ich öffne den Mund und schließe ihn dann. Ich dachte, sie könnte bloß gut zuhören. Sie hat viel gelächelt und genickt und hin und wieder „Ah" gesagt.

„Jeder braucht Gesellschaft", sage ich defensiv. „Sie war ganz allein, und du brauchst mich nicht. Du hattest eine Gruppe von Bewunderern."

„Bist du wirklich so schüchtern?", fragt Caleb.

„Ich habe dir doch gesagt, dass ich nicht schüchtern bin."

„Richtig. Okay. Nun, bei solchen Partys geht es nicht nur darum, sich zu amüsieren. So bekomme ich meine Jobs, durch Social Networking. Tigran kennt alle. Musikvideos sind legitime Arbeit für Models, und es zahlt sich aus, aber anstatt mit Menschen zu sprechen, bin ich auf der Suche nach dir. Ich dachte, du wärst gegangen."

Ich verschränke die Arme und schaue zur Seite. „Ich würde nicht einfach gehen. Ich meine, wohin sollte ich gehen?"

„Du hättest einen Zug nach Hause nehmen können."

Das hatte ich noch nicht einmal in Betracht gezogen, aber die Idee heitert mich sofort auf. Diese Welt ist einfach nichts für mich. Es war wahrscheinlich eine gute Sache, dass ich als Kind aus der Industrie gedrängt wurde, egal wie sehr es damals geschmerzt hat. Aber Caleb glänzt hier. Jeder liebt ihn, er liebt jeden gleich zurück, und er hat einen positiven Einfluss auf die jüngeren Models. Seine Heimatstadt-Mechaniker-Freundin ist die seltsame Ente. Was daran ist neu? Aber zumindest zu Hause fühle ich mich wohl.

Ich atme tief ein und spreche es aus. „Es tut mir leid, das ist einfach nicht mein Ding. Ich dachte, es wäre cool, und war es zuerst auch, aber dann habe ich mich einfach wirklich unbehaglich und fehl am Platz gefühlt. Du hast es wahrscheinlich nicht bemerkt, aber einige deiner weiblichen Groupies sehen mich schief an. Sie wollen dich für sich allein, und ich bin im Weg."

Er schaut zur Decke, bevor er mich mit einem harten Blick ansieht. „Wenn ich jemanden auf dieser Party wollte, hätte ich dich nicht mitgebracht. Das verstehst du, richtig? Ich hatte gedacht, wir wären uns da einig. Wir sind ein Team."

„Aber das bedeutet nicht, dass ich in dein Leben passe. Das hier sind deine Leute."

Er breitet seine Hände aus. „Alle sind meine Leute. Ich mag jeden."

Caleb zieht Menschen an, weil er jedem das Gefühl gibt, etwas Besonderes zu sein. Es sollte mich nicht davon abbringen, mich besonders zu fühlen, weil er gesagt hat, ich sei seine Königin, aber das tut es. Ich blinzele schnell, meine Kehle wird eng. Ich weiß nicht, warum ich so emotional werde. Ich wusste immer, dass wir nicht zusammenpassen.

„Können wir jetzt zurück zur Party gehen?", fragt er.

„Ich kann das nicht", sage ich leise.

„Was denn?"

Ich mache eine wilde Geste. „Das hier. Die glamouröse Partyszene. Ich fühle mich hier wie ein Hochstapler. Ich passe nicht, und vielleicht bedeutet das, dass ich auch nicht in dein Leben passe."

12

Die Worte hängen zwischen uns in der Luft. Mein Herz pocht, während er mich anstarrt. Ich will das mit Caleb nicht beenden, aber es ist so offensichtlich, dass wir nicht zusammenpassen.

„Siehst du denn nicht, dass unsere beiden Welten nicht zusammenpassen?", frage ich leise. „Du bist in dieser glamourösen Modelwelt, und ich trage Overalls, die mit Motoröl befleckt sind." Ich schlucke kräftig. „Und du hast erst kürzlich eine große Kampagne mit mehr am Horizont an Land gezogen. Als Nächstes wirst du Vollzeit um die Welt jetten."

Er atmet tief ein. „Sloane, solange wir arbeiten, ist nichts anderes wichtig."

Ich spreche über den Kloß in meiner Kehle. „Natürlich spielt das eine Rolle. Ich passe nicht."

„Aber das kannst du", sagt er. „Wenn du nur an einen Punkt kommen könntest, an dem du dich wohlfühlst –"

„Ich werde mich nie wohlfühlen! Ich bin von diesen Leuten verbrannt worden!"

Seine Augen werden größer. „Du bist wirklich aufgebracht. Okay, wir gehen jetzt."

Er öffnet die Tür und führt mich hinaus. Nach einem kurzen Abschied von unserem Gastgeber und ein paar anderen Leuten, die Calebs Arm auf dem Weg nach draußen ergreifen, schaffen wir es hinauszukommen. Die kalte Nachtluft trifft mich, und ich fühle mich, als könne ich wieder atmen.

Er ruft ein Taxi, und wir fahren schweigend zurück in seine Wohnung. Ich bin versucht, die Nacht zu beenden, aber ich schulde ihm eine Erklärung dafür, dass ich ihn dort so angegangen habe. Und ihn enttäuscht habe. Mein Herz fühlt sich schwer an. Ich weiß einfach, sobald ich es erkläre, wird er so klar sehen wie ich, dass wir einfach nicht zusammenpassen. Unabhängig von diesem Blitzschlag, wie romantisch das auch geklungen hat.

Sobald er in seiner Wohnung ist, kümmert er sich um Huckleberry und nimmt ihn für einen kurzen Spaziergang mit. Ein paar Minuten später orchestriert Caleb ein sehr entspannendes Setup. Wir haben unsere Schuhe an der Tür gelassen, und jetzt haben wir uns mit einem Glas Weißwein auf dem Sofa niedergelassen. Ich habe so das Gefühl, dass das seine Verführungsroutine ist. Sanfte Musik spielt im Hintergrund, und er hat sogar die Lichter gedimmt. Huckleberry schläft auf dem Boden unter dem kleinen quadratischen Esstisch.

„Wann kommt Hugo zurück?", frage ich.

„Ich schätze spät", sagt er. „Okay, erklär mir, was du vorhin gemeint hast. Du sagtest, du bist von diesen Leuten verbrannt worden. Welche Leute meinst du? Du kanntest dort niemanden, wie hätten sie dich also verbrennen können?"

Verdammt, es ist keine Verführung. Er hat mich schön entspannt gemacht, damit ich ihm mein Herz ausschütte.

Ich starre auf den Boden. „Diese Frau, Rochelle, mit der du für Cali Pop gearbeitet hast, sagte, dass ich gewöhnlich und auch seltsam sei und dass ich dich nie behalten kann."

Er murmelt einen Fluch und zieht mich zu sich. „Hör nicht auf sie. Du bist außergewöhnlich. Sie ist eifersüchtig auf dich."

Ich löse mich von ihm. „Wenn sie eifersüchtig ist, dann nur, weil sie dich will."

„Ich werde mit ihr reden. Es ist nicht richtig, wie sie dich behandelt hat." Er schüttelt den Kopf. „Sie schien cool bei unserem Shooting. Ich hasse es, dass du dich ihretwegen schlecht gefühlt hast."

Ich nehme einen langen Schluck Wein. „Es ist nicht nur sie. Ich meinte es, als ich sagte, dass ich nicht in diese Welt passe. Zu den Branchenleuten. Schönen Menschen."

„Das verstehe ich nicht."

Ich starre wieder geradeaus. „Als ich ganz klein war, begann meine Mom, mich bei Kinderschönheitswettbewerben anzumelden."

„Wie klein?"

„Drei." Ich nehme einen weiteren Schluck Wein. „Sie war … das war wie unser Ding. Wir waren sehr miteinander verbunden, als wir beim Casting antreten mussten, und als ich sechs war, gewann ich einen großen Wettbewerb und bekam einen Agenten. So war ich im Alter von sechs bis elf Jahren ein Kindermodel und habe auch ein paar Werbespots gedreht. Ich wurde nicht sehr groß, also war das Modeln als Erwachsene vom Tisch."

„Das war's? Du bist zu klein, und das ist der Grund, warum du dich so unwohl fühlst bei den Leuten in der Branche? Ich dachte, jemand hätte dich schlecht behandelt."

Ich leere meinen Wein und stelle das Glas auf den Couchtisch. „Ich habe noch mehr Wahrheiten für dich. Ich kam in eine unangenehme Phase, und ein Fotograf sagte zu Mom, dass sie vergessen solle, mir mehr Aufträge zu buchen, weil ich das Gegenteil von einem hässlichen Entlein sei. Am Anfang –" Meine Stimme erstickt „– anbetungswürdig und dann nicht."

„Was für ein Arschloch. Sloane –"

Ich halte eine Hand hoch. „Es gibt noch mehr. Es war nicht nur das Ende meiner Karriere mit einer beschämenden Spirale, gerade als ich auf dem Höhepunkt meines Selbstbewusstseins war. Das Schlimmste ist, dass ich die Bindung zu meiner Mom verloren habe. Sie war so enttäuscht von mir, dass sie ging. Sie sagte, dass ich der einzige Grund war, warum sie so lange geblieben ist. Ich denke, als ich kein niedliches Kind mehr war, hatte sie keine Verwendung mehr für mich."

Er stellt sein Glas ab, zieht mich zu sich und legt einen Arm um meine Schultern. „Es tut mir so leid, dass du das alles durchgemacht hast. Sie hat verpasst, dich in diese erstaunliche Frau hineinwachsen zu sehen, die du heute bist."

Ich lehne meine Wange an seine feste, warme Brust. „Ist schon okay. Mir geht es gut." Ich habe trockene Augen, keine Tränen mehr für die Vergangenheit. Dennoch wende ich mich nicht ab. „Ich denke, du siehst, warum ich mich in deiner Modelwelt nicht gut fühle. Ich habe eine Art posttraumatischen Stress deswegen."

Er streichelt meine Haare. „Natürlich hast du das. Doppelter Schlag, dass deine Karriere zu Ende war und deine Mom dich verlassen hat. Ich weiß nichts über deine Mom, aber in der Regel kommt es zur Scheidung, wenn die Beziehung schiefläuft. Ich bin sicher, dass sie nicht deinetwegen gegangen ist."

Ich setze mich auf. „Offensichtlich war sie meinem Dad nicht sehr nahe. Sie haben nur geheiratet, weil sie mit mir schwanger war. Sie blieb, als ich nützlich war, und ging, als ich es eben nicht war."

„Das ist ihr Verlust und nicht deine Schuld. Das verstehst du, richtig?"

„Ursache – Wirkung. Ich habe die Ehe begonnen und beendet. Scheint mir ziemlich einfach."

„Du warst ein Kind. Du kannst das nicht auf dich nehmen. Sie war erwachsen und hat einige schlechte Entscheidungen getroffen."

Ich fahre mit den Fingern am Rand des Sofas entlang, nicht überzeugt. „Ich bin sicher, dass sich jeder auf dieser Party gefragt hat, was du mit mir machst. Wir sind wie die Schöne und das Biest in umgekehrter Richtung. Du bist der Inbegriff männlicher Schönheit."

„Sprich nicht so über dich."

Ich zucke die Schultern. „Ich bin niemandes ideale Frau. Das ist kein Geheimnis oder so."

Er verzieht das Gesicht und zieht dann sein Handy heraus. „Schau dir das an." Er tippt ein paarmal auf das Display und ruft ein Fotoalbum auf. „Dmitri hat die von heute geschickt. Er hatte noch keine Zeit, sie zu bearbeiten oder zu retuschieren. Das sind die Originale. Sieh dich mal an. Du bist schön."

Meine Lippen ziehen sich ungläubig zur Seite. Ich schaue. Meine Wangen sind rosa. Meine Augen und meine Haut scheinen zu leuchten. Wie ich Caleb anschaue und wie er mich ansieht, sehen wir aus wie ein verliebtes Paar.

Ich drehe mich zu ihm um, die Wahrheit kommt langsam an. „Wir sehen tatsächlich natürlich zusammen aus."

Er lehnt seine Wange an meine, während wir durch die Fotos blättern. „Du siehst aus, als ob du wirklich auf mich stehst", murmelt er.

„Ich wollte das Gleiche über dich sagen."

Wir sehen einander in die Augen.

„Es tut mir leid, dass ich die Party heute Abend für dich ruiniert habe", sage ich.

„Du siehst jetzt, warum niemand sich jemals fragen würde, warum ich auf dich stehe, richtig?" Er schiebt eine Strähne hinter mein Ohr, seine Finger streifen meinen Hals. „Wir sehen aus, als wären wir –"

„Verliebt", hauche ich.

Er lächelt breit. „Ich wollte ein Paar sagen, aber ich mag deine Version mehr."

Ich lege die Arme um seinen Hals und küsse ihn leidenschaftlich. Er erwidert den Kuss mit gleicher Hitze. Seine Hände wandern über mich, während wir uns küssen, als gäbe es nichts Wichtigeres auf der Welt. *Hör niemals auf.* Lippen und Zunge und Zähne. Ich brauche alles. Jede Wahrnehmung.

Caleb hebt mich vom Sofa und trägt mich in sein Schlafzimmer. Er stellt mich neben dem Bett auf die Füße und küsst mich wieder, seine Finger fahren durch meine Haare. Wir lösen uns einen atemlosen Moment später voneinander. Und dann zieht er mich langsam aus, küsst jeden Zentimeter freiliegender Haut. Ich seufze, mein Kopf fällt zurück. Ich habe noch nie einen Typen gehabt, der sich so viel Zeit genommen hat.

Er kniet und zieht mir die Socken aus. Er küsst an meinem Bein hinauf, drückt einen Kuss auf meine Scham und kostet dann. Ich streichele seine Haare, mein Atem kommt stotternd heraus. Er steht auf, und ich packe seinen Kopf, küsse ihn, meine Hände hektisch bemüht, auch ihn auszuziehen.

Er unterbricht den Kuss. „Bist du dir sicher?"

„Ja, absolut", sage ich, in Hochstimmung über den Sieg, sein Hemd beseitigt zu haben. Ich mache mich sofort an den Knopf an seiner Jeans, aber er drückt meine Hände weg und macht es selbst. Ich sehe warum, als er den Reißverschluss vorsichtig über eine riesige Beule zieht. Er will mich genau so sehr, wie ich ihn will. Das passiert wirklich.

Ich packe ihn, küsse ihn, versuche, ihn zu besteigen, begierig darauf, ihm so nah wie menschlich möglich zu kommen. Er hebt mich leicht hoch und setzt mich mitten aufs Bett, bevor er sich zu mir gesellt und mich mit seinem Körper bedeckt. Das Gefühl auf der Haut ist exquisit.

Er verflicht seine Finger mit meinen und drückt sie auf die Matratze auf beiden Seiten meines Kopfes. Seine Lippen treffen meine für einen langen, tiefen Kuss. Ich bin so bereit, so eifrig, und er macht so langsam.

Ich reiße meinen Mund los. „Caleb, ich will dich. Lass uns das tun."

Er knabbert an meiner Unterlippe und leckt sie dann. „Unser erstes Mal sollten wir genießen. Leg dich zurück und entspann dich."

„Ich —"

Sein Kuss unterbricht mich, ein alles verzehrender Kuss, der einen Hinweis auf die gleiche Dringlichkeit zeigt, die ich fühle. Er kontrolliert sich, hält sich zurück. Meine Hände sind unter ihm, mein Körper unter ihm festgeklemmt. Ich kann nichts tun. Etwas in mir lässt los. Ich entspanne mich unter ihm, und sein Mund wird fordernder. Empfindung rauscht durch mich, während ich vor Verlangen tropfe.

Er bewegt sich, küsst über meinen Kiefer, meinen Hals hinunter, über mein Schlüsselbein und hinterlässt eine prickelnde Spur. Er lässt meine Handgelenke los, während er seinen Weg nach unten küsst, schließlich meine Brust erreicht, sie umfasst und den Nippel in seinen Mund zieht. Er saugt, und intensive Begierde feuert durch mich. Ich halte ihn an mich, atme heftig und sehne mich nach ihm. Er wechselt die Seiten und schenkt meiner anderen Brust Aufmerksamkeit. *Oh Gott.* Ich bin schon so nah. Ich wusste nie, dass meine Brüste so empfindlich sind.

Er zieht sich zurück, blickt auf meine Brüste, und ich bin mir plötzlich meiner selbst bewusst. Ich brauche nicht einmal einen BH zu tragen, um sie zu unterstützen. Nur aus Scham.

„Ich bin klein", sage ich.

Er sieht zu mir auf. „Alles an dir ist perfekt proportioniert."

Ich lächle, Tränen treten mir in die Augen. „An dir auch."

„Kümmer dich nicht um mich", murmelt er und küsst sich meinen Bauch hinunter.

Ich halte den Atem an, während er entlang meines inneren Oberschenkels küsst und weiter, bis zu meinen Zehen. Ich greife nach ihm.

Sein glühender Blick gibt mir einen Ruck. Er will mich unbedingt, aber er lässt sich immer noch Zeit. Ich kann nur davon ausgehen, dass es daran liegt, dass er sich um mich sorgt, um mein Vergnügen. Es ist eine völlig neue Erfahrung für mich.

Und dann spreizt er meine Beine weit, legt sie über seine Schultern und leckt einmal lang. Ich keuche, meine Hüften zucken.

„Mmm", brummt er gegen mich.

Ich keuche wieder.

Und dann wirkt sein Mund Magie. *Glückseligkeit.*

Und seine Finger schließen sich an. *Oh mein Gott.*

Plötzlich vibriere ich, bin wahnsinnig angespannt. *Bitte.*

Und ich breche, meine Hüften bäumen sich wie wild auf, ein Sternenregen der Lust explodiert tief in mir. Er macht weiter, sanfter, während ich Welle für Welle reite, bis ich ausgelaugt bin und nach Luft schnappe.

Er greift zur Nachttischschublade. „Bereit für mehr?"

Ich lächle breit. Er ist so großartig. „Gib es mir."

Er reißt das Päckchen auf und rollt das Kondom über. „Du weißt, was das bedeutet, richtig?"

„Fuck, ja." Es bedeutet, dass ich ihn dringend brauche.

Er küsst mich, und ich schmecke mich selbst, ein erotisches Gefühl, das mich verrückt macht. Dann gleitet er hinein, so dick, dass ich meine Hüften biegen muss, um ihm den Weg zu erleichtern. Er hebt seinen Kopf und beobachtet mich, während er mich schließlich bis zum Anschlag füllt.

Mein Atem zittert.

Seine Finger verflechten sich mit meinen, als er sich zu bewegen beginnt. Langsam und tief, sein Blick auf meinem. Es ist zart, fast seelenvoll, und zum ersten Mal in meinem Leben weiß ich, was Liebe machen bedeutet.

Er verlagert sich und trifft auf einen Punkt im Inneren, der mich wild macht. Ich hebe meine Hüften, verändere den Winkel für mehr, und er gibt es mir, trifft immer wieder. Ich schaudere und dann schreie ich, der Orgasmus fährt durch mich. Er hämmert in mich, rohes Bedürfnis treibt ihn, und ich nehme es, mein Atem kommt keuchend mit jedem Ruck der Lust.

Sein Kopf legt sich zurück, als er mit einem gutturalen Stöhnen loslässt und dann auf mir zusammenbricht. Der Atem rauscht aus meinen Lungen unter seinem Gewicht. Ich streichele seinen erwärmten Rücken und schwelge in den harten Flächen.

Er stützt sich auf die Unterarme und hebt seinen Kopf. „Kannst du atmen? Tut mir leid. Am Ende habe ich die Kontrolle verloren."

Ich lächle, ein lächerlich albernes Lächeln. „Mir geht es gut. Es gefällt mir, dass du die Kontrolle verloren hast."

Er streichelt mir die Haare zurück, küsst mich und rollt

zur Seite. So liegen wir ein paar Minuten da und versuchen, zu Atem zu kommen. Ich bringe die Energie auf, die Decken über uns zu ziehen, und falle wieder nach unten.

Er spielt mit meinen Haaren. „Möchtest du eines Tages heiraten?"

„Ja, eines Tages."

„Mich?"

Ich drehe meinen Kopf, um in seine Augen zu sehen. „Ich weiß nicht. Das ist alles so neu."

„Ich werde warten, bis du es weißt."

Ich stütze mich auf einen Ellbogen, um ihn anzustarren, verwirrt durch sein Beharren auf diesem Blitzschlag, der bedeutet, dass wir füreinander bestimmt sind. Es klingt eher wie eine Familienlegende als wie Realität. „Caleb, sei praktisch. Menschen werden nicht einfach von einem Blitzschlag getroffen und entscheiden, dass sie jemanden heiraten werden."

„Was hältst du von Kindern?"

Mir fällt die Kinnlade herunter.

„Du musst sie mögen, da du sie unterrichtest und Lehrerin warst."

Ich rolle auf den Rücken, bin mit all diesem schweren Gerede weit außerhalb meiner Liga.

Er packt mich, und ich kreische überrascht, als er mich auf sich zieht. Seine Brust zittert vor Lachen. „Beruhige dich, Liebling. Ich werde dich noch mürbe machen. Du hast genau die richtige Größe, damit es funktioniert."

„Du hast mich überrascht", sage ich zur Verteidigung meines lächerlich hohen Kreischens.

Seine Hitze ist berauschend. Jeder Muskel in meinem Körper entspannt sich. Seine großen Hände massieren meine Schultern und meinen Rücken hinunter. Ich schmelze in ihn.

Seine Finger streichen meine Wirbelsäule hinauf zu meinem Nacken, den er drückt. „Verrate mir deine geheime Fantasie."

Die Worte sind draußen, ohne dass ich nachdenken muss. „Eine große glückliche Familie."

Er erstarrt unter mir, und dann schieben seine Hände die Haare aus meinem Gesicht, während er sich anders hinlegt und versucht, meinen Augen zu begegnen. Ich kann seinen Blick spüren.

Ich hebe den Kopf. „Alberne Fantasie eines Einzelkindes."

Seine Lippen krümmen sich zu einem breiten Lächeln, seine haselnussbraunen Augen funkeln. „Ich meinte Sexfantasie, aber das ist erstaunlich. Das kann ich dir geben. Du kannst Teil meiner großen glücklichen Familie sein, und eines Tages, wenn du willst, können wir unsere eigene haben."

„Wirklich?", frage ich leise.

Er küsst mich. „Oh, Sloane, wir werden alles haben."

Und in diesem Moment habe ich das Gefühl, dass ich es bereits tue.

„Bin gleich zurück", sagt er und legt mich wieder auf die Matratze. Ich beobachte, wie er nackt auf den Flur zum Badezimmer geht.

Ich starre ein wenig betäubt an die Decke. Er sagte, wir werden keinen Sex haben, bis ich zustimme, ihn zu heiraten. Habe ich dem gerade zugestimmt? Ein Teil von mir will das, was noch verrückter ist, als an einen Blitzschlag zu glauben. Wir sehen uns erst seit einer Woche.

Er kehrt zurück, läuft völlig lässig nackt herum, rutscht unter die Decke und verschiebt mich, sodass er von hinten in Löffelchenstellung an mir liegt. Ich merke, dass es mir nichts ausmacht, dass er meinen Körper herummanövriert. Ich lande immer in einer guten Position.

Er streichelt mir die Haare zurück, seine Stimme grollt an meinem Ohr. „Erzähl mir deine Träume, alles Große oder Kleine, und ich werde sie verwirklichen." Der Mann muss magisch sein, weil ich glaube, dass er zu allem fähig ist.

„Mein Traum ist es, Partner in Dads Werkstatt zu sein."

„Und wenn er sich weigert, was ist dein Backup-Plan? Dein Traum sollte nicht von der Zusammenarbeit mit einem anderen abhängen."

„So weit habe ich nie gedacht. Solange ich mich erinnern kann, wollte ich sie gemeinsam mit ihm führen. Ein super

Mechaniker-Team. Es gibt keinen besseren als ihn. Ich lerne immer noch von ihm."

„Okay, was sonst?"

„Die große glückliche Familie", gebe ich zu. „Das habe ich nie jemandem erzählt."

Er umfasst mein Gesicht und zieht mich zu sich für einen Kuss. „Wunderschön."

Ich lege mich zurück und kuschele mich an ihn. Seine Hand legt sich auf meinen Bauch, und ich verflechte meine Finger mit seinen. „Was sind deine Träume?"

„Meine Träume sind immer noch verschwommen. Ich weiß, dass ich nach dem Modeln eine etwas festere Karriere haben möchte, aber ich habe noch nicht herausgefunden, was das ist."

„Ist schon okay. Du musst in dieser Minute nicht alles schon wissen."

„Das stimmt. Was ich jetzt am Laufen habe, ist perfekt."

Ich verkrampfe mich. Seine Karriere geht gerade los, was bedeutet, dass er mich im Staub liegen lassen wird.

Er küsst meinen Hals. „Ich meine uns."

Ich beruhige mich. „Oh, Caleb."

„Glaubst du mir jetzt das mit dem Blitzschlag?"

„Ich fange allmählich an."

„Gut, denn das ist die Wahrheit."

„Nun, da wir Sex hatten, heißt das, dass ich dich heiraten muss?"

Er lacht. „Es heißt, es ist unvermeidlich. Entspann dich und genieße die Fahrt."

Ich lächle vor mich hin. Das hier *ist* die Fahrt meines Lebens.

Solange ich nicht zu stark über unsere Unterschiede oder die Blitzgeschwindigkeit von allem nachdenke, solange ich nicht denke, Punkt. Einfach fühlen. Genau jetzt, warm und entspannt in seinen Armen, kann ich das tun. Morgen ist eine andere Geschichte.

13

———

Ich bin zurück in Summerdale. Caleb ist immer noch in der Stadt und hilft Hugo dabei, sich einzuleben. Er wird morgen Abend wieder da sein. Die Welt fühlt sich irgendwie anders an. *Ich* fühle mich anders – funkelnd und voller Versprechen. Ich habe mich noch nie als funkelnd beschrieben. Ha! Vielleicht sind es die Weihnachtslichter und Dekorationen in der ganzen Stadt, oder vielleicht ist es der erste Mann, der mich wirklich *fühlen* lässt.

Ich begebe mich in den ruhigen Studienraum im ersten Stock der Summerdale Bibliothek, um meine Schülerin Olivia zu treffen, eine Viertklässlerin, die mit Mathematik kämpft. Sie ist noch nicht da. Ich entdecke Calebs älteren Bruder Drew zwischen den Regalen, drüben in der Abteilung Biografie. Er dreht sich um, ein dickes Buch in den Händen, und er entdeckt mich, zuckt mit dem Kinn in meine Richtung.

Ich denke, ich sollte Calebs Familie besser kennenlernen, also versuche ich ein Gespräch. „Was liest du denn da?"

Er kommt rüber, um mir das Cover zu zeigen. Eine Biografie über General MacArthur. „Ich habe gehört, dass du wieder bei deinem Dad arbeitest. Wie geht es ihm?"

„Gut." *Hat Caleb mich erwähnt?* „Hast du viele Militärbiografien gelesen?"

Er schaut ein wenig verlegen drein. „Ich habe endlich

einen Bibliotheksausweis, also lese ich jetzt jede Woche entweder eine Biografie über einen berühmten General oder eine Militärgeschichte."

„Ich versuche, ihn dazu zu bringen, sich zu erweitern!", ruft Audrey auf ihrem Weg nach oben spielerisch von der Treppe aus.

Er dreht sich um. „Wenn du etwas Interessanteres als Militärstrategie findest, werde ich es in Betracht ziehen."

Audrey gesellt sich zu uns. „Hallo, Sloane, bitte sag Drew, dass es mehr zu lesen gibt als Militärstrategie." Sie dreht sich zu ihm um. „Das nennt man eine gute Geschichte."

„Ich lese nicht viel, also fühle ich mich nicht qualifiziert, das zu sagen", gebe ich zu.

Audrey schnappt nach Luft. „Blasphemie. Ihr solltet beide am Dienstagabend zum Buchclub kommen, hier in der Bibliothek. Unsere Auswahl für die Woche ist in der Auslage gleich vorne. Es ist eine Geschichte über einen Filmstar aus der Stummfilmzeit und ihre beruflichen Herausforderungen, als der Tonfilm wichtig wurde."

„Ich bin ziemlich beschäftigt mit Nachhilfe, Arbeit und Winterfest", sage ich.

Audrey schenkt mir keine Aufmerksamkeit. Stattdessen hebt sie ihr Kinn in Richtung Drew, eine Herausforderung in ihren Augen.

Er setzt ein Lächeln auf. „Ich werde nicht der einzige Mann in deinem Buchclub sein. Es gibt einen Grund, warum es nur Frauen sind. Die Bücher sprechen Jungs nicht an. Tonfilm?"

Sie zeigt mit einem Finger auf ihn. „Eines Tages werde ich dich dorthin mitnehmen, und du wirst sehen, eine gute Geschichte kann genauso interessant sein, nein, *interessanter* als ein Kampf."

„Das Leben ist ein Kampf", erwidert er. „Es gibt keine größere Lektion als das, was ich hier lerne." Er tippt auf das Buch. „Wirst du es jetzt für mich verbuchen, oder muss ich mich mit dem quälend langsamen Martin dort drüben beschäftigen?"

Sie lächelt strahlend, dreht sich um und geht nach unten. Er folgt ihr.

Jenna hat mir ihre Geschichte erzählt. Sie sagt, dass Audrey seit ihrer Kindheit etwas für Drew übrighatte. Es scheint, als wären sie jetzt zumindest auf einer Höhe, nähern sich dem Freundschaftslevel, was besser ist als früher. Audrey hat viele quälend rührselige Mails an Drew geschickt, als er im Militärdienst unterwegs war. Ich kann mich in die Schwärmerei für einen älteren Typen hineinversetzen. Gott sei Dank habe ich Max nie etwas geschickt, als ich mitten in der Teenagerschwärmerei war. Er hätte mich das nie vergessen lassen. Wirklich klasse von Drew, nicht darauf herumzureiten.

Caleb ist viel wärmer und süßer als Drew. Ich lächle vor mich hin, während ich an ihn denke. Ich habe ein Foto von uns vom Fotoshooting gespeichert. Ich tippe auf mein Handy, um es erneut anzusehen. Dmitri hat etwas eingefangen, was mir vorher nicht bewusst war – eine unbestreitbare Chemie zwischen uns. Wir sehen so glücklich zusammen aus.

Oh Mann, mich hat es so richtig erwischt. Nun, kann ich etwas dagegen tun? Er hat mich absolut *geerdet* und gesagt, dass er mich heiraten wolle, als wir das erste Mal ausgingen. Kein Wunder, dass ich so schnell so tief eingetaucht bin. Eine Woche, und ich falle bereits. Das ist mir noch nie passiert. Ist es real? Nur die Zeit wird das zeigen.

Ich hoffe es auf jeden Fall.

Eine Woche später – aufgrund einer Fehleinschätzung und weil Kayla und Audrey mich überfallen haben – bin ich beim Pfannkuchen-Frühstück mit dem Weihnachtsmann wie ein Elf gekleidet. Ich hätte mich vielleicht da rauswinden können, ein Elf zu sein, wovon sie behaupten, dass ich aufgrund meiner kleinen Statur perfekt dafür geeignet bin (genau wie sie), aber sie haben mir doch tatsächlich einen Elfhut mit anhängenden spitzen Ohren gekauft. Den konnte ich ja nicht verkommen lassen. Okay, ich liebe es, von ihnen mit eingebunden zu werden. Es ist das erste Mal, dass ich weibliche Freunde habe.

Also hier bin ich, als Elf am Samstag vor Weihnachten. *Ho-ho-ho*, oder was auch immer Elfen sagen. *Jingle-Jingle-Jingle?* Ich jingle heute, was das Zeug hält. Ich sehe verdammt lächerlich aus. Heute Morgen ist Kayla ganz früh mit dem Rest meines Kostüms zu mir nach Hause gekommen – ein grünes Samtkleid mit Knöpfen aus Zuckerstangen vorne, weiße Strumpfhosen und rote Samtschuhe, die sich nicht nur an den Zehen zusammenrollen, sondern auch mit Glöckchen ausgestattet sind. Jedes Mal, wenn ich mich bewege, bimmle ich. Es ist unmöglich, so in der Masse unterzugehen, worum ich mich seit dem Ausstieg von den Modelscheinwerfern so bemüht habe.

Wie bin ich in dieses erniedrigende Ereignis verwickelt worden?

„Was ist los?", fragt Kayla.

Wir sind in der Cafeteria der Grundschule, nippen an unserem Kaffee und warten darauf, dass alles eingerichtet wird, bevor die Türen für die Kinder geöffnet werden. Ein paar Freiwillige bereiten den Pfannkuchenteig vor.

„Sind deine Elfschuhe zu eng?", fragt Audrey wirklich besorgt.

„Nein", sage ich und hebe einen Schuh. „Sie sind weit."

„Du siehst bezaubernd aus", sagt Kayla. „Das tun wir alle. Lasst uns ein Foto machen." Sie hält ihr Handy hoch und macht ein Selfie von uns dreien.

Sie dreht sich zu mir um. „Du hast nicht gelächelt."

„Es ist schwierig zu lächeln, wenn ich absurd aussehe", sage ich zwischen meinen Zähnen.

„Warum interessiert es dich so sehr, wie du aussiehst?", fragt Kayla.

„Tut es nicht." *Tut es das?* Plötzlich fällt mir auf, dass ich so empfindlich war, für mein Aussehen beurteilt zu werden, dass ich es nicht ertragen kann, wenn mich die Leute ansehen. Ich versuche *immer noch*, mich zu verstecken, wie ich es in der Highschool getan habe, ganz in Schwarz, nur jetzt verstecke ich mich in weiten Pullovern und Overalls.

Kayla wackelt mit ihren Fingern an den Elfenohren seitlich ihres grünen Hutes. „Wir sollen die fröhlichen Elfen sein, wie die Hofnarren des Santa-Hofes."

„Es ist für die Kinder", sagt Audrey. „Wir sind Teil des Weihnachtszaubers."

Ich nicke, versuche, mich darauf einzulassen, und mache mir keine Sorgen darüber, wie ich aussehe.

„Kommt schon, lasst uns üben", sagt Kayla und hält ihr Handy für ein weiteres Selfie hoch. Sie nimmt sie in rascher Folge auf und orchestriert die Fotosession. Ich reagiere instinktiv, an die Anweisungen für Bilder gewöhnt. „Dummes Gesicht! Fröhliches Gesicht! Kussgesicht!"

„Warte, das letzte hab ich verelft", sagt Audrey.

Wir brechen in Lachen aus. Und so entspanne ich mich.

Den Rest des Tages bringen wir immer wieder diesen Klassiker „verelft" ins Spiel.

Santa hat verelft.

Das Rentier ist umgekippt. Was für eine verelfte Situation!

Wir haben die Dinge auf die nächste Ebene geelft.

Unser ansteckendes Lachen und Lächeln scheint in jedem das Beste hervorzubringen. Die Eltern warten entspannt in einer Reihe mit ihren Kindern, Santa (aka Nicholas vom Summerdale Mart) ist in seinem Element, und die Pfannkuchen sind ein großer Hit.

Nach Santas Schicht tanzen Kayla, Audrey und ich für die Kinder, verschränken die Arme und werfen unsere Beine in die Luft wie die Rockettes nach „Holly Jolly Christmas".

Wie ein Magnet wird mein Blick zum Eingang gezogen, wo Caleb gerade hereingekommen ist. Er lächelt und klatscht mit. Die Eltern und die Kinder nehmen es auf und klatschen mit.

Wir sind fertig und verneigen uns. Kayla wirft einen Arm um uns beide. „Das kann unsere neue Tradition sein. Die drei Shortys der Gruppe bringen Elfmagie."

„Das wäre elftastisch", witzelt Audrey.

„Oder wirklich verelft", sage ich.

Wir lachen. Es macht Spaß, einen Insider-Witz zu haben. Ich war so selten dabei, als ich ein Kind war.

„Meine Strümpfe sind beim Treten gerissen", sagt Audrey und eilt in den hinteren Bereich der Cafeteria, wo sich die Toiletten befinden. Sie mag es, ordentlich und züchtig bedeckt zu sein.

„Ich werde für Fotoaufnahmen ein bisschen rumlaufen", sagt Kayla. „Möchtest du dich mir anschließen?"

„Ähm ..." Ich kann meinen Blick nicht von Caleb lösen, als er zu mir hinüberkommt, seine Augen auf meine gerichtet, ein kleines Lächeln, das seine Lippen umspielt.

„Ich sehe, du könntest beschäftigt sein", sagt Kayla und drückt meinen Arm. „Viel Spaß!"

„Danke, ich seh dich dann später." Ich erinnere mich verspätet, wie lächerlich ich aussehe, und scharre mit den Füßen, wodurch ich versehentlich noch mehr Aufmerksamkeit auf mich selbst mit den bimmelnden Elfenschuhen lenke.

„Hallo, Elf", sagt er herzlich.

Meine Wangen brennen. „Ich sehe albern aus."

„Du hast beim Tanzen mit Audrey und Kayla perfekt zufrieden ausgesehen. Schöne High-Kicks, übrigens."

Ich schiebe mir die Haare hinter die Ohren und spüre die spitzen Elfen-Ohren. „Ich habe irgendwie für eine Weile vergessen, mich für das Outfit zu schämen. Die Kinder haben es so sehr genossen."

„Hey, du warst nicht du, du warst ein Elf. Hast du dem Weihnachtsmann gesagt, was du dir zu Weihnachten wünschst?"

Ich lache. „Nein. Nur Kinder für den Schoß des Weihnachtsmanns. Ich habe sie zu dem großen Kerl geführt und ihnen Weihnachtsmalbücher gegeben."

Er nimmt meine Hände in seine. „Erzähl mir später deinen Wunsch."

Mir fällt ein, dass er an Weihnachten denkt, das schon in einer Woche ist. „Du musst mir nichts schenken."

„Das Gleiche gilt für dich." Er beugt sich zu meinem Ohr

hinab. „Außerdem bist du das beste Geschenk, das ich mir je gewünscht hätte."

Ich starre ihn sprachlos an. Meine Kehle schließt sich fast vor Emotionen. Ich hätte nie gedacht, dass ein Typ mir sein Herz so öffnen würde. Und ich habe definitiv nie erwartet, dass ich so schnell etwas empfinden könnte.

Er wird ernst. „Nur für den Fall, dass ich nicht das Gleiche für dich bin, besorge ich dir besser ein Geschenk."

„Nein, das bist du."

Wir blicken einander für einen aufgeladenen Moment in die Augen. Die fröhliche Melodie von „Rudolph the Red-Nosed Reindeer" geht zu Ende; der Lärm der Menge, nichts existiert in diesem Moment außer mir und Caleb.

Er kneift mir in die Wange. „Kannst du das Kostüm ein wenig länger behalten?"

Ich grinse. „Du hast eine geheime Elffantasie?"

Er betrachtet mich bewundernd. „Habe ich jetzt."

Ich schüttle den Kopf. „Dann gehe ich mich mal umziehen, Spinner." Ich gehe Richtung Toilette.

„Denk darüber nach!", ruft er.

Ich gehe mit extra schwungvollem Gang.

Caleb

Die Dinge heizen sich auf dem Winterfest-Komitee-Treffen auf, und ich meine nicht, weil es nur noch vier Wochen bis dahin sind. Max klebt an Sloanes Seite, während sie die Details der Krönung und der Parade zum Ball gemeinsam ausarbeiten. Audrey ist am anderen Ende des Tisches von Max, und ich vermute, dass das Absicht ist. Ich weiß, dass es mich nicht stören sollte, dass Sloane so nah bei Max ist. Sie beenden die Sätze des anderen und lachen über Insider-Witze. Ich tröste mich damit, dass ich derjenige bin, mit dem Sloane die meiste Zeit der letzten zwei Wochen verbracht hat. Wir treffen uns regelmäßig zum Abendessen, und sie hat mich sogar zu einem Abendessen mit ihrem Dad in ihr Haus eingeladen. Das heißt, sie nimmt uns ernst.

Ich bin auf Sloanes anderer Seite und warte auf ihre Aufmerksamkeit. Ich habe zugestimmt, ihr bei der Planung des Balls zu helfen. Nicht, dass ich viel über Bälle weiß, aber ich kann, wie jeder andere, mit Lieferanten telefonieren. Mein Zeitplan ist flexibel, wenn auch unregelmäßig, zwischen der Arbeit im Dojo und Modeling-Gigs.

Jenna, Mrs. Peabody, Nicholas und Audrey sprechen über Indoor-Aktivitäten, die dem Festival hinzugefügt werden sollen, darunter einen Hunde-Supertalent-Wettbewerb, bei dem ich definitiv mit Huckleberry teilnehme. Er wird die Preise abräumen. Der Intelligenteste, Sportlichste, das beste Fell, Huckleberry hat das so gut wie in der Tasche.

Schließlich wendet sich Sloane an mich. „Ich denke, wir haben die Logistik ausgearbeitet. Max hat sich freiwillig für einen Tieflader und seinen Pickup-Truck gemeldet, damit der königliche Hof hinten drauf fahren kann, alles dekoriert, um sie von der Krönung zum Ball zu bringen. Ist das nicht großartig?"

Max zieht seine Schultern zurück, während er die Brust vorschiebt. „Ihr Wagen wartet, Mylady."

Sloane drückt seine Schulter. „Nicht *mein* Wagen. Wer auch immer zur Königin gekrönt wird."

„Das solltest du sein", sagen Max und ich gleichzeitig.

Ich schaue ihn wütend an.

Er hebt gelassen eine Schulter. „Wir sind uns einig. Sie ist eine Königin."

Sloane schaut zwischen uns hin und her, ihre Augenbrauen sind zusammengezogen. „*Nicht.* Wie auch immer, Caleb, wir müssen einen Caterer finden, der preiswert ist."

„Das Horseman Inn trägt immer mit Essen zum Festival bei. Ich könnte sehen, ob sie bereit wären, es zu tun."

Max hält einen Finger hoch. „Oder ... wir nehmen den Caterer vom Bell Estate. Sind sie nicht für so etwas eingerichtet?" Das Bell Estate ist unser Ort, der häufig für Veranstaltungen vermietet wird.

„Die sind sehr teuer", sagt Sloane. „Ich habe sie überzeugt, dass wir den Raum ohne ihren Caterer nutzen dürfen, weil es eine Wohltätigkeitsveranstaltung ist."

„Ich werde mit ihnen reden", sagt Max. „Ich könnte sie mit einem Angebot an Bord holen, etwas Landschaftsdesign für sie zu entwickeln. Ihr Anwesen könnte einen moderneren Touch gebrauchen, vor allem an der Einfahrt."

„Würdest du das tun?", ruft Sloane aus. „Das wäre wirklich großartig."

Das kann ich noch toppen. „Wenn das nicht funktioniert, bin ich mir sicher, dass ich das Horseman Inn an Bord bekommen könnte. Der neue Küchenchef, Spencer, ist brillant."

„Klar, danke, Caleb", sagt Sloane abwesend. Sie geht eine Liste durch, die sie im Handy hat, und teilt mir und Max Aufgaben mit. Irgendwie erfordern alle seine Aufgaben Rücksprachen mit ihr, was bedeutet, dass sie viel reden werden. Sie sieht ihn auch bei der Arbeit.

„Du hast eine Menge zu tun", sage ich zu Max. „Vielleicht solltest du die Last teilen."

„Mit dir?", fragt er mit einem scharfen Unterton.

Sloane schaut zu Max und dann zu mir mit einem besorgten Blick in den Augen. Ich werde ihn nicht schlagen, aber ihn an seinen Platz verweisen.

„Mit mir, Audrey, mit wem auch immer", sage ich in einem ruhigen, ausgeglichenen Ton.

Audrey dreht sich bei ihrem Namen um und runzelt die Stirn. „Ich hab schon zu viel."

„Es macht mir nichts aus, dir zu helfen", sagt Max zu ihr. „Wir hatten seit einiger Zeit keinen größeren Schneesturm mehr, daher läuft das Geschäft langsam."

„Ist schon okay", sagt sie verkrampft.

„Sei nicht zu stolz, um Hilfe zu bitten", bellt Mrs. Ellis. Der General ist eine pensionierte Lehrerin der dritten Klasse, die dafür bekannt ist, Befehle zu bellen. „Max, das ist nett von Ihnen. Ich wusste, dass es eine gute Idee war, Sie an Bord zu holen. Nun nehmen Sie beide das mit in den Studienbereich und erarbeiten eine gerechte Verteilung der Arbeit."

Max steht auf und deutet auf die Tür, damit Audrey vorausgehen kann.

Audrey wirft Jenna einen *Rette-mich*-Blick zu.

Jenna lächelt. „Du könntest die Hilfe gebrauchen, Aud. Ich weiß, wie beschäftigt du mit der Hochzeitsplanung, dem Winterfest, der Leitung des Buchclubs und der Leitung der Bibliothek bist."

Audrey murmelt etwas vor sich hin, greift nach ihrem Handy und ihrem Notizblock und geht aus dem Raum. Max folgt ihr. Wir können sie durch die Glaswände des Konferenzraums sehen.

Audrey sitzt an einem langen Tisch, und Max setzt sich darauf, direkt neben sie. Sie sieht mit Feuer in den Augen zu ihm auf. Wahrscheinlich sagt sie ihm, er solle sich auf einen Stuhl setzen. Er dreht einen Stuhl um, setzt sich rittlings darauf und sieht sie an.

„Ich schwöre, wenn ich diesen jungen Menschen keinen Anstoß geben würde, würde niemand jemals eine Chance auf Liebe haben", erklärt Mrs. Ellis.

Alle lachen.

„Ich meine es ernst", sagt sie. „Ich musste Harper, dann Sydney, dann Jenna und jetzt Audrey anstoßen. Max ist ein feiner junger Mann, der sein eigenes Unternehmen besitzt."

„Vielleicht sollte dir jemand einen Schubs geben, Joan", sagt Nicholas mit einem warmen Blick in den Augen.

Ich unterdrücke ein Lachen. Macht der Weihnachtsmann sich an den General ran?

Mrs. Ellis glättet ihr kurzes Haar. „Unsinn, mein Mann ist gestorben. Dieser Teil meines Lebens ist vorbei. Nun zurück zum Geschäft."

Ich beuge mich zu Sloane vor. „Du musstest nicht angeschubst werden. Du bist mir in die Arme gefallen."

„Ha!", sagt Sloane. „Du hast mich unerbittlich verfolgt."

„Ich bedauere nichts."

Wir teilen ein geheimes Lächeln, das sagt, dass wir uns

verlieben. Ich habe mich bereits verliebt, und ich denke, sie ist auch da. Wenn sie nur zu dem Modelteil meines Lebens passen würde, wäre alles perfekt. Mein Agent zieht für mich nach der Cali Pop-Kampagne mehrere lukrative Angebote an Land. Einige ihrer Online-Anzeigen sind bereits draußen, und die sorgen für einigen Wirbel. Ich will dieses Leben und auch dieses Leben in meiner Heimatstadt. Ich habe es bisher jongliert, aber nie mit einer ernsthaften Beziehung.

Mein Bauch verkrampft sich. Sloane ist hier verwurzelt und hat sehr klargemacht, dass sie sich in der Branche nicht wohlfühlt. Ich verstehe das. Aber für mich könnte es etwas Großartiges sein, neue Chancen in der Branche zu erkunden. Früher oder später muss ich mich entscheiden – dem großen Traum oder meinem Traummädchen nachgehen. Ich sehe keinen Weg, beides zu haben.

Ich werde mich damit befassen, wenn die Zeit gekommen ist. Für den Moment bin ich hier, und die Dinge mit Sloane laufen großartig.

Das Meeting endet. Sloane verbringt eine geraume Zeit damit, in einer Ecke mit Jenna zu reden, ihre Köpfe eng zusammengesteckt, Stimmen leise. Es sieht fast so aus, als würden sie einen geheimen Plan aushecken. Ha! Wahrscheinlich sprechen sie über Jennas Hochzeit.

Zumindest hoffe ich das. Jenna schreckt nicht vor kleinen Intrigen zurück. Und was haben Jenna und Sloane gemeinsam? Mich.

14

———

Sloane

Ich war noch nie zu einer Hochzeit in jemandes Haus. Es ist Silvester, und wir sind in Wyatts und Sydneys großem Haus für die Hochzeit von Jenna und Eli. Aus dem Familienzimmer wurden die Möbel entfernt. Ich sitze in einem gepolsterten Stuhl in einer der Stuhlreihen auf beiden Seiten eines roten Teppichläufers. Vor dem Kamin steht ein Bogen aus Seidenblumen für die Braut. Weiße, funkelnde Lichter hängen in Bögen von der Decke und werfen einen sanften Glanz über den Raum. Es ist kurz vor sieben Uhr, und draußen ist es schon dunkel.

Jenna hat ihre Schwester, Eve, gebeten, ihre Trauzeugin zu sein. Eli hat Caleb. Sie sind die beiden Jüngsten in der Familie Robinson und stehen einander nahe. Als Kinder haben sie sich ein Zimmer geteilt und als Erwachsene eine Weile auch ein Haus. Eli und Caleb stehen bei dem Blumenbogen an ihrem Platz und unterhalten sich leise mit dem Standesbeamten, dem Bürgermeister Levi Appleton. Caleb ist in den letzten paar Tagen ein wenig distanziert gewesen, aber ich denke mir, dass er von dem Hochzeitskram abgelenkt war.

Wir warten alle nur darauf, dass Jenna und Eve den Gang entlangkommen. Heute sind hier vier Hunde, die beiden

Hunde von Wyatt und Sydney sowie die beiden Hunde von Jenna und Eli. Mokka, der männliche Pitbull, trägt eine schwarze Fliege, während die drei Hündinnen – Pitbull, Pitbull-Mix und Shih Tzu – rosa Schleifen tragen. Sydney hat sie am Ende des Ganges an der Leine. Die Hunde legen sich mit Kauspielzeug hin, um beschäftigt zu sein.

Ich wende mich an meiner Seite an Kayla. „Das ist alles wirklich schön. Ich denke, Jenna hatte die richtige Idee, es klein zu halten."

„Ich habe genau das auch gerade gedacht", sagt sie. „Ich plane eine große Hochzeit für mich und Adam im Juni, aber auch das hier hat einen gewissen Reiz. Es fühlt sich fast wie durchgebrannt an, aber mit den engsten Freunden."

Ich schaue zu Caleb, der in seinem Smoking so gut aussieht, seine fröhliche Haltung zeigt sich in jedem Ausdruck. Werden wir auch eines Tages dort stehen? Wird dies eine neue Tradition in der Familie Robinson beginnen?

„Meine Schwestern schauen morgen nach einer Immobilie in Summerdale", vertraut Kayla mir an.

„Sie wollen zusammen hierherziehen?"

„Sie überlegen, ein Bed and Breakfast zu eröffnen. Brooke ist Architektin und Paige ist eine überarbeitete Immobilienmaklerin in New York City. Sie mögen es hier und denken, dass es eine gute Investition sein könnte. Schh, erzähl es nicht weiter. Sie strecken immer noch nur die Fühler aus."

„Wenn sie in diese Richtung gehen, kann ich einen tollen Landschaftsdesigner empfehlen. Max Bellamy." Ich schicke ihr seine Kontaktinformationen und seine Website.

„Großartig", sagt sie. „Ich hoffe, es funktioniert. Wyatt hat versucht, uns alle zum Umzug nach Summerdale zu bewegen. Bei mir hat er es geschafft, obwohl Adam auch einiges damit zu tun hatte. Wyatt ist derjenige, der ihnen das mit dem Anwesen unter die Nase gerieben hat. Es ist ein süßes altes Farmhaus. Er wusste, dass Brooke das Renovierungspotential sehen würde, und Paige ist bereit für eine Pause von der ständigen Hektik ihres Jobs. Mom sagt, sie würde nicht umziehen, aber gerne ihr erster Gast sein. Es wäre so cool, meine Familie in der Nähe zu haben, vor allem, wenn Adam und ich eine Familie gründen."

„Halt mich auf dem Laufenden."

Sie lächelt und drückt meinen Arm.

In dem Moment beginnt die Musik, und Eve kommt in einem gemäßigten Tempo den Gang hinunter. Sie ähnelt Jenna, groß und blond, obwohl ihre Züge schärfer wirken. Sie trägt ein blasslavendelviolettes Kleid mit Seide und Spitze und hält einen Strauß weißer Rosen.

Jeder dreht sich zu Jenna um. Sie ist atemberaubend in einem ärmellosen weißen Kleid mit Perlen, die das Licht im Mieder fangen. Ein Schleier sitzt auf ihrem Kopf, aber ich kann immer noch ihr strahlendes Lächeln durch den dünnen Stoff sehen, während sie anmutig den Gang entlangschreitet.

Levi begrüßt alle, und dann geht Sydney nach vorn, um ein Gedicht vorzutragen. Als Nächstes folgt Audrey. In beiden Gedichten geht es um Liebe. Ich habe sie nie zuvor gehört, da ich nicht so auf Dichtung stehe, aber sie klangen perfekt für den Anlass.

Ich beobachte, wie Levi sie durch ihre Gelübde führt. Sowohl Eli als auch Jenna blinzeln die ganze Zeit über Tränen beiseite. Ich habe einen Kloß in der Kehle und weine fast, aber dann fällt mir Caleb ins Auge, und ich bekomme Kontrolle über mich selbst. Er zwinkert mir zu, als ob er weiß, dass ich nahe dran bin zu heulen. Es ist einfach so schön. Die Liebe zwischen ihnen, die pure Freude, die sie ausstrahlen, während sie schwören, für immer zusammen zu sein. Ich wette, sie werden schöne Babys haben. Ich will auch Babys. *Schnief*.

„Ich erkläre euch hiermit zu Mann und Frau", sagt Levi. „Du darfst die Braut jetzt küssen."

Eli umfasst Jennas Gesicht mit beiden Händen und gibt ihr einen Kuss. Alle applaudieren, und die Hunde lassen ihr Kauspielzeug fallen, um mitbellen zu können.

Da wir in einem Haus sind, gehen Jenna und Eli einfach den Gang hinunter und bleiben dann am anderen Ende des Raums stehen, prosten einander mit dem wartenden Champagner zu und nehmen die Glückwünsche entgegen. Caleb, Drew und Adam stellen rasch die Stühle weg, verstauen sie in einem Schuppen im Freien und kehren zurück, um die Möbel wieder in das Familienzimmer zu bringen. Empfangszeit.

Und ich kann das neue Jahr mit Calebs großer glücklicher Familie einläuten, die sich mehr und mehr wie meine eigene anfühlt.

Caleb holt mich ein und umarmt mich. Er sagt nahe an meinem Ohr: „Eines Tages, Liebling."

Ich leugne es nicht mehr, sondern erwidere einfach seine Umarmung. Die Idee erschreckt mich nicht mehr, sie erfüllt mich nur mit Hoffnung für die Zukunft.

~

Caleb

Am Neujahrstag stürzt Sloane früh nach Hause, nachdem sie die Nacht bei mir verbracht hat, und schickt mir dann eine ungewöhnliche Anfrage. Sie möchte, dass ich sie um elf Uhr morgens bei Wyatt treffe und Huckleberry zu einer Neujahrsfeier mit den Hunden mitbringe. *Merkwürdig*. Wyatt hat dazu nichts gesagt, als wir gestern für Jennas Hochzeit bei ihm waren.

Ich fahre an Wyatts und Sydneys Haus oben auf dem Hügel vor. Es ist ein cooles Haus aus den 1920ern mit grauen Schindeln und einem grauen Leuchtturm rechts davon. Mitten auf dem Land, das ist das Lustige daran. Der Leuchtturm ist eigentlich ein Wasserturm, der wie ein Leuchtturm verkleidet ist. Es stehen schon einige Wagen da.

Ich klingele, und meine Schwester Sydney öffnet die Tür. Snowball, der weiße Shih Tzu, steckt unter ihrem Arm, und ihr Pitbull-Mix, Rexie, steht neben ihrer Seite und bellt. Huckleberry knurrt leise tief in seinem Hals.

„Hi! Komm herein!", ruft sie über den Lärm. Sie tritt zurück und sagt zu ihren Hunden: „Stehen bleiben."

Sie werden still, wedeln mit den Schwänzen und schnüffeln an Huckleberry. Sie haben sich alle schonmal getroffen. Dies ist nur das Standardprotokoll für jemanden, der an der Tür steht.

„Was ist los?", frage ich. „Da stehen schon so viele Wagen draußen. Sloane sagte elf, und ich fühle mich, als käme ich zu spät zur Party."

„Hier entlang", sagt sie über ihre Schulter und bedeutet mir, ihr zu folgen.

Ich ziehe meine Jacke aus, lasse sie an der Garderobe bei der Tür und gehe in Richtung des ganzen Lärms. Sie müssen im Familienzimmer sein, das hinten die ganze Breite des Hauses einnimmt. Es ist ein schöner Raum mit vielen deckenhohen Fenstern und Blick auf einen Garten mit Rasen, der von Wäldern umgeben ist.

Ich halte kurz am Eingang zum Raum an, und mir fällt die Kinnlade herunter. Die Möbel sind weggeräumt, und der Raum ist voll mit Menschen und Hunden.

„Überraschung!", ruft Sloane.

Ich reibe mir den Kiefer. „Ich glaube das einfach nicht."

Sie hüpft herüber und umarmt mich. „Bist du glücklich? Ich wollte etwas Besonderes für dich tun."

Ich blinzele ein paarmal, immer noch unter Schock. Dmitri, der Fotograf, ist hier, mit dem gleichen Hintergrund und Setup, das er für den Charity-Kalender gemacht hat. Meine Brüder – Drew, Adam und Eli – sind da, jeder mit einem Hund. Drew hält die Leine für Elis Hund Mokka. Eli hat seine andere Hündin Lucy. Mein Schwager Wyatt ist hier, Max, Bürgermeister Levi, Spencer, der Koch vom Horseman Inn und der Tierarzt Dr. Russo. Auch ihre Frauen und Freundinnen sind hier. Da hatte ich wohl Glück, dass Jenna und Eli erst morgen in die Flitterwochen fahren.

„Wir beenden deinen Kalender mit Einheimischen", sagt Sloane. „Ich habe acht Jungs gefunden, die bereit sind, mit einem Hund zu posieren."

Dr. Russo nähert sich. „Ich habe einige zusätzliche Hunde aus dem Tierheim mitgebracht, mit denen Max, Levi und

Spencer posieren können. Ich kann dir nicht genug für die Spendenaktion danken, um das Tierheim zu erweitern. Wir schaffen das mit der Hilfe von Menschen wie dir."

Tränen steigen in meine Augen. Die ganze Zeit habe ich gedacht, dass meine Brüder, auch die Einheimischen, nicht viel von dem halten, was ich tue. Ich dachte, sie halten mich nur für ein hübsches Gesicht ohne Substanz, und doch sind sie hier und bereit, mir zu helfen.

Ich breite meine Arme aus. „Danke, dass ihr alle gekommen seid! Das weiß ich sehr zu schätzen."

„Deine Frau hat uns wissen lassen, wie wichtig das für dich ist", sagt Wyatt.

Ich lege einen Arm um Sloane. Meine Frau. „Sie hat recht. Das ist alles für einen guten Zweck. Aber ich muss euch warnen, wir haben bereits die ersten vier Monate mit, ähm, Oben-ohne-Models und deren Hunden gefüllt, aber –"

Die Jungs ziehen ihre Hemden aus. Nun, das war einfach. Die Frauen brechen in Applaus aus, was die Hunde begeistert, und sie fangen an, durch den Raum zu laufen. Alle außer Dr. Russos Boston Terrier, der nur daliegt und ein Ohr hebt.

„Schnappt euch die Leinen", sagt Dr. Russo. „Sie sollten nicht zu aufgedreht werden."

Es ist ein Chaos, alle laufen in verschiedene Richtungen, die Leinen fliegen hinter den Hunden her. Sloane jagt Huckleberry, der spielerisch zwischen den Hunden springt. Dr. Russo hilft, indem er einen Behälter mit Keksen herausholt, ihn schüttelt und ein scharfes Pfeifen ertönen lässt. Schon bald sitzen die Hunde in einer Reihe und warten auf ihr Leckerchen.

Jenna beginnt, die barbrüstigen Männer mit Babyöl zu besprühen. Sydney kommt mit Make-up, aber niemand will es. Das ist okay. Dmitri wird die Fotos gut aussehen lassen.

Ich gehe zu Dmitri hinüber und klopfe ihm auf den Rücken. „Danke, dass du den ganzen Weg hierhergekommen bist, Mann."

Er lächelt. „Wir haben den Job nicht zu Ende gebracht. Ich muss ihn immer zu Ende bringen."

„Aber ich werde dir ein Honorar dafür zahlen."

„Schon erledigt."

„Sloane?"

„Wer sonst?"

Ich schaue hinüber zu Sloane, die mich anlächelt, ihre bernsteinfarbenen Augen funkeln.

Ich gehe zu ihr und küsse sie.

Sie strahlt. „Zumindest haben wir dieses Mal mehrere Hundebezwinger und nicht nur mich."

Ich beuge mich hinab an ihr Ohr. „Ich geb dir das Geld für Dmitri zurück. Ich weiß, dass er nicht billig ist."

Sie schüttelt den Kopf. „Ich kann es mir leisten. Ich lebe seit Monaten zu Hause. Keine Unkosten."

Ich kann mir nicht vorstellen, dass sie so viel als Mechanikerin verdient, aber ich werde ihr Geschenk nicht ablehnen. Ich werde später etwas Schönes für sie tun.

Dmitri ruft den ersten Freiwilligen auf, und Drew tritt vor, Mokka an der Leine.

Sloane und ich sehen zu, mein Arm um ihre Schultern, ihr Arm um meine Taille. Eine kleine nagende Sorge brummt durch mein Gehirn. Ich bin froh, dass Sloane hier in Summerdale alles hat, was sie sich je gewünscht hat. Das Problem ist, ich bin mir nicht sicher, dass ich das tue. Ich habe es vor mir hergeschoben, mit ihr darüber zu reden, aber ich habe meinem Agenten den Startschuss für eine große Kampagne gegeben, die am Ende des Monats beginnt. Es wird mich weit weg von zu Hause mit mehreren Verpflichtungen als Botschafter ihrer Marke führen. Ich muss Sloane an Bord haben. Ich will alles, auch wenn ich weiß, dass es vielleicht nicht das ist, was sie will. Es muss einen Weg geben, dass es funktioniert, nicht wahr? Ich kann den Gedanken nicht ertragen, sie zu verlieren.

Drew posiert mit Mokka über seinen Schultern, seine Arme angehoben, um seinen Bizeps anzuspannen, seine gewölbte Brust und seine Bauchmuskeln in vollem Display. Er hält sich fit. Er ist kein großer Lächler, aber als alle Frauen durchdrehen und ihm zupfeifen, umspielt ein kleines Lächeln seine Lippen.

„Ja!", ruft Dmitri. „Ich liebe es."

Um nicht ins Hintertreffen zu geraten, lässt Eli seine Hündin Lucy ihren Trick machen, bei dem sie in seine Arme springt, als er sie ruft. Er lacht, als sie ihm das Gesicht leckt.

Dmitri dreht durch und schießt drauflos. Alle lachen und amüsieren sich.

Adam ist zurückhaltender, was in Ordnung ist, weil seine englische Bulldogge Tank ein fauler Hund ist, der sich einfach hinlegen will, Kopf auf seinen Pfoten. Kayla rennt mit einem Stück Speck hin, den sie genau für diesen Zweck mitgebracht hat, und bringt Tank so in eine sitzende Position. Adam setzt sich neben Tank und legt seinen Arm um ihn. Dmitri macht ein Bild, gerade, als sich die beiden aus nächster Nähe anschauen. Das ist ein großartiges Bild.

Spencer, der Koch mit den kurzen braunen Haaren und einem gewinnenden Lächeln, kommt herein und spannt seinen Bizeps neben dem ihm zugewiesenen gelben Hund an. Der Hund springt auf ihn und leckt seinen Bizeps. Ich hoffe, Dmitri hat das aufgenommen. Die anderen Jungs sind gelassener. Sowohl Levi als auch Dr. Russo stehen einfach da – Jungs ohne Hemd, die Hunde in den Armen halten. Dmitri muss sie dazu überreden, einen Muskel anzuspannen. Die Frauen stacheln sie an, und sie scheinen sich ein wenig zu entspannen und spielen mehr vor der Kamera.

Wyatt geht als Letzter, und er scheint vorbereitet, flexibel und blickt glühend in die Kamera. Das einzige Problem ist Snowball, als niedlicher kleiner weißer Shih Tzu im Widerspruch zu all dem Testosteron, das er ausstrahlt. Es ist wirklich ein lustiger Kontrast.

Dmitri feuert ihn an, während der Rest von uns ein Lachen unterdrückt und amüsierte Blicke austauscht.

Wyatt bemerkt es schließlich. „Was?"

„Nichts, Babe", sagt Sydney. „Du bist *heiß*. Mach weiter so."

Seine Brauen ziehen sich nach unten. „Ich weiß, dass ich heiß bin. Wo sind meine Jubelrufe und Pfiffe?"

Sydney bedeutet den Frauen, sich ihr anzuschließen, während sie für ihn klatscht und johlt.

„Das ist besser", sagt Wyatt. Er hält Snowball hoch, damit sie Auge in Auge sind. Ihr Maul ist offen, und es sieht aus, als würde sie ihn anlächeln. Wyatt lächelt zurück. „Sehen ihre Zähne nicht toll aus?" Dmitri macht ein Bild. Hund und Besitzer lächeln einander an.

Sydney teilt dem Rest von uns mit: „Wyatt putzt Snowball jeden Abend die Zähne."

„Rexies auch", sagt er. „Zahnhygiene ist auch für Hunde wichtig, vor allem Shih Tzus, weil sie so einen Überbiss haben."

Sydney lächelt breit. „Was er gesagt hat."

Ich gehe umher und danke allen Jungs für ihre Hilfe.

„Mann, das war harte Arbeit", sagt Adam. „Es fühlte sich an, als hätte es ewig gedauert, bis er das gewünschte Bild hatte, und die ganze Zeit musste ich so aussehen, als ob ich mich amüsiere."

Ich lache und umarme ihn brüderlich. „Ich weiß, es ist nicht dein Ding. Ich weiß es zu schätzen. Du warst eigentlich nur etwa zwanzig Minuten da oben. Ich habe schon zwölf-stündige Aufnahmen gemacht."

Er klopft mir auf die Schulter. „Besser du als ich. Mir war nicht klar, wie hart du arbeitest. Ich dachte ehrlich, es sei nur ein schneller Schnappschuss, und dann geht man nach Hause." Er deutet auf die gesamte Ausrüstung. „Beleuch-tung, Kulissen, Posen."

Es fühlt sich gut an, verstanden zu werden. „In der Regel werden noch Haare, Make-up und Garderobe gemacht. Die ganze Sache. Ich weiß, dass es auf den Fotos natürlich aussieht, als wären wir alle von der Straße hereingelaufen, aber es steckt ein ganzes Team dahinter."

Drew zerzaust meine Haare. „Wie kommt's, dass du dein Ding nicht gemacht hast?"

„Dmitri hat mein Bild schon, vom ersten Mal, als ich diesen Gig zusammengestellt habe. Wir sind fertig."

„Was macht dann Huckleberry hier?", fragt er.

Ich schaue mich nach ihm um und sehe ihn nicht. „Ich bin nicht sicher. Ich seh mal besser nach ihm."

Ich wandere durch das Haus und erreiche das förmliche Wohnzimmer vorne. In der Ecke steht ein Weihnachtsbaum. Sloane sitzt im Schneidersitz davor auf dem Boden mit Huckleberry. Dmitri hockt sich vor sie und macht ein Foto. Ich denke, Sloane wollte ein Bild mit ihm.

Sie strahlt mich an. „Das ist für deine Weihnachtsbildsammlung." Sie meint die Fotos meiner Familie vor dem Weihnachtsbaum. Sie möchte Teil meiner Familie sein. Meine Brust verkrampft sich.

„Sloane, Schatz, das ist so gut überlegt."

„Gesell dich zu uns!"

Ich setze mich neben sie, lege meinen Arm mit einem breiten Lächeln um sie, und stelle mir dieses Bild bereits als den Beginn unserer eigenen Weihnachtstradition vor. Wärme durchflutet mich bei dem Gedanken. Ich, Sloane und Huckleberry. Hoffentlich bald auch Kinder.

Dmitri macht noch ein paar Fotos und bietet Sloane dann seine Hand an, um ihr auf die Beine zu helfen. Ich stehe auch auf und streichle Huckleberry dafür, dass er so gut mitgemacht hat.

„Ich werde nie müde, Fotos von dir zu machen", sagt Dmitri zu Sloane. „Wirst du mit Caleb auf Fidschi sein?"

Sloanes Kopf ruckt in meine Richtung. Mein Magen sackt tiefer. Mist. Ich wollte nicht, dass sie das so erfährt. Ich wollte den perfekten Zeitpunkt finden, um es ihr zu erzählen, und dann hoffen, dass es nicht unser Ende bedeutet. Fidschi ist für mich erst der Anfang.

Dmitri fährt fort, unbewusst. „Ich werde da sein. Du würdest in einer tropischen Umgebung spektakulär aussehen. Weiße Sandstrände, türkisfarbenes Wasser, dunkle Haare und cremige Haut. Diese Augen." Er klingt, als wäre er halb in sie verliebt. Die Liebe eines Fotografen.

„Ähm, ich habe es ihr noch nicht gesagt", sage ich.

„Du reist nach Fidschi?", fragt sie. „Wofür?"

Dmitri zieht sich zurück. „Ich werde packen gehen. Tut mir leid, dass ich das ausgeplaudert habe."

Ich drücke seine Schulter und stelle mich Sloane, wobei ich meinen Ton ruhig halte. Es ist nicht so, wie ich dieses Gespräch wollte, aber jetzt ist es so, also muss ich damit umgehen. „Wenn wir einfach darüber reden können, kriegen wir es hin."

„Über was reden?"

„Schau, ich wollte es dir ja sagen. Ich hatte fünf Angebote für große Kampagnen, und mein Agent drängt mich ziemlich dazu, den Fidschi-Auftrag anzunehmen. Ich glaube, ich wollte es nicht erwähnen, weil meine Karriere plötzlich explodiert, und ich weiß, dass du dich in dieser Szene nicht wohlfühlst."

Ihre Augen sehen verletzt aus. „Ich freue mich für dich. Ich dachte nur, du würdest es mir sagen. Wie lange weißt du das schon?"

„Zwei Wochen. Ich habe auf den Angeboten gesessen und meinem Agenten vor zwei Tagen gesagt, dass ich Fidschi nehmen würde. Es ist für einen Duft des Designers Rafael. Werbespots, Print- und Internetkampagnen. Der Dreh ist erst Ende Januar." Ich atme tief ein. „Du kannst gern mitkommen."

Sie starrt auf den Boden. „Ich verstehe nur nicht, warum du es mir verschwiegen hast." Sie sieht mir in die Augen. „Du hast es Dmitri gesagt. Natürlich weiß ich, dass du versuchst, Gigs zu buchen."

Ich stoße einen Atemzug aus. „Ich schätze, ich dachte nicht, dass du es gut aufnehmen würdest. Da ist noch mehr. Fidschi ist erst der Anfang. Ich soll die Marke auf der Fashion Week in Paris vertreten. Es besteht die Möglichkeit, dass ich sie in einem Drei-Jahres-Vertrag vertrete." Ich verkneife mir ein Lächeln. Das ist eine spannende Aussicht. Eine riesige Sache für ein Model.

„Heilige Scheiße."

„Ja!"

„Also wirst du dann viel reisen."

„Vielleicht. Wenn es läuft, wie ich will."

Sie bearbeitet ihre Unterlippe. „Ich bin entschlossen, in Summerdale zu bleiben. Endlich habe ich das Gefühl, eine Gruppe von Freundinnen zu haben. Ich bin Teil der Community. Ich mache, was ich liebe, in der Werkstatt meines Dads. Ich möchte dich nicht zurückhalten, Caleb." Sie atmet kräftig aus. „Es scheint, als wollten wir nicht dasselbe."

Mein Bauch dreht sich langsam. Ich habe immer noch keine Antworten, wie das funktionieren könnte. Ich hatte gehofft, dass sie sie hätte. „Ich will, was du willst. Irgendwann."

„Wann?"

„Sobald ich nicht mehr marktfähig bin. Ich weiß nicht, wann."

Ihre Lippen drücken sich zusammen. „Sobald du ein gewöhnlicher Kerl bist, was du nie sein wirst."

„Du möchtest, dass ich mich für mein Aussehen entschuldige?", sage ich defensiv. „Ich achte eben auf mich. Und du – du bist schön."

„Stopp!"

Ich will ihr Gesicht umfassen, aber sie zieht sich zurück. „Ich meine es ernst."

„Und ich meine es ernst, wenn ich sage, dass ich deine schönen Worte nicht brauche. Ich wurde sehr lange nach meinem Aussehen oder nicht guten Aussehen beurteilt, und ich fühle mich jetzt in meiner eigenen Haut wohl. Das Aussehen ist nur ein Teil des Pakets. Für dich verkauft sich das Paket, und das ist in Ordnung. Ich wünsche dir alles Gute." Ihre Stimme bricht.

Mein Bauch verkrampft sich. „Was meinst du damit, du wünschst mir alles Gute?"

Sie schweigt.

Ich kann kaum die Worte über den Klumpen in meinem Hals herausbekommen. „Willst du mit mir Schluss machen?"

Sie blinzelt, schnell, die Tränen steigen in ihre Augen. „Ich denke, wir wissen beide, dass wir in verschiedene Richtungen gehen. Du solltest gehen und dich amüsieren können."

„Was soll das heißen? Du denkst, ich interessiere mich für andere Models? Ich bin nur interessiert, nein, es ist mehr als das … Sloane, ich liebe dich."

„Ich liebe dich auch!", weint sie. „Verstehst du es denn nicht? Das ist es, was Liebe ist. Den anderen sein bestes Selbst sein zu lassen. Ich gebe dir deine Freiheit. Ich bin mir sicher, du wirst ein Star."

„Quatsch! Ich möchte das nicht."

Sie wischt sich die Tränen von den Wangen. „Frag dich selbst, warum du mir zwei Wochen lang deine großen Nachrichten nicht erzählt hast. Es ist nicht, weil wir nicht viel Zeit miteinander verbracht haben. Es hat so viele Gelegenheiten für dich gegeben, etwas zu sagen, aber du hast es nicht getan, weil du wusstest, dass unsere Wege auseinandergehen."

Ich spanne mich an, mein Bauch ein kranker Knoten. *Hat sie recht? Ich konnte keine Lösung sehen, und vielleicht liegt das daran, dass es keine gibt.*

Sie steht dort und starrt mich für einen langen Moment an, ihre Augen glänzen immer noch vor Tränen.

„Sloane."

„Auf Wiedersehen, Caleb", sagt sie leise.

Ich beobachte, wie sie aus der Tür geht und mein Herz mit sich nimmt. Nein, das darf nicht passieren. Nach dieser riesigen Geste, bei der sie meine beiden Welten zusammengebracht hat, bricht sie meine wichtigste Welt auseinander. Uns.

Ich will ihr hinterher, bleibe aber stehen und schiebe eine Hand durch meine Haare. Ich bin bereit, eine Karriere rund um den Globus zu starten, während sie an ihre Heimat gebunden ist. Unsere Wege *gehen* auseinander, wie sie gesagt hat. Ich möchte sie nicht mit viel Hin und Her verletzen. Zusammen, auseinander, zusammen, auseinander.

Meine Augen stechen vor Tränen, meine Brust ist eng. Wenn nur die Liebe so einfach wäre wie der erste Blitzschlag.

15

Sloane

Es ist zwei Tage her, dass Caleb und ich uns freundschaftlich getrennt haben. Alles in allem glaube ich, dass wir sehr reif damit umgegangen sind. Wenn ich mich nicht so komplett und absolut scheiße fühlen würde. Ich komme am Montagmorgen zur Arbeit, um festzustellen, dass Dad noch nicht hier ist. Max hat heute frei. Er musste Steinsalz und Sand nachfüllen, um Schnee zu pflügen. Sie haben mehr Schnee für unsere Gegend vorhergesagt.

Dad holt wahrscheinlich Donuts für uns in Jennas Laden. Er macht das regelmäßig an einem Montag, um uns in Gang zu bringen. Es würde mir nichts ausmachen, meine Sorgen in zuckersüßer Güte zu ersticken. Ich seufze und mache mich an die Arbeit, in der Hoffnung, mich darin zu verlieren. Ein Cadillac Coupe de Ville aus dem Jahr 1978 braucht neue Bremsen. Ich frage mich, wem dieses Auto gehört. Es hat immer noch die originale meergrüne Nebelfarbe und ist in ziemlich gutem Zustand. Ich werde später nachsehen, wenn ich zur Rechnungsstellung komme.

Ich stelle das Auto für den Hydraulikhub auf und fahre es hoch. Gerade als es fertig ist, höre ich das Telefon der Werkstatt klingeln.

Schätze, Dad ist noch nicht zurück. Ich wische mir die Hände an einem Lappen ab und gehe hinüber, aber das Telefon hört auf zu klingeln. Sollte ich den Anrufbeantworter überprüfen oder Dad sich später darum kümmern lassen? Meh, er kann das machen. Ich brauche eine Ablenkung.

Eine Stunde später bin ich mit den neuen Bremsbelägen und Rotoren fertig und senke das Auto ab. Verdammt, es ist so leise. Dad ist immer noch nicht hier?

Ich gehe zu seinem Büro, aber er ist nicht da. Ein kribbeliges Gefühl kriecht an meinem Rücken entlang. Das sieht ihm gar nicht ähnlich. Er ist ein verlässlicher harter Arbeiter, der nie einen Tag Arbeit verpasst. Das einzige Mal, dass er den Laden schließt, ist wegen der Feiertage und meiner Abschlussfeier.

Ich ziehe mein Handy aus der Tasche und starre auf den Bildschirm. Ich hatte es auf leise gestellt und einen Anruf von einer Nummer verpasst, die ich nicht kenne. Ich höre mir die Sprachnachricht an. „Hi, Deborah hier. Ich bin Krankenschwester im Eastman Hospital. Ihr Vater wurde hier eingeliefert. Er gab uns diese Nummer, um Sie zu kontaktieren."

Ich greife sofort meine Handtasche und die Werkstattschlüssel, schließe ab und rase zu meinem Auto. Ich fahre vom Parkplatz. Das Krankenhaus ist etwa zwanzig Minuten entfernt. Er wurde eingeliefert. Weshalb? Was ist passiert? Ich hätte anrufen und fragen sollen, aber es schien wichtiger, dorthin zu kommen. Er darf nicht sterben. Er ist mein Fels, das eine, auf das ich in dieser Welt zählen kann.

Bitte, bitte, lass ihn okay sein.

Ich komme zum Krankenhaus und muss am Ende weit weg parken. Der Parkplatz ist voll. Ich laufe mit voller Geschwindigkeit zum Eingang und stürze in den Warteraum.

Dann gehe ich schnell an die Rezeption. „Ich bin Sloane Murray. Mein Vater wurde vorhin aufgenommen. Ich muss ihn sehen. Geht es ihm gut?"

Die Krankenschwester, eine Brünette in ihren Fünfzigern, schaut mich an. „Mal ganz langsam. Wie heißen Sie nochmal?"

„Sloane Murray. Bitte, mein Dad." Ich trommle auf den Schalter. „Rob Murray. Robert Murray. Ich muss wissen, ob es ihm gut geht. Ich muss ihn sofort sehen."

Sie sucht seinen Namen im Computer. „Er ist oben auf der Herzstation. Lassen Sie mich prüfen, ob er Besucher haben darf."

„Warum nicht?"

Jedes Worst-Case-Szenario läuft mir durch den Kopf. Herz. Sie könnten ihn mit diesen Paddeln schocken, wie man es in den Krankenhausserien sieht, oder ihn für eine Operation vorbereiten. Mein Magen sackt bei meinen nächsten Gedanken. Mein Großvater, der Vater meines Dads, starb in seinen Vierzigern an einem Herzinfarkt. Dad ist einundfünfzig. Ich darf nicht das Schlimmste denken. Adrenalin rauscht durch mich. Ich bin dabei, aus meiner Haut zu platzen.

Sie legt den Hörer ab. „Besucher sind okay. Lassen Sie uns Ihren Führerschein überprüfen, und ich werde Ihnen einen Besucherpass ausstellen."

Fünf entsetzliche Minuten später bin ich auf dem Weg zum Aufzug. Ich drücke auf den Knopf. *Komm schon, komm schon.* Ein paar andere Besucher gesellen sich zu mir, während ich warte. Endlich öffnen sich die Türen, und wir alle gehen hinein. Ich muss warten, weil er im ersten und zweiten Stock hält. Dad ist im dritten. Sobald sich die Türen öffnen, stürme ich hinaus und suche nach seinem Zimmer.

Ich finde es und betrete ein Zimmer mit einem älteren Mann darin. Ich gehe weiter in den Raum und schaue hinter den Krankenhausvorhang. Leer. Da steht nicht einmal ein Bett.

Nein, nein, nein. Tränen lassen meine Sicht verschwimmen. *Wo ist er? Was ist los?*

Einen Moment später erscheint ein Bett, als es in den Raum geschoben wird. Ich eile zur Seite. Es ist Dad. Er hat einen Sauerstoffschlauch in der Nase und einen Infusionsschlauch in der Hand.

„Er kommt gerade von einem Test zurück", sagt der Pfleger. „Er hat ihn mit Bravour bestanden." Der Pfleger ist ein fröhlich aussehender junger Kerl, der mich mit seinem kurzen Haar ein wenig an Caleb erinnert. Ich wünschte, Caleb wäre hier bei mir.

„Sloane", sagt Dad schwach.

Sobald sein Bett aufgestellt ist und der Pfleger geht, umarme ich ihn vorsichtig. „Dad, was ist passiert?"

Er legt eine Hand auf meinen Kopf. „Mir wird es gut gehen. Die Ärztin sagt, es war ein kleiner Herzinfarkt, und ich brauche zu diesem Zeitpunkt keine Operation. Sie hat mir Blutverdünner verschrieben. Das ist die gute Neuigkeit."

Mein Magen verkrampft sich. „Was ist die schlechte Nachricht?"

Er macht ein Gesicht. „Sie möchte, dass ich mich sportlich betätige und auf eine herzgesunde Ernährung umsteige."

„Dad! Oh mein Gott, ich hab mir fast in die Hose gemacht vor Angst um dich. Du wirst alles tun, was die Ärztin sagt. Ich werde dafür sorgen. Ich werde herausfinden, was nötig ist, und es umsetzen."

„Ist Max in der Werkstatt?"

„Ich schreibe ihm sofort. Er wollte gerade Vorräte für den kommenden Sturm auffüllen."

Ich schicke Max eine Nachricht und informiere ihn. Er verspricht, innerhalb einer Stunde im Laden zu sein. Ich hebe den Kopf. „Max ist auf dem Weg zur Werkstatt. Alles abgedeckt, du kannst dich entspannen."

Er schließt die Augen. „Gut."

„Wann ist das passiert? Heute Morgen zu Hause schien es dir gut zu gehen."

Er hält weiter die Augen geschlossen. „Auf dem Weg, Donuts zu holen. Ich hatte diesen stechenden Schmerz in der Brust und bin rechts rübergefahren. Ich dachte, es wäre vielleicht Sodbrennen, aber dann wurde es immer schlimmer, und ich brach in einen kalten Schweiß aus, und mir war schwindlig. Ich habe es noch geschafft, 911 anzurufen. Das nächste, was ich weiß, ist, dass ich in einem Krankenwagen hergefahren werde. Eine der Krankenschwestern sagte, sie würde dich für mich verständigen."

Ich schüttle den Kopf, Tränen stechen in meinen Augen. „Keine Donuts mehr. Wir bringen dich wieder in Kampfform."

Er streichelt mir die Hand, und dann hält er inne. Ich beobachte seine Brust sorgfältig. Er atmet noch. Schläft nur.

Tränen strömen mir übers Gesicht, und ich wende mich ab und schaue aus dem Fenster. Ich möchte nicht, dass er mich traurig sieht. Ich hatte solche Angst, ihn zu verlieren, genauso wie er seinen Dad verloren hat. Dies ist eine jener Zeiten, in denen es schwierig ist, ein Einzelkind zu sein, das den Schmerz allein trägt. Max hat zu tun. Meine neuen Freunde sind bei der Arbeit, da bin ich sicher. Ich texte Caleb und teile ihm mit, was passiert ist und wo ich bin. Er ist derjenige, den ich wirklich will, obwohl wir uns getrennt haben.

Meine Kehle verengt sich, während ich hinzufüge, *Kannst du ins Krankenhaus kommen?* Ich schicke Caleb die Adresse und die Zimmernummer.

Ich starre auf mein Handy, in der Hoffnung, dass er die Nachricht bekommt. Ich könnte anrufen. Eine Nachricht erscheint.

Caleb *Bin schon unterwegs.*

Meine Hand fliegt zu meinem Mund, unterdrückt ein Schluchzen. Ich schreibe ein kurzes Dankeschön und breche in einem Stuhl in der Nähe zusammen. Ich beobachte, wie Dad nach seinem turbulenten Morgen friedlich schläft. Er war schon immer ein großer Kerl, aber als er älter wurde, hat er mehr an Gewicht zugelegt. Es muss eine Belastung für sein Herz gewesen sein. Oder vielleicht haben all diese frittierten Lebensmittel seine Arterien verstopft. Dad liebt seine Pommes Frites und Kartoffelchips. Ich werde mit dem Arzt sprechen, um die medizinischen Details zu erfahren. In der Zwischenzeit will ich nur, dass es ihm besser geht.

Caleb kommt eine halbe Stunde später an. Ich stehe auf, so dankbar, dass er nach unserer Trennung hier ist. Ich dachte wirklich, dass ich die richtige Entscheidung für uns beide getroffen habe, aber jetzt will ich mich nur noch an ihn hängen und nie loslassen.

Er legt seine Arme um mich, streichelt meinen Rücken. „Es tut mir so leid. Wird es ihm wieder gut gehen? Geht es dir gut?"

Ich hebe den Kopf. „Ja zu beidem." Ich erzähle ihm die Details.

Seine Augen sind auf meine gerichtet. „Ich könnte helfen. Ich kenne mich mit Ernährung und Sport aus."

Aber wir haben doch Schluss gemacht. „Das kann ich nicht von dir verlangen."

„Du musst das auch nicht von mir verlangen. Ich mache das gern. Ich bin noch vier weitere Wochen hier. Reichlich Zeit, um ihn auf den richtigen Weg zu bringen."

Ich nicke und breche dann in Tränen aus.

Er hält mich fest. „Schh, alles gut. Alles wird gut."

Ich will ihm mehr glauben als alles andere, also tue ich es.

Der Pfleger kommt, um Dads Vitalparameter zu überprüfen, und er wacht auf.

Ich lächle ihn an. „Hi, Dad. Caleb ist da."

„Hi", sagt Dad. „Anscheinend habe ich den größten Teil deines Besuchs verschlafen."

„Kein Problem", sagt Caleb.

Der Pfleger ist fertig und sagt Dad, dass seine Schicht um ist, aber bald eine Krankenschwester kommen wird und dann die Ärztin.

Dad *knurrt*. Sobald der Pfleger geht, sagt er: „Sie lassen einen im Krankenhaus nie ausruhen. Ständig piksen sie einen und überprüfen irgendwas. Er hat mich erst vor einer Stunde untersucht."

Ich lächle, weil er wieder mehr wie sein mürrisches Selbst klingt. „Dann ist es deine Aufgabe, dich besser zu fühlen, damit wir dich hier wieder rausbringen können."

„Ich würde gerne helfen", sagt Caleb.

„Er hat einen Abschluss in Sportwissenschaft und weiß alles über Ernährung", sage ich.

„Das ist nett von dir", sagt Dad zu ihm. „Aber nicht notwendig. Ich bin sicher, dass ich mit nur ein paar Verbesserungen in meiner Ernährung in Ordnung sein werde."

„Dad, es würde mir viel bedeuten, Caleb an Bord zu haben. Natürlich solltest du hier mit dem Team zusammenarbeiten, aber wenn du nach Hause kommst, werden wir dein Team sein."

Dad seufzt. „Nun sieh dich mal einer an, Sloane. Freund zu Hause, Kinder für Nachhilfe, Pfannkuchen-Frühstück, Winterfest, habe ich etwas vergessen?"

„Ich gehe auch zur Ladies' Night, und Audrey versucht, mich dazu zu bringen, dem Buchclub beizutreten", sage ich.

„Du schlägst Wurzeln." Er schließt die Augen. „Was ist mit deiner Karriere?"

Jetzt ist nicht die Zeit, ihn zu verärgern. „Du bist müde. Ruh dich aus."

Ich setze mich und halte Dads Hand, während er schläft.

Caleb lässt sich in einem gepolsterten Stuhl auf der anderen Seite des Zimmers nieder.

„Du musst nicht bleiben", sage ich.

„Natürlich muss ich das. Er ist mein Reha-Patient."

Tränen stechen in meine Augen. „Danke!"

Das war eine ernsthafte Fehleinschätzung, als ich die Verbindung mit Caleb durchtrennt habe. Ich weiß einfach nicht, wie eine Zukunft mit ihm funktionieren soll.

Dad ist seit vier Tagen zu Hause, und ich habe ein gutes Gefühl, was seine Fortschritte angeht. Er hat sich zu Hause in eine nette Routine eingelebt, klingt mehr und mehr wie sein altes Selbst. Caleb hat eine Health Tracker App auf Dads Handy eingerichtet. Seine Fürsorge rührt mich. Natürlich hat Caleb beide Eltern verloren – seine Mom durch einen Autounfall und seinen Dad durch Krebs im Endstadium – und angesichts der Chance, meinen Dad auf einen besseren Weg zu bringen, der ihm ein langes Leben ermöglichen wird, ist er ganz dabei. Dad mag ihn auch. Ich freue mich insgeheim über den Puffer. Ich denke, dass es für Dad einfacher ist, Anweisungen von Caleb entgegenzunehmen. Meine Aufgabe ist es zuzusehen, dass Dad sie auch befolgt.

Ich habe all das verlockende Essen, das nicht gut für ihn ist, weggeräumt. Es gab Pommes, Kekse, Limonade, Eis und einen Stapel Tiefkühlessen, das mies aussah. Wichtig ist sicherzustellen, dass er nicht irgendwo für Fast Food zum Abendessen anhält. Er steht auf Burger und Pommes. Ich bringe sowohl sein als auch Max' Bier zu Max nach Hause.

Ich mache uns das Abendessen, eines der herzgesunden Rezepte, die Caleb mir gegeben hat – ein in der Pfanne gebratenes Steak mit Kräutern und Endivien.

Dad starrt auf seinen Teller. „Den Steak-Teil mag ich. Aber was ist all das grüne Zeug?"

„Endivien."

„Sieht aus wie Unkraut."

Ich setze mich ihm gegenüber mit meiner eigenen Portion Abendessen. „Es ist wie Kohl, nur interessanter."

„Calebs Rezept?"

„Ja. Wie bleibt er deiner Meinung nach so in Topform? Du wirst bald wie er sein, fit und gesund. Weißt du noch, was er gesagt hat? Innerhalb eines Monats wirst du neue Energie haben, mit der du dich zehn Jahre jünger fühlen wirst."

Er schnaubt. „Wenn ich *dreißig* Jahre jünger wäre, würde ich immer noch nicht wie er aussehen."

Ich lache. „Vielleicht nicht. Das Wichtigste ist, dass du gesund bist."

Wir machen uns über das Steak her. Es ist wirklich gut, wenn ich das sagen darf.

Er isst sein Steak zu Ende und starrt die einsamen Endivien an. „Danke, dass du dich so gut um mich kümmerst."

„Komm schon, probier sie wenigstens. Ich verspreche dir, es ist nicht so schlimm."

Er hebt eine zweifelnde Braue und nimmt einen Bissen von den Endivien. „Es schmeckt besser als Unkraut. Da ist auch eine Art Dressing drauf."

„Das sind die Kräuter."

Er isst das Grünzeug in ein paar schnellen Bissen, als ob er versuchte, sie aus dem Weg zu schaffen. Er ist wohl kein großer Fan.

„Es ist Samstagabend", sagt er. „Du solltest ausgehen."

„Ich mag es, bei dir zu sein."

„Du bist wie eine Glucke. Mir geht es schon viel besser."

„Dad, es ist erst fünf Tage seit deinem Herzinfarkt her."

„Das war unbedeutend. Ich werde mir den Turbo Channel anmachen und mich entspannen. Ich habe deine Handynummer. Ich weiß, dass du gerne Zeit mit Caleb verbringen würdest." Wir beide lieben den Turbo Channel, auf dem die ganze Zeit über Autos zu sehen sind.

„Er wird morgen Abend hier sein, um das Sonntagabendessen zu machen. Ich kann bleiben und mit dir fernsehen."

„Geh, bitte." Er hebt die Brauen. „Ich mag ihn."

„Ich auch."

Ich nehme etwas von den Endivien und überlege, ob das ein guter Zeitpunkt ist, ihm zu sagen, dass ich hier in Summerdale mit ihm arbeiten möchte, aber ich bin nicht sicher, ob das Timing stimmt. Andererseits wird Dad mich nur mehr bei der Arbeit brauchen, je älter er wird. Irgendwann wird er in den Ruhestand gehen wollen, oder?

Ich lege meine Gabel ab. „Dad, ich muss etwas gestehen."

Sein Kopf zuckt hoch. „Du bist schwanger."

„Nein! Warum ist das dein erster Gedanke?"

„Ich weiß nicht. Vielleicht wegen der Art, wie Caleb dich ansieht." Er wedelt mit dem Finger. „Und umgekehrt."

Ich räuspere mich. „Ja, nun, das ist es nicht. Du weißt ja, wie gerne ich mit dir in der Werkstatt arbeite. Ich wollte dort eine größere Rolle übernehmen, dir bei der Geschäftsseite und bei den Reparaturen helfen. Ich habe wirklich das Gefühl, ich könnte dir von Nutzen sein."

„Natürlich kannst du das. Das ist doch nicht der Punkt. Mir geht es gut. Zumindest wird es das, wenn ich diesen Zwangsurlaub hinter mir habe."

Ich atme tief ein. „Ich habe keine Bewerbungen verschickt."

Er hält inne. „Keine?"

Ich schüttle den Kopf. „Es tut mir leid, dass ich dich in falschem Glauben gelassen habe. Ich fühle mich einfach wie, Hochschulabschluss hin oder her, in der Werkstatt zu arbeiten ist, was ich tun möchte. Ich liebe es mehr als alles andere."

Er seufzt. „Wozu war dann das College?"

„Es war gut, zu lernen und mich zu strecken. Ich bereue es nicht, und ich kann immer noch Nachhilfeschülern hier im Ort helfen, wie ich es immer getan habe, aber das Murray's ist, wo ich meine Zukunft sehe."

Er stößt einen langen Atemzug aus und betrachtet mich über den Tisch.

Ich bin still. Ich habe ihn noch nie angelogen. Auch wenn ich fühle, das mir ein riesiges Gewicht von den Schultern genommen wird, weil ich endlich die Wahrheit gestehe, weiß ich, dass er nicht glücklich über die Lüge ist oder dass ich mit ihm bei der Arbeit bleiben möchte.

Er trinkt sein Wasser und zieht ein Gesicht. „Bist du sicher, dass es keine Orangenlimonade mehr hinten in der Speisekammer gibt?"

„Ist weg. Caleb sagt, dass wir deinem Wasser Zitrone hinzufügen können. Würde dir das schmecken?"

Er stützt einen Ellbogen auf den Tisch und legt seinen Kopf in die Hand.

„Du bist müde. Ich bringe dich zurück ins Bett."

„Ich überlege", murrt er.

„Okay."

Er hebt den Kopf. „All diese Zeit hast du mir gesagt, dass du keinen Job finden kannst, und ich habe immer gedacht, dass die Lage schwierig ist. Stattdessen liegt es daran, dass du es noch nicht einmal versucht hast."

„Aber ich habe versucht, dir zu sagen, wie gern ich mit dir arbeiten will."

Er seufzt. „Ich bin nicht glücklich über die Täuschung, aber ich kann nicht sagen, dass es eine große Überraschung ist. Du hast mir immer wieder gesagt, dass du bleiben möchtest, aber ich wollte es nicht hören. Sloane, ich wollte das nicht für dich. Ich werde niemals in Ruhestand gehen können. Das ist ein *arbeiten, bis man irgendwann stirbt*-Job."

„Mit mir an Bord kannst du in den Ruhestand gehen. Ich werde dafür sorgen, dass die Finanzen in Ordnung sind, und alles tun, um das Geschäft anzukurbeln."

„Ich habe Geschäfte."

„Wenn wir mehr Geschäfte machen würden, könnte ich mehr Mechaniker einstellen. Es wäre nicht mehr Arbeit für dich."

Er richtet sich auf und fährt sich mit der Hand durchs Haar. „Wenn ich überlege, ich hätte dich nicht zur Arbeit mitgenommen, als du noch ein Kind warst, dann wäre das alles nicht passiert."

„Ich bin so froh, dass du es gemacht hast."

Sein Blick wird sanft. „Ich weiß, dass du in der Lage dazu bist, und wenn du dir sicher bist, dass es das ist, was du willst –"

„Ich bin mir sicher."

Er streckt mir seine Hand entgegen. „Dann willkommen an Bord, Partner."

Ich stoße die Fäuste in die Luft. „Danke, danke, danke!" Ich laufe um den Tisch, um ihn zu umarmen und seine Wange zu küssen. „Du wirst es nicht bereuen."

Er lächelt. „Mein Mädchen. Bester Mechaniker der Welt."

„Ich habe vom Besten gelernt."

„Hab dich lieb."

„Ich dich auch, Dad." Ich kehre zu meinem Platz zurück. „Mom würde jetzt die Augen deswegen verdrehen. Sie dachte immer, dass ich seltsam bin, weil ich in der Werkstatt arbeite."

„Nicht ihr Ding."

„Ich weiß. Sie hatte es mehr mit Schönheitswettbewerben und dem Modeln. Da habe ich sie eindeutig enttäuscht. Keine Karriere, keine Mom."

„Sloane, du glaubst doch nicht, dass sie deswegen gegangen ist, oder doch?"

Meine Lippen teilen sich überrascht. „Na ja, das, und ich denke, ihr beide hattet Probleme."

„Sie hat jemanden kennengelernt, den sie für die Liebe ihres Lebens hielt. Es hatte nichts mit dir zu tun."

Mein Herz rast, und ich kann scheinbar keinen Atem bekommen. Ein schwindeliges Gefühl überkommt mich, der Raum verschwimmt vor meinen Augen. Modeln beendet. Mom gegangen. Ich habe die Punkte alle falsch verbunden.

„Sloane, du bist blass. Atme einmal durch."

Die ganze Zeit dachte ich, dass ich sie auf die schlimmste Weise enttäuscht habe. Sie hat gesagt, dass ich der einzige Grund war, warum sie so lange geblieben sei.

Es war nicht mein Versagen, das sie dazu veranlasst hat zu gehen. Könnte das möglicherweise wahr sein?

Dad greift über den Tisch und nimmt meine Hand. „Sloane", sagt er scharf.

Ich blinzele ein paarmal, konzentriere mich auf ihn. „Aber sie ist einen Monat, nachdem meine Modelkarriere beendet war, gegangen."

Er nickt, hält immer noch meine Hand, seine Augen sind sanft. „Zugegeben, sie war enttäuscht. Sie hatte große Hoffnungen für dich, aber dann hat sie sich in die Selbstfindung gestürzt, als deine Karriere endete. Sie brauchte immer einen Fokus. Also hat sie bei einer Art spirituellem Retreat einen Typen kennengelernt, und sie glaubten, sie seien Seelenverwandte. Sie ist mit ihm nach London gezogen. Drei Monate später haben sie sich getrennt, aber sie blieb, weil es ihr dort gefallen hat."

Meine Stimme kommt zittrig. „Ich habe noch nie einen Typen aus London getroffen."

„Weil sie sich so schnell getrennt haben."

Ich starre ihn an, mein Gehirn absorbiert langsam die Wahrheit – es war nicht meine unbeholfene Seltsame-Entlein-Phase, die Mom vertrieben und enttäuscht hat. Sie ist einem Typen über den Ozean gefolgt. Wenn sie wirklich geglaubt hat, dass sie Seelenverwandte waren, kann ich es fast verstehen. Ich würde nie meine eigene Tochter verlassen, aber ich habe eine Ahnung von dieser Art mächtiger Liebe.

Die ganze Zeit. All meine heimliche Scham.

Ich breche in Tränen aus, lasse meinen Kopf in die Hände fallen, das Schluchzen kommt von tief innen. Ich dachte, ich hätte keine Tränen mehr für sie, aber sie wollen nicht aufhören zu kommen. Und dann ist Dad neben mir und zieht mich an sich, damit ich an seine Brust schluchzen kann.

„Es tut mir so leid, Sloane. Wenn ich gewusst hätte, dass du es für deine Schuld hältst, hätte ich es dir erklärt. Ich hätte mit dir darüber reden sollen. Ich dachte, dass es dich nur aufregen würde, wenn ich über ihren Weggang spreche."

Ich weine zu viel, um zu antworten.

„Tut mir so leid", krächzt sie. „Das war nie deine Schuld. Du bist perfekt so wie du bist."

Als meine Tränen endlich nachlassen, richte ich mich auf und wische meine Wangen ab. „Ich bin nicht perfekt."

Er kneift mir ins Kinn. „Für mich bist du es. Die beste Tochter, die ein Dad sich wünschen kann.

„Du bist der beste Dad. Du warst immer für mich da. Du hast mich zum Partner gemacht."

„Das warst nur du, du hast dich in die Werkstatt gedrängt." Er lächelt. „Aber ich freue mich darüber."

Ich atme tief und beruhigend ein, endlich frei von der Last, die mein Leben regiert hat. Dass Mom gegangen ist, war nicht meine Schuld. Und jetzt lebe ich endlich das Leben, das ich haben sollte. Partner bei Murray's.

Hoffentlich wird Caleb auch ein Teil meines Lebens bleiben wollen.

16

„Ich bin Partner bei Murray's!", rufe ich in dem Moment aus, als ich später am Abend durch die Tür von Calebs Wohnung komme. Ich fühle mich jetzt so viel leichter.

Huckleberry bellt aufgeregt und springt auf mich zu. Ich streichle ihn und teile die Freude auch mit ihm. „Ich weiß, aufregend, nicht wahr?"

Caleb befiehlt ihm, sich hinzusetzen und zieht mich dann in eine Umarmung, die mich von den Füßen hebt. „Herzlichen Glückwunsch!"

Ich strahle, reines Glück blubbert in mir hoch. „Danke! Dad und ich hatten ein gutes Gespräch. Er hat endlich zugehört und verstanden, dass ich das mit meinem Leben machen möchte."

„Das ist ja toll!" Er nimmt meine Hand und geht mit mir zum Sofa. Sobald wir uns dort niedergelassen haben, fragt er: „Wie geht es deinem Dad?"

Mein Herz zieht sich zusammen. Das ist das erste Mal, dass wir seit unserer Trennung allein sind, und er hat mich einfach mit offenen Armen begrüßt und sich über meine großen Neuigkeiten mitgefreut. Nach allem, was er für meinen Dad getan hat und der Art, wie er für mich da war, weiß ich, dass ich einen riesigen Fehler gemacht habe, die Sache mit ihm zu beenden.

Ich lächle und schaue in seine warmen, haselnussbraunen Augen. „Gut. Wird jeden Tag besser. Ich bin dir dankbar für alles, was du für ihn tust."

Er nimmt meine Hand und drückt sie. „Ich helfe gerne."

„Ich möchte nicht Schluss machen", platze ich heraus. „Es war eine riesige Fehlentscheidung meinerseits. Können wir dort weitermachen, wo wir aufgehört haben?"

Er nimmt meine Hand und küsst meine Handfläche. „Das tun wir schon."

„Einfach so?"

„Einfach so. Und um es zu beweisen, habe ich einen wirklich grässlichen Horrorfilm gefunden, den wir uns ansehen müssen. Ich bin offen für das, was du am liebsten magst."

Er nimmt die Fernbedienung und klickt auf den Film. Seine Offenheit lässt mich denken, dass ich auch offener für seine Lebensweise sein muss. Ein weiteres Gespräch, das wir führen müssen, aber nicht jetzt. Es war eine anstrengende Woche zwischen der Trennung und Dads Herzinfarkt.

Ich lehne meinen Kopf gegen seine Schulter, und er legt einen Arm um meine Schultern und zieht mich an seine warme Seite. Ich entspanne mich zum ersten Mal seit Tagen.

Das Nächste, was ich weiß, ist, dass der Film vorbei ist und mein Kopf in seinem Schoß liegt. Ich öffne die Augen und blinzle zu ihm auf.

Er lächelt und glättet meine Haare zurück. „Du bist beim grässlichsten Teil eingeschlafen."

Ich setze mich auf. „Ich glaube, ich habe zu Hause nicht so gut geschlafen und auf jeden Ton gelauscht, falls Dad mich braucht. Außerdem habe ich so viel geweint vorhin, als Dad mir erklärt hat, dass Mom weggegangen ist, weil sie in einen Typen verliebt war, den ich nie getroffen habe. Es hatte nichts mit dir zu tun."

Er umarmt mich und spricht mit leiser Stimme in mein Ohr: „Ich wusste immer, dass es nicht deine Schuld war, aber ich bin froh, dass du es jetzt auch weißt." Er beugt sich hinab, umfasst mein Gesicht und küsst mich. „Ich habe eine Überraschung für dich. Ein verspätetes Weihnachtsgeschenk."

„Das hast du?" Er hat mir bereits einen überdimensionalen Kaschmirpullover geschenkt, der sich anfühlt, als wäre ich in ein Kissen gewickelt.

„Ja, es ist zu spät geliefert worden. Bin gleich zurück."

Er geht in sein Schlafzimmer. Er musste mir wirklich nicht zwei Dinge besorgen. Ich habe ihm nur einen Schal geschenkt. Ich wusste nicht, auf welchem Geschenkelevel wir in unserer Beziehung sind. Ich hätte wissen müssen, dass er alles gibt. Mir merken: Besseres Geschenk nächstes Jahr. Natürlich vorausgesetzt, dass wir nächstes Jahr noch zusammen sind. Wir müssen über die Tatsache reden, dass seine Karriere gerade abhebt, während ich hier mehr denn je verwurzelt bin. Ich bin jetzt Partner bei Murray's, und ich bin entschlossen, es gedeihen zu lassen, damit Dad eines Tages in Rente gehen kann. Er arbeitet dort, seit er siebzehn war.

Caleb kommt zurück und hält eine kleine goldene Schachtel mit einer roten Schleife in der Hand.

Ich stehe auf, mein Herz rast. Ist das der große Antrag? Wir sind jetzt seit sechs Wochen zusammen, und obwohl es schnell ist, fühle ich mich ihm näher als jedem anderen, mit dem ich je zusammen war. Ich liebe ihn.

Er legt die Schachtel in meine Hand. „Mach's auf."

Ich ziehe den Deckel mit einer zitternden Hand vom Karton. Oh! Es ist kein Ring. Ich bin überraschend enttäuscht, und ich kann nicht umhin, mich zu fragen, ob Caleb einen realistischen Blick auf die Zukunft geworfen und erkannt hat, dass wir nicht für die Langstrecke geeignet sind.

„Gefällt es dir?", fragt er.

Ich lächle und nicke. Es ist eine silberne Halskette mit einem Lenkradanhänger und einem kleinen Charme mit einem S für meinen Namen. Ein schönes und angemessenes Geschenk.

Er nimmt die Halskette und stellt sich hinter mich, hebt meine Haare und küsst meinen Nacken. Ich erbebe. Er legt mir die Halskette um und lässt meine Haare fallen.

Ich drehe mich zu ihm um. „Danke! Das ist so schön."

Er zieht die Brauen zusammen. „Du klingst enttäuscht. Ich

dachte, das würde dir gefallen. Vor allem jetzt, da du Partner bist."

Ich umarme ihn. „Das tut es. Danke dir."

Er zieht sich zurück und hebt mein Kinn. „Was ist los?"

„Denkst du immer noch daran, dass wir heiraten, wie du es früher gemacht hast?"

„Nein."

Ich wende mich ab. „Oh."

Er umfasst mein Kinn und drehte mich zu sich zurück. „Das muss ich nicht. In dem Moment, als wir miteinander geschlafen haben, wusste ich, dass du an Bord bist. Ich habe ganz aufgehört, darüber nachzudenken. Was mich betrifft, war es schon vor einem Monat eine ausgemachte Sache."

Ich schenke ihm ein verwässertes Lächeln. „Ich wünschte, jemand hätte es mir gesagt."

„Ich dachte, es wäre klar." Er klingt so sachlich.

„Aber was ist mit Fidschi? Was ist danach?"

„Wir lassen uns etwas einfallen."

„Aber –"

Er küsst mich und schneidet mir das Wort ab. Hitze rauscht durch mich, Verlangen sammelt sich tief in meinem Bauch. Es ist ewig her, seit wir zusammen waren. Mehr als eine Woche. Ich werfe meine Arme um seinen Hals, erwidere den Kuss leidenschaftlich, mein Geist schließt die endlose Sorge aus.

Er hebt mich hoch, unterbricht dabei den Kuss nicht, und ich wickle meine Beine um ihn, während er mich ins Schlafzimmer trägt. Nichts anderes zählt als das.

In dem Moment, in dem wir in den Raum kommen, setzt er mich ab und schließt die Tür. Huckleberry schläft immer noch im Wohnzimmer. Gut. Sonst würde er heulen, um reingelassen zu werden.

Caleb grinst. „Ich bin mit Huckleberry laufen gegangen, bevor du hergekommen bist, um ihn auszupowern."

Ich hebe sein Hemd hoch und weg. „Brillanter Mann."

„Ausziehen!", befiehlt er.

„Du auch."

Wir ziehen uns in Rekordzeit aus und prallen wieder aufeinander. Seine Hände sind überall an mir, sein Mund ist gierig. Er schiebt mich rückwärts, bis meine Kniekehlen gegen den Rand der Matratze stoßen. Ich falle nach hinten, und er bedeckt mich, seine Lippen fordern meine, seine Zunge dringt nach innen, während seine Finger meinen Hals hinunter streicheln.

Ich reiße meinen Mund los. „Kondom. Jetzt."

Er gibt mir einen letzten anhaltenden Kuss, hebt mich hinunter und geht zum Nachttisch hinüber. „Berühr dich selbst."

Ich rutsche zurück aufs Bett, spreize meine Beine, streichle mit den Fingern leicht und dann mit mehr Druck, entspanne mich in die Lust. Plötzlich ist er auf mir, passt sich zwischen meine Beine und nimmt mich mit einem harten Stoß. Ich schnappe nach Luft, mein Körper weitet sich, um ihn aufzunehmen.

Er stöhnt in mein Ohr. „Das war so heiß, dass ich es kaum erwarten konnte. Geht es dir gut?"

„Ja."

„Gut."

Er hebt mein Bein, schiebt es nach oben und öffnet mich weiter, während er tief zustößt. Ich halte den Atem an. So etwas habe ich noch nie gefühlt, so offen, so vollständig besessen. Er verlagert das Gewicht und trifft auf einen Punkt im Inneren, der mich wild macht.

Ich greife seine Schultern, meine Nägel graben hinein. „Caleb. Oh Gott!"

Er tut es erneut, und ich schreie, schockiert von der Intensität. „Ja, das ist auch gut für mich", sagt er heiser. „Du wirst so hart kommen."

Meine Augen schließen sich, mein Atem kommt in kurzem Keuchen, als die Empfindung mich überwältigt. Der Druck baut sich unerträglich auf, ein tiefer Schmerz. Intensiv. Er pumpt härter, schneller und drückt mich mit jedem Stoß weiter auf. Weiß-glühende Empfindungen pulsieren durch mich in endlosen Wellen. Meine Finger verlieren ihren Griff an seinen Schultern, als ich mit einem harten Schrei breche und unter ihm zittere, während eine Explosion von Lust mir den Atem nimmt. Er stößt in mich hinein und nimmt, was er braucht, bis er mit einem harten Stöhnen kommt.

Er legt mein Bein vorsichtig wieder aufs Bett. Wir sehen einander in die Augen, atmen beide heftig.

„Caleb." Ich öffne meine Arme für ihn.

Er legt sich hinein und hält mich fest. Ich klammere mich an ihn, sehne mich nach noch mehr Nähe und will niemals loslassen. Die reale Welt mit all ihren Komplikationen kann uns hier nicht berühren.

Eine Woche später bin ich auf dem Winterfest am Lake Summerdale und stelle sicher, dass hinter den Kulissen alles reibungslos läuft. Mir ist sehr bewusst, dass die Zeit knapp wird, bevor Caleb für seine große Reise nach Fidschi aufbricht, was ich als Beginn seines neuen Lebens ansehe. Heute ist eine nette Pause von der zunehmenden Angst vor dem Abschied, weil ich so verrückt beschäftigt bin, dass ich kaum Zeit zum Nachdenken habe. Alles, was ich mache, ist, von einem Ort zum nächsten zu hetzen, Vorräte für Spiele, Essen, Getränke, Servietten, was auch immer, aufzufüllen. Unser Postbote Bill hat sogar einen Tamalesstand aufgestellt, ein besonderes Vergnügen, da er Tamales mit der Post normalerweise nur im Frühjahr und Herbst liefert, wenn er sie warmhalten kann. Nur einer der skurrilen Menschen, die in dieser Stadt leben. Vermutlich passe ich besser hierher als ich dachte. Wyatt ist ein großer Fan der Tamales und hat Bill mit einem Kiosk und einem Wärmeofen versorgt, der an den Generator für die Lebensmittelabteilung angeschlossen ist.

Es hat eine kleine Parade mit der Oldtimer-Band gegeben, ein paar Vertretern der Feuerwehr und einem flauschigen Schneemann-Maskottchen, das den Kindern über den See zuwinkte, um uns den Startschuss zu geben. Das Schokoladenfest ist beliebt. Jenna hat ein weißes Zelt mit mehreren

Tischen aufgestellt, um die Leute unterzubringen, die zu heißem Kakao und einer beliebigen Anzahl von Schokoladenleckereien – Brownies, Kekse, Fudge, sogar Schokoladenkäsekuchen – bleiben wollen. Der See ist zugefroren genug, um Schlittschuhlaufen zu können. Ein paar Familien sind darauf. Es gibt auch Spiele für die Kinder, aber meistens laufen sie herum und bewerfen sich mit Schneebällen.

Erst am Nachmittag bekomme ich Gelegenheit, von den Füßen zu kommen. Ich freue mich, dass die Charity-Kalender, die wir mit den Jungs und Hunden herausgebracht haben, ausverkauft sind. Wir haben fünftausend Dollar für das Tierheim gesammelt. Ein Gewinn! Ich gehe zu der großen roten Scheune, wo sie einen Supertalent-Wettbewerb für Hunde veranstalten, eine weitere Spendenaktion für das neue Tierheim. Ich wollte mir die Show ansehen, also bin ich für die nächste Stunde außer Dienst. Ich entdecke Max dort, der gerade mit Hilfe von Levi einen Richtertisch aufstellt.

Ich winke ihnen zu und setze mich auf einen Metall-Klappstuhl. Da sind noch ein paar Stuhlreihen hinten, aber hauptsächlich ist der Platz für Hundebesitzer, die ihre Hunde präsentieren wollen. Einige Leute sind hier mit ihren Hunden. Es beginnt erst in zwanzig Minuten.

Levi holt einen Stapel Zettel mit Nummern darauf und legt ihn auf den Richtertisch.

„Brauchst du Hilfe?", rufe ich.

„Alles gut", sagt Levi.

Max kommt zu mir. „Ist dein Dad auch da?"

„Nein, die Ärztin sagte zwei Wochen Ruhe."

„Du bist streng. Es sind nur noch zwei Tage von diesen zwei Wochen."

„Und das sind keine zwei Wochen."

Er legt eine Hand auf meinen Kopf, eine liebevolle Geste. „Ich bin froh, dass es ihm gut geht." Er schaut an mir vorbei. „Wer ist das?"

Ich drehe mich um. Eine Frau mit langen dunkelbraunen Haaren ist hier mit einem Golden Retriever. Sie ist in ihren Zwanzigern und sieht ernst aus. Ich wette, sie nimmt den

Wettbewerb ernst. Ich frage mich, was wohl das Talent ihres Hundes ist. „Kenn ich nicht", sage ich.

Kayla erscheint und umarmt die Frau, ruft fröhlich und streichelt den Hund.

„Vielleicht Kaylas Schwester", sage ich. „Sie hat erwähnt, dass ihre beiden Schwestern sich ein Haus in der Stadt angesehen haben."

Seine Augen wenden sich nicht von ihr ab. „Ja? Sie wollen hierherziehen?"

„Sie sagte, dass sie über die Eröffnung eines Bed and Breakfast sprechen. Komm, wir begrüßen sie."

Wir gehen zu ihnen hinüber. „Hey, Kayla", sage ich.

„Hi!" Sie umarmt mich. „Sloane, Max, das ist meine Schwester Brooke, und das ist Scout."

Scout eilt sofort zu Max und schnüffelt an seiner Jeans. Max streichelt seine Seite, und Scouts Schwanz wedelt wie wild.

„Hi, schön, dich kennenzulernen", sage ich und lächle Brooke an.

Sie winkt mir leicht zu, ein Diamantring funkelt an ihrem Finger. Sieht aus wie ein Verlobungsring. „Finde ich auch. Kayla hat mir alles über euer Abenteuer beim Elfen erzählt."

Ich lache. „Es war ganz verelft."

Kayla stupst mich mit dem Ellbogen an und grinst.

Scout klettert auf Max' Bein und hebt seinen Kopf nach oben für weitere Streicheleinheiten.

„Scout!", ruft Brooke und zieht ihn herunter. „Das tut mir leid. Er ist sonst nicht so aggressiv. Er muss dich wirklich mögen."

Max streichelt Scout weiter. „Ich rieche wahrscheinlich nach Schokolade. Ich hatte gerade einen Brownie. Da kommen die Frauen immer angelaufen." Er zwinkert.

Sie reibt sich seitlich den Hals, ihre Wimpern flattern. „Scout ist ein Rüde. Außerdem ist Schokolade schlecht für Hunde."

Max zuckt mit den Schultern. „Dann weiß ich nicht, warum er so auf mich steht."

Ein schwarzes Labrador kommt und bellt aufgeregt, was Scouts Aufmerksamkeit erregt, worauf er in diese Richtung losrennt und Brooke mit sich zieht.

„Es sieht so aus, als würden die Feierlichkeiten beginnen", sage ich. „Lasst uns einen Platz suchen."

„Ich soll die Teilnehmer organisieren", sagt Max.

„Ich auch", erwidert Kayla.

„Okay, ich sehe euch dann hinterher", sage ich.

Ich nehme Platz und beobachte, wie weitere Hunde und ihre Besitzer hereinkommen. Scout zieht weiter in Max' Richtung und Brooke hinter sich her. Max streichelt ihn jedes Mal, während Brooke aussieht, als würde sie sich entschuldigen. Max scheint sich darüber zu freuen.

Kayla ist am Eingang, nimmt die Eintrittsgebühr entgegen und gibt jedem Besitzer ein Schildchen mit einer Nummer, das er an sein Hemd heften kann. Ich winke Caleb mit Huckleberry zu. Er nickt ein wenig und zeigt auf ihn, als ob er sicher wäre, dass sie gewinnen werden.

Ich lächle und bewege meine Hand in einer *Vielleicht*-Geste von einer Seite zur anderen.

Er hebt den Kopf, als wäre er beleidigt. Ich lache.

Kurz bevor sie startklar sind, erscheint Max an meiner Seite. „Das sollte interessant werden."

„Sieht so aus, als hättest du einen Fan. Scout mag dich wirklich."

„Keine Ahnung, warum. Schade, dass seine Besitzerin verlobt ist, weil das ein Kinderspiel gewesen wäre. Hey, dein Hund liebt mich; wir sollten ausgehen."

„Ich habe auch den Ring gesehen. Schwer zu übersehen."

„Japp." Seine Augen folgen Brooke, als sie versucht, Scout zum Sitzen zu bringen. Scout ist zu aufgeregt bei all den anderen Hunden und sitzt und springt dann wieder hoch, um an einem anderen Hund zu schnüffeln. „Richtig schön."

Ich glaube nicht, dass er den Hund meint. Schade, dass Brooke verlobt ist. Jetzt, da ich so sehr verliebt bin, will ich das auch für meine Freunde. Es ist ein glorreiches, schwebendes Gefühl. Solange man nicht zu weit nach vorne denkt.

Ich bin nicht annähernd so zuversichtlich wie Caleb darüber, dass wir langfristig zusammenpassen.

Levi schaltet ein Mikrofon ein. „Willkommen bei Summerdales Hunde-Supertalent-Wettbewerb! Ich weiß, dass jeder einzelne Ihrer Hunde etwas Besonderes ist, sodass, dank unseres Tierarztes, Dr. Russo, jeder heute mit einem besonderen Leckerbissen nach Hause gehen wird. Hundemom- und Hundedad-Mützen." Kayla eilt herbei, um ihm eine schwarze Kappe zu geben. Er hält sie hoch. Auf der Vorderseite steht Hundemom. Alle applaudieren. „Alle Erlöse aus der heutigen Veranstaltung werden für den Aufbau eines Tierheims an Dr. Russo gehen. Wir möchten möglichst vielen Hunden und Katzen helfen, ein Zuhause zu finden. Richter, sind Sie bereit?"

Der Richtertisch besteht aus Mrs. Peabody und Audrey, keiner von ihnen hat einen Hund, also sind sie unparteiisch. Beide geben den Daumen nach oben.

Levi senkt seine Stimme zum Mikrofon. „Beginnen wir in der Reihenfolge der Zahlen. Kommen Sie in die Mitte des Raumes, zeigen Sie Ihren Trick, und dann gehen Sie nach hinten. Lassen Sie uns Spaß dabei haben. Auf geht's, Nummer eins."

Jenna ist die Erste und führt Mokka an der Leine, der sehr eng an ihrer Seite bleibt. Zuerst wirft sie einen Tennisball, und er fängt ihn. Dann noch einen Ball. Dieser fällt, aber er greift ihn vom Boden und schafft es, beide in sein Maul zu bekommen. Als Nächstes legt sie einen Plüschwelpen auf seinen Kopf, führt ihn herum und lächelt die Richter an.

Einen Moment später halten sie ihre Tafeln mit den Punktzahlen hoch. Eine Zehn von Audrey und eine Fünf von Mrs. Peabody. Junge, da ist aber jemand hart. Das war ein guter Trick.

Huckleberry macht seinen *Hol das Spielzeug auf den Namen hin*-Trick, indem er erfolgreich seinen Affen, Ball und die Frisbeescheibe herausholt. Doch dann läuft er mit dem Frisbee so schnell los, dass Caleb seine Leine nicht mehr im Griff hat. Das löst eine Menge Aufregung aus, da Huckleberry beschließt, seinen Frisbee den anderen Hunden zu zeigen, die alle vorpreschen, um das begehrte Spielzeug zu ergattern. Zum Glück halten die anderen Besitzer ihre Hunde in Schach und lassen die Leinen nicht los.

Caleb bekommt endlich die Kontrolle und führt ihn hinaus.

Ich fürchte, seine Punktzahlen sind nicht so gut. Es muss wohl eine Strafe für den Kontrollverlust gegeben haben. Er hat eine fett Null von Mrs. Peabody und eine Fünf von Audrey bekommen, was wahrscheinlich ihre Version einer Null ist.

Ein Miniatur-Pudel tanzt ein wenig auf den Hinterbeinen. Zwei Zehner dafür.

Wyatts Hund Snowball tanzt auch auf den Hinterbeinen, sodass er sie danach noch dazu anstachelt, sich zu rollen, um das Repertoire zu erweitern. Sie schafft es auf den Rücken und springt dann wieder hoch. Sieben und acht.

Adam zieht seine englische Bulldogge Tank in einem roten Wagen, während Tank den Kopf auf der Sitzbank vor sich ablegt. Der ultimativ faule Hund. Eins und neun. Ich denke, Audrey hat ihm Punkte für Niedlichkeit gegeben.

Eli befiehlt seinem Pitbull Lucy zu bleiben, geht dann ein Stück weg und sagt: „Komm!" Sie läuft mit voller Geschwindigkeit und springt ihm in die Arme. Zwei und zehn.

Die Hunde scheinen sich zu amüsieren, denn jeder von ihnen zeigt sich von seiner besten Seite beim Fangen von Frisbees im Sprung, ein paar Überschlägen, und ein besonders interessanter Chihuahua scheint mit dem Klopfen mit der Vorderpfote zu zählen. *Genie.*

Ein paar Minuten Beratung zwischen den Richtern, und es folgt die Ankündigung, dass das blaue Band an den tanzenden Pudel geht. Die Menge klatscht und jubelt für die Hunde, die glücklich über die Aufmerksamkeit aussehen. Ein paar Minuten später gehen alle zum Ausgang und bekommen eine Kappe auf dem Weg nach draußen. Einige stecken sogar extra Geld in eine Kiste am Ausgang, um das Tierheim zu unterstützen.

Ich hole Audrey ein. „Das war super."

Sie lächelt. „Ich musste Punkte geben, um Mrs. Peabody auszugleichen." Sie senkt ihre Stimme, obwohl Mrs. Peabody sofort danach gegangen ist. „Merkt sie nicht, dass die Leute die Punkte persönlich nehmen? Das ist ihr geliebter Hund. Man kann ihnen keine Null oder Eins geben."

„Ich werde nächstes Jahr mit dir Richter sein."

Sie drückt meinen Arm. „Klingt gut. Jetzt haben wir also eine Stunde vor der Krönung, gefolgt vom Ball. Du weißt schon, dass du als Queen Snowflake nominiert wurdest, nicht wahr?"

Mir fällt die Kinnlade herunter. „Was? Wer würde mich nominieren?"

„Was meinst du?"

Caleb. „Ich kann nicht glauben, dass er mich so demütigt! Er hat kein Wort gesagt!

Ich wirbele herum und suche nach ihm. Unsere Blicke treffen sich quer durch den Raum, und ich gehe zu ihm.

„Hey, das lief gut", sagt er. „Huckleberry hätte gewonnen, wenn er sich nicht von seinem Frisbee hätte mitreißen lassen."

„Was hast du dir dabei gedacht, mich als Königin zu nominieren?"

„Du bist meine Königin", antwortet er ruhig.

Ich knirsche mit den Zähnen. „Niemand wird für mich stimmen. Ich bin keine Schönheitskönigin."

„Du könntest es sein."

„Stopp." Ich verschränke die Arme und lege sie um mich selbst. „Das ist so demütigend. Ich möchte nicht dort oben mit einem Haufen schöner Frauen stehen. Die Leute werden sich fragen, was die Mechanikerin vom Murray's dort macht."

Er kneift mein Kinn, seine Augen sind auf meine gerichtet. „Du gehörst dorthin. Außerdem ist es kein Schönheitswettbewerb. Es basiert auf dem Engagement für die Gemeinschaft und der Bereitschaft, die Stadt in Paraden, Spendenaktionen, allen Festivals und Schulveranstaltungen zu vertreten. All das Gute. Du bist perfekt für den Job."

Ich löse mich von ihm. „Warum hast du mir das nicht erzählt?"

„Ich dachte, es wäre eine lustige Überraschung."

Ich verenge die Augen und flüstere heftig: „Erinnerst du dich nicht, wie aufgebracht ich war, dass du mir zwei Wochen lang nichts von Fidschi erzählt hast? Bitte verheimliche mir nichts."

„Okay, ich schwöre, dass dies das letzte Mal war. Ich dachte, du würdest die Nominierung ablehnen und dann diese großartige Gelegenheit verpassen. Du gibst der Gemeinschaft immer so viel. Du solltest dafür Anerkennung bekommen. Betrachte es als Kompliment."

„Hmph." Ich nehme an, ich habe Caleb nichts von dem Schrecken erzählt, den ich bei Kinderschönheitswettbewerben durchgemacht habe. Mom hat mich dazu gedrängt. Ich mag es nicht, vor einer Menge auf der Bühne zu stehen. „Hast du dich selbst zum König nominiert?"

„Man kann sich nicht selbst nominieren. Kayla hat das für mich getan. Sie hat auch Audrey, Max, Dr. Russo und Levi nominiert. Sie war ein wenig aufgeregt. Adam hat sich geweigert, es zu tun." Das ist ihr Verlobter. Kann ich ihm nicht verdenken.

Ich atme kräftig aus. „Aber wenn du gewinnst, bedeutet das, dass du im nächsten Jahr auftreten musst. Du weißt nicht, ob du dich bei deinem Zeitplan überhaupt dazu verpflichten kannst."

„Ich werde mir was einfallen lassen, wenn es soweit ist."

Ich gehe hin und her und versuche, mir eine Möglichkeit zu überlegen, wie ich da rauskomme. Ich bleibe stehen. „Wie viele Personen sind nominiert?"

„Kayla sagt, dass es zehn Nominierungen für den König und zwanzig für die Königin gab."

Das beruhigt mich ein wenig. Es gibt viele Kandidaten. Die Chancen sind gering, dass einer von uns beiden gewinnen würde. Ich kann einfach mit der Menge verschmelzen. „Es ist ein Beliebtheitswettbewerb."

„Dafür die Gemeinschaftsstimmen, ja, aber die endgültigen Richter sind der General und Santa." Seine Lippen zucken.

Er meint Mrs. Ellis und Nicholas. Komisch, dass unsere Vision vom Weihnachtsmann immer dazu geführt hat, dass wir ihn als Kinder bei seinem Vornamen und nicht als Mr. Polski angeredet haben. Dann erinnere ich mich, dass Mrs. Ellis so daran interessiert ist, Menschen dabei zu helfen, die Liebe zu finden. „Was, wenn Mrs. Ellis versucht, Audrey und Max zusammenzubringen? Audrey könnte durchdrehen und mitten in ihrer eigenen Veranstaltung davonlaufen!"

Er reibt sich die Hände. „Kann es nicht abwarten, das zu sehen."

17

Ich bin nach dieser erstaunlichen Offenbarung geradewegs zu Kayla gegangen, weil ich nicht neben einem Haufen von Queen-Kandidatinnen in schönen Kleidern stehen kann, während ich meine üblichen weiten Pullover und Jeans trage. Sogar mein Bleistiftrock scheint nicht genug. Kayla hat mir ausgeholfen. Hier bin ich also, eine Stunde später wieder in der Scheune, in ihrem ärmellosen roten Kleid. Es ist ein wenig weit oben, weil sie größere Brüste hat, aber wir haben es mit einem ihrer Push-up-BHs kompensiert. Jetzt fällt der Stoff, wie er es sollte, und zeigt tatsächlich ein Dekolleté. Sie hat auch mein Make-up gemacht. Zumindest passe ich jetzt da rein. Das ist der wichtige Teil. Ich bin aber bei meinen eigenen schwarzen Ballerina geblieben und habe es nicht gewagt, ihre Pumps anzuziehen, obwohl wir die gleiche Schuhgröße haben.

Die Scheune sieht wirklich schön aus. Sie wird in der Regel als Theater für unsere Standing O Theater Company einheimischer Laiendarsteller verwendet. Lange Bänke wurden in dem Raum aufgestellt, der auch sonst für das Publikum gedacht ist. Lila Girlanden und funkelnde Lichter hängen in Bögen im ganzen Raum. Im hinteren Bereich hängt ein Vorhang von der Decke sowie ein paar Scheinwerfer. Hinter dem Vorhang ist die Sitzreihe für die Nominierten.

Da bin ich also, hinter dem Vorhang, und versuche nicht auszuflippen. Ich bin so nervös, dass Schweiß mein neugefundenes Dekolleté und meine Wirbelsäule hinunterläuft. Ich werde Kayla ein neues Kleid schulden, nachdem ich dieses durchgeschwitzt habe.

Wir sind zu viele, also steht die Hälfte von uns, die andere Hälfte sitzt. Ich habe mich gesetzt, weil ich ein wenig besorgt war, dass ich auf meinen Füßen unsicher sein würde. Es ist nicht so, dass ich an einen Sieg glaube. Es ist, dass ich Flashbacks zu all den Wettbewerben habe, bei denen ich als Kind war. Das Rampenlicht, der Druck, das schrille Kichern. Mom, die mich vom Backstagebereich aus anfeuert.

Mom wäre außer sich gewesen, dass mir keine Zeit zur Vorbereitung gegeben worden ist. Wir haben ständig reden, gehen, springen, sogar lächeln geübt. Ich bin fast froh, dass ich es nicht im Voraus wusste. Es hätte mir nur eine Wahnsinnsangst beschert.

Ich werde nicht gewählt. Ich muss nur warten, bis ich dran bin, meinen Namen sagen und was ich als Botschafterin für Summerdale tun würde, und dann wieder meinen Platz in der Schlange einnehmen. Einfach.

Calebs große Hand drückt meine nackte Schulter. Er beugt sich zu meinem Ohr hinab. „Mir gefällt dein Kleid."

„Es gehört Kayla."

Er küsst meine Wange. „Ich weiß. Entspann dich, deine Schulter fühlt sich an wie Granit."

„Auf der Bühne entspannen ist keine Option."

„Ist ja bald alles vorbei."

Nur, dass es das nicht ist. Zunächst werden die vier Ehrenschüler der Highschool vorgestellt – zwei Jungen, zwei Mädchen –, die im Hofstaat sein werden. Die Mädchen tragen Cocktailkleider, die Jungen sind in Anzügen. Sie sehen glücklich aus, dort zu sein. Das wäre *nicht* ich in der Highschool gewesen.

Dann dauert es ewig, bis alle Kandidaten durchkommen, von denen einige *Reden* vorbereitet haben, wie sie die Stadt repräsentieren werden. Ich wusste bis vor einer Stunde nicht einmal etwas davon. Mir fällt nichts ein, was ich sagen soll. Mein Verstand ist völlig leer.

Das nächste, was ich weiß, ist, dass Caleb meine Schulter anstupst. „Du bist dran", flüstert er.

Ich gehe auf unsicheren Beinen zum Mikrofon hoch. Es ist zu groß für mich. Ich versuche, es vom Ständer zu ziehen, aber es scheint festzustecken. Ich ziehe das ganze Ding auf meine Höhe, Mikrofon plus Ständer. „Hi!" Es gibt eine Rückkopplung, und die Menge stöhnt. Ich halte das Mikrofon weiter weg. „Ich bin Sloane Murray, Partner bei Murray's. Wenn Sie das nicht kennen: Wir sind Ihre Autowerkstatt hier vor Ort. Wir machen auch leichte Karosseriearbeiten."

Es ist so ruhig, dass ich meinen Herzschlag in den Ohren schlagen hören kann. Ich halte den Atem an. „Hoffe, das klang nicht wie ein Aufhänger. Ich weiß eigentlich nicht, was ich sagen soll."

Ich schaue hinaus über das Publikum, ein Meer von Gesichtern, alle Blicke auf mich. Ich kann nicht die Richter anschauen. Das Gewicht des Urteils aller ist spürbar. Moms Stimme klingelt in meinem Kopf. „Kopf hoch, breites Lächeln!"

Nein, das bin ich nicht. Nicht mehr. Es geht mir nicht darum, ein großes gefälschtes Lächeln zu zaubern und für mein Aussehen beurteilt zu werden. Ich nehme einen tiefen, beruhigenden Atemzug. Hier, jetzt, bin ich endlich an einem guten Platz in meinem Leben. Ich mache die Arbeit, die ich mit Dad machen möchte, bin zum ersten Mal verliebt, umgeben von Freunden. Und diese Art von Glück kann ich nur hier in Summerdale haben.

Ich räuspere mich. „Diese Nominierung war eine Überraschung. Ich, äh, bin hier aufgewachsen und habe vor, den Rest meines Lebens hier zu verbringen. Diese Gemeinschaft hat mir alles gegeben, was ich je wollte, und ich werde es in jeder Hinsicht zurückgeben, ob Sie für mich als Königin stimmen oder nicht. Ich liebe Summerdale. Es ist mein Zuhause."

Ich lasse das Mikrofon los, und das ganze Ding stürzt um,

was einen riesigen Lärm macht. Aber es ist kaum bemerkbar, weil jeder klatscht und jubelt. Ich stelle es wieder hin und richte mich auf, mein Kinn hoch, Schultern zurück vor Stolz. Ich habe es geschafft! Ich lächle und erhasche Mrs. Ellis' Blick vom Richtertisch an der Seite. Sie erwidert mein Lächeln. Ich stoße einen zufriedenen Atem aus und kehre zu meinem Platz zurück.

Caleb drückt meine Schulter, und ich lege meine Hand auf seine. Ich bin nicht mehr wütend über die Nominierung. Er wollte nur, dass ich als mitwirkendes Mitglied der Gemeinschaft anerkannt werde. Ich habe meinen Anteil an kostenlosen oder vergünstigten Autoreparaturen angeboten, ich habe seit der Highschool kostenlos Mathematikschüler betreut, und ich spende immer für lokale Zwecke. Keine großen Spenden, aber jedes kleine bisschen zählt. Und je mehr ich der Gemeinschaft gebe, desto mehr gibt sie mir zurück. Der Beitritt zum Winterfest-Komitee und die Unterstützung beim Spendenkalender hat Spaß gemacht und mich meinen neuen weiblichen Freunden nähergebracht. Ich denke, ich sollte sie einfach Freundinnen nennen, nicht wahr?

Weitere Kandidaten gehen hoch, um zu sprechen, und ich drifte davon, erschöpft nach all der Aufregung.

Endlich ist der letzte Kandidat fertig. Wenige Augenblicke später macht sich Mrs. Ellis langsam auf den Weg zum Mikrofon, wobei Nicholas sie begleitet und seine Hand in der Nähe ihres Ellenbogens schwebt.

Sie zieht das Mikrofon mit einem schnellen Ruck vom Ständer. „Vielen Dank an alle Kandidaten, die bereit sind, Summerdale als Botschafter zu vertreten. Nicholas und ich hatten zu viele gute Kandidaten."

Nicholas beugt sich vor. „Aber wir dachten, es wäre am besten, wenn der König und die Königin sich gut verstehen, da sie so viele Veranstaltungen gemeinsam besuchen werden."

Mein Blick schießt zum Ende der Reihe, wo Audrey sitzt. Mrs. Ellis glaubt, dass Audrey Hilfe in der Liebesabteilung braucht, und sie und Max scheinen jetzt besser miteinander auszukommen. Oder vielleicht wird sie versuchen, Levi mit jemandem zu verkuppeln, aber mit wem? Ich erinnere mich, dass sie Levis' einsames Junggesellendasein kommentiert hat. Ich verrenke mir den Hals, um ihn hinter mir zu finden. Er sieht entspannt aus, ein zufriedener Gesichtsausdruck. Es wäre durchaus sinnvoll für den Bürgermeister, Botschafter von Summerdale zu sein. Vielleicht diese hübsche Frau neben ihm. Sie scheint in ihren Dreißigern zu sein, aber ist das ein Ehering an ihrem Finger?

„Sloane Murray!", verkündet Mrs. Ellis.

Mein Kopf zuckt herum. *Ich?*

Sie bedeutet mir, nach vorne zu kommen.

Das kann nicht geschehen.

„Helft alle unserer ersten Queen Snowflake!", sagt Mrs. Ellis.

Ich stehe von meinem Platz auf, als der Applaus ausbricht. Queen Snowflake. Es ist so absurd, dass ich fast lache, aber ich bin zu schockiert, um auch nur ein Lächeln hinzubekommen. Ich schaffe es an ihre Seite, und sie nickt mir zu, bevor sie ankündigt: „Und Caleb Robinson ist unser erster King Frost."

Mehr Applaus, als Caleb nach vorne springt und einen Arm über meine Schultern fallen lässt. Ich lehne mich schwer gegen ihn.

„Atmen", flüstert er in mein Ohr.

„Es folgt die Krönungszeremonie", sagt Nicholas. „Vielleicht möchten Sie Ihre Kameras vorbereiten."

Ich starre ins Publikum und erwarte überraschte Blicke oder Flüstern, aber alles, was ich sehe, sind Lächeln und Menschen, die ihr Handy hochhalten, um Fotos zu machen. Niemand hinterfragt, warum ich ausgewählt wurde. Tatsächlich hat Caleb gesagt, dass die Gemeinde abgestimmt hat, und Mrs. Ellis und Nicholas mussten nur zustimmen. Sie haben mich ausgewählt.

Ich richte mich weiter auf. Die ganze Zeit habe ich mich wie ein Außenseiter gefühlt, das seltsame Entlein, und doch, hier bin ich, eine Königin. Ich lächle strahlend, so glücklich, dass ich fast vor lauter Freude über alles lachen möchte.

Kayla kommt lächelnd herüber. Sie legt mir eine Schärpe um und setzt mir eine Krone mit Strasssteinen auf. „Du siehst atemberaubend aus", flüstert sie.

„Danke", sage ich und schwebe immer noch in einer glücklichen Wolke.

Sie legt auch Caleb eine Schärpe um und setzt ihm eine Krone auf, bevor sie sagt: „Bleibt hier. Zeit für Fotos. Der Fotograf vom *Summerdale Sheet* ist hier." Das ist unsere Online-Zeitung.

Sobald sie aus dem Weg geht, bricht das Publikum in wilden Applaus aus und pfeift. Caleb nimmt meine Hand und drückt sie.

Und dann lächle ich für viele Bilder, und zum ersten Mal seit langer Zeit fühlt es sich gut an, im Rampenlicht zu stehen. Meine Schultern ziehen sich stolz zurück. Ich liebe diese Gemeinschaft, und ich fühle, dass diese Liebe erwidert wird. Das ist eine schöne Sache. Heute bin ich eine Königin mit dem König, den ich liebe, und ich werde alles in meiner Macht Stehende tun, um meinem Königreich zu helfen.

Caleb

Ich helfe meiner Königin zu einem Tieflader, der an den Seiten geschmückt ist, um wie eine königliche Kutsche auszusehen. Es gibt zwei Throne, die von Klammern an der Rückseite gehalten werden und von der Standing O Theatre Company geliehen sind. Ein netter Aufbau. Wir machen eine langsame Tour um den Lakeshore Drive, damit jeder uns sehen kann, bevor wir zum Abendessen und zum königlichen Ball zum Veranstaltungsort fahren. Einer von den Jungs aus Max' Crew fährt uns. Max ist hinter uns und wird seinen Pickup mit den Highschool-Kids – zwei Prinzessinnen und zwei Prinzen vom Hofstaat – hinter uns herfahren.

Ich nehme Platz auf meinem Thron und grinse Sloane an. „Erstklassig."

Sie lächelt. „Sicher. Ich bin nur froh, draußen zu sein. Gibt mir Gelegenheit, mich endlich abzukühlen. Wenn du mir gesagt hättest, dass ich die erste Queen Snowflake von Summerdale sein würde, als ich in meiner Gothic-Teen-Phase war, hätte ich mich schlappgelacht. Doch hier bin ich und amüsiere mich sogar." Sie berührt ihre Krone. „Früher sah ich in einer Tiara niedlich aus, aber ich denke, die Krone ist noch besser."

„Du siehst am besten nackt aus."

„Schh."

„Hey, vielleicht kannst du später heute Abend nur die Krone tragen. Hm?"

Sie packt mich am Hemd und zieht mich für einen Kuss zu sich. „Du bist so niedlich."

„Bereit da hinten?", fragt der Fahrer.

„Klar, Dave", sagt Sloane. „Mach nur langsam. Keine Sicherheitsgurte hier hinten."

„Sollst du haben. Ich bleibe auf den Nebenstraßen. Die Fahrt ist nur zwei Meilen lang."

Er startet den Truck, und es gibt ein lautes Anlassgeräusch.

Sloanes Brauen ziehen sich zusammen. „Das klingt nicht gut."

Der Truck fährt auf die Straße und dann langsam zum Lakeshore Drive einen Block weiter. Eine Menschenmenge hat sich auf dem Parkplatz des Horseman Inn versammelt, und wir winken ihnen zu, als wir vorbeikommen. Mehr Leute erscheinen auf den Terrassen der Häuser am See, um uns zuzuwinken.

„Mein Arm wird vom Winken müde", sagt Sloane.

„Deshalb haben sie das königliche Winken erfunden." Ich demonstriere es mit nur einer kleinen Handbewegung.

Sie lacht und kopiert mich.

Für eine Weile scheint es fast so, als wären wir königlich. Jeder, an dem wir vorbeikommen, lächelt und jubelt für uns.

Jemand ruft sogar: „Ein Hoch der Königin und dem König von Summerdale!"

Der Truck fährt langsam vom Lakeshore Drive herunter. Schätze, unsere Tour ist vorbei. Zeit für den Ball. Das wird toll werden.

Ich zucke, als der Truck stottert und dann stehenbleibt. „Oh-oh."

Sloane hebt sofort ihr Kleid hoch, klettert vom Truck und springt auf die Straße. Sie geht zu dem Fahrer, spricht eine Minute lang mit ihm, und dann öffnet er die Motorhaube.

Wird meine Königin in ihrem schicken Kleid einen Truck reparieren?

Max steigt aus dem Pickup. „Was ist hier los?"

Die Highschoolkids stehen auf und schauen uns an.

„Ich weiß nicht", sage ich. „Er ist einfach stehengeblieben."

Er geht zu Sloane, und ich folge.

Sie sieht auf. „Max, bring mir deinen Werkzeugkasten. Das habe ich in Nullkommanichts repariert."

„Das kann ich doch machen", sagt er. „Du trägst ein schönes Kleid."

Sie verdreht die Augen. „Meine Finger sind klein und flink. Das ist ein kniffliger Punkt." Dann erklärt sie im Detail die Reparatur, was für mich wie eine Fremdsprache klingt, aber Max versteht und geht, um den Werkzeugkasten zu holen.

Eine der Highschool-Prinzessinnen kommt herüber und filmt Sloane mit dem Handy. „Du bist ein Badass, Queen Snowflake. Meinst du, du könntest mir beibringen, wie man Autosachen repariert?"

Sloane lächelt. „Klar, ich denke, jeder sollte die Grundlagen kennen. Wenn du wirklich interessiert bist, kannst du mich irgendwann bei der Arbeit begleiten."

„Großartig!"

Max kehrt mit seinem Werkzeugkasten zurück, und Sloane beginnt zu arbeiten. Sie braucht fünf Minuten. Ich weiß nicht einmal, wie sie das Problem so schnell erkannt hat.

Sie hat einen Blick darauf geworfen und wusste, was zu tun war.

Meine Frau ist brillant.

Sie reibt sich die Hände und ruft: „Starte den Motor!"

Dave startet den Truck, und er rumpelt zum Leben.

Sloane schließt die Motorhaube mit einem zufriedenen Geräusch, richtet ihre Krone, klettert zurück auf den Truck und nimmt ihren Platz auf dem Thron wieder ein.

Das Teenager-Mädchen mit der Kamera folgt dicht dahinter, also bleibe ich zurück, um aus dem Video herauszubleiben. Sie hört auf zu filmen und hebt eine Faust. „Frauenpower!"

Sloane lacht. „Es ist nicht schwer, wenn man weiß, wie. Sprich mich beim Ball nochmal an, dann werden wir über eine Lektion in der grundlegenden Auto-Reparatur sprechen."

Das Mädchen wirft ihr einen Kuss zu und geht zurück zu ihrer Fahrgelegenheit.

Ich klettere in den Truck und geselle mich zu Sloane. „Du verblüffst mich."

Sie neigt den Kopf. „Warum sind alle so erstaunt? Damit verdiene ich meinen Lebensunterhalt. Ich habe, seit ich zwölf Jahre alt war, mit Autos gearbeitet."

Ich küsse sie. „Ich liebe dich."

Ihre Augen werden weich. „Ich liebe dich auch. Es ist nicht so schlimm, Königin zu sein."

„Gewöhn dich daran."

Der Truck beginnt seine langsame Fahrt. Und ich weiß in meinem Herzen, dass ich nie will, dass meine Reise mit dieser unglaublichen Frau zu Ende geht.

18

Sloane

Ich habe eine außerkörperliche Erfahrung. Ich weiß, das ist alles nicht echt. Natürlich bin ich keine echte Königin, aber so, wie mich alle behandeln, fühlt es sich sehr real an. Wir sind in der Empfangshalle, die in Gold und Lila dekoriert ist. Als wir angekommen sind, wurden wir als der neue König und die neue Königin vorgestellt, während wir unter tosendem Applaus eintraten. Jemand hat sogar einen Trompetensound-Effekt abgespielt, der wie eine königliche Fanfare klang.

Ich wusste, wie der Raum eingerichtet sein würde, da ich bei der Planung von allem geholfen habe. Ich hatte nur nicht erwartet, dass ich diejenige sein würde, die es erlebt. In der Empfangshalle ist eine Tanzfläche in der Mitte, die von runden Tischen mit weißen Tischdecken umgeben ist. Am anderen Ende des Raumes ist ein erhöhtes Podest mit zwei großen Ledersesseln für den König und die Königin und normal gepolsterten Stühlen an beiden Seiten für den Rest des Hofstaats. Zuerst wurden uns Getränke serviert, dann das Abendessen, und jetzt kommen die Leute immer wieder, um uns zu gratulieren.

In einer Pause von unseren königlichen Untertanen sage

ich leise zu Caleb: „Wird mich jeder in der Stadt den Rest des Jahres Queen Snowflake nennen?"

„Das hoffe ich doch", sagt er grinsend.

„Was ist im Sommer?"

„Vielleicht kürzen sie es zu Queen S ab. Passt zu deinem Namen."

„Daran werde ich mich erst einmal gewöhnen müssen."

Audrey verkündet in ein Mikrofon, dass es Zeit für alle sei, sich am Buffet etwas zu essen zu holen. Wir Royals haben bereits gegessen.

Caleb lehnt sich vor und spricht nahe an mein Ohr. „Sloane, es gibt nichts mehr, was ich im Leben will, als bei dir zu sein."

Meine Kehle verengt sich. „Das will ich auch."

„Wenn du bei mir bleiben wirst, werde ich nach einem Jahr aufhören zu modeln und etwas finden, das mich in der Nähe von zu Hause hält."

„Oh, Caleb, ich will nicht, dass du deine Träume meinetwegen aufgibst."

„*Du* bist mein Traum."

Tränen treten mir in die Augen. „Das würdest du tun?"

„Ich habe lange darüber nachgedacht. Ich habe deinem Dad wirklich gern bei der Reha geholfen. Und ich habe gesehen, dass es einige Master-Studiengänge für diese Art von Arbeit gibt. Ich könnte Bewegungsphysiologe werden, spezialisiert auf kardiale Reha."

„Das klingt toll. Warum hast du mir das nicht erzählt?"

„Ich war mir nicht sicher, wann der beste Zeitpunkt wäre, und ich wollte nicht das Falsche sagen. Jetzt bin ich mir sicher."

„Was hat dich da so sicher gemacht?"

Er schüttelt den Kopf. „Es war nicht nur ein Moment. Es war die Arbeit mit deinem Dad, dir immer näher zu sein, dich bei der Arbeit am Truck zu sehen, während du diese Krone trugst." Er berührt meine Krone.

Ich lächle. „Was, wenn ich nicht gewonnen hätte? Keine Krone."

Er umfasst meine Wange und küsst mich kurz. „Ich hatte mich bereits stark in diese Richtung gelehnt. In der City gibt es ein paar gute Schulen mit Bewegungsphysiologie-Programmen. Ich könnte pendeln."

Ich bin so überwältigt von seiner Geste, dass ich einen Moment lang nicht sprechen kann. Meine Kehle ist voller Emotionen verschlossen, meine Augen sind heiß.

„Sloane? Klingt das gut für dich?"

Ich werfe meine Arme um ihn. „Ja. Natürlich tut es das." Ich ziehe mich zurück. „Bist du dir sicher?"

„Zu einhundert Prozent."

Wir blicken einander in die Augen und lächeln für einen langen Moment.

„Ich liebe dich", sage ich, fast platzt es aus mir hervor.

Er wischt mir eine Träne von der Wange, seine Stimme ist rau. „Ich liebe dich auch."

Ich nehme einen tiefen, zittrigen Atemzug. „Wow. Es war heute so ein Wirbel. Ich war so besorgt über die Zukunft, und du hast immer gesagt, wir würden uns etwas einfallen lassen, aber ich habe einfach nicht gesehen, wie. Du weißt, ich wollte dich nie zurückhalten, aber das klingt nach einer guten Wahl für dich. Ich denke, du wärst in der Reha großartig. Deine Patienten werden genauso erblühen wie Dad. Er hat von Tag zu Tag mehr Energie."

„Apropos, ich hoffe, es macht dir nichts aus, dass ich deinen Dad eingeladen habe, sich uns hier anzuschließen."

„Was? Wann hast du das gemacht?"

„Hier beim Empfang. Als du vorhin mit Kayla gesprochen hast, hab ich Max beiseite genommen und ihn gebeten, deinen Dad herzufahren. Ich wollte nicht, dass du dir Sorgen machst, wenn dein Dad selbst fährt." Er deutet auf den Eingang des Raumes.

Da ist Dad, der mit Max hereinkommt. Dad hat sich schick gemacht, trägt ein blaues Button-Down-Hemd und eine graue Hose. Ich stehe abrupt auf und will zu ihm gehen, aber Dad bedeutet mir, dazubleiben, wo ich bin. Er will, dass ich auf meinem Thron sitze und mein Königinnending mache. Ich fasse es nicht, dass Max das hinter meinem Rücken getan hat. Dad hat noch zwei Tage seiner empfohlenen Ruhezeit. Er sieht jedoch ruhig aus, geht mit Max zu einem Tisch in der Nähe der Tanzfläche und nimmt Platz.

Ich drehe mich zu Caleb zurück. „Meinst du, es geht ihm gut? Er hat noch zwei Tage vorgeschriebene Ruhe."

„Ich hab ihn angerufen, nachdem ich mit Max gesprochen hatte, und dein Dad hat mir versichert, dass er für seine einzige Tochter eine Stunde lang bei einem Empfang sitzen könnte."

Wow. Caleb ist jetzt wie ein Teil meines inneren Kreises, arbeitet mit Dad und Max zusammen. Das gefällt mir.

Ich stupse ihn mit dem Ellbogen an. „Schätze, du bist nicht mehr eifersüchtig auf Max. Jetzt arbeitet ihr beide schon als Team."

Er hebt mein Kinn. „Schau mich an, ich werde erwachsen."

Nach dem Abendessen nähert sich Audrey unserem Tisch vor Kopf mit einem kabellosen Mikrofon. „Wir kommen jetzt zum Tanzteil des Abends. König und Königin haben den ersten Tanz. Besteht die Chance, dass ihr wisst, wie man tanzt?"

Meine Augen weiten sich, entsetzt. „Nein."

„Ich kann Walzer tanzen", sagt Caleb. „Keine Sorge, ich führe dich."

„Großartig!", sagt Audrey. Sie klopft mit einem Löffel gegen ein Glas, um die Aufmerksamkeit aller auf sich zu lenken, und kündigt den ersten königlichen Tanz an.

Meine Wangen werden rot. Es fühlt sich fast so an, als wären wir Braut und Bräutigam, wir sitzen vor Kopf, jeder gratuliert uns, und wir haben den ersten Tanz.

Die Musik beginnt, „It had to be you" gesungen von Harry Connick Jr.

Caleb reicht mir seine Hand und führt mich vom Podest. Dad sieht zu, wirkt stolz. Ich winke ihm zu und folge Caleb auf die Tanzfläche. Er übernimmt die Führung, eine Hand hält meine, die andere Hand liegt in der Mitte meines Rückens und führt mich mit ihm. Es ist überraschend leicht, ihm zu folgen. Ich hätte nie gedacht, dass ich eine große Tänzerin bin.

Ich schaue mich um, alle Augen sind auf uns gerichtet. Dad lächelt. Ich lächle zurück. Er scheint wirklich in Ordnung zu sein.

Caleb führt mich in eine langsame Drehung und zieht mich zurück. Wir kommen uns wieder nahe, unsere Blicke kollidieren. Meine Kehle verengt sich vor Emotionen. Ich liebe ihn einfach so sehr. Er setzt den Tanz fort und macht einen langsamen Kreis um die Tanzfläche.

Als das Lied endet, sind wir in der Nähe von Dads Tisch.

„Herzlichen Glückwunsch, Sloane!", sagt Dad. „Die Krone steht dir. Dir auch, Caleb."

Ich berühre meine Krone. „Ich muss mich immer noch an alles gewöhnen. Es war eine riesige Überraschung."

Da zeigt Dad über meine Schulter.

Ich drehe mich um, und Caleb ist auf einem Knie und hält einen runden diamantenen Verlobungsring hoch. Meine Hand fliegt zu meinem Mund.

Audrey eilt mit dem Mikrofon rüber und gibt es Caleb. Ich schaue mich schockiert um. Jeder lächelt uns an. Mehrere Personen nehmen Videos mit ihren Handys auf.

Ich drehe mich zu Caleb zurück. Ein Blick auf seinen aufrichtigen Ausdruck, und Tränen sammeln sich in meinen Augen.

„Sloane, ich habe diesen Ring nach unserem ersten Date gekauft. Der Blitzschlag hat mich getroffen, und es war für mich besiegelt. Du bist die coolste, freundlichste, schönste Frau, die ich je getroffen habe. Ich liebe dich jeden Tag mehr, und das werde ich für den Rest meines Lebens. Wirst du mich heiraten?"

Ich nicke durch einen Dunst von Tränen, lächelnd. „Ja, ja. So sehr ja." Er schiebt den Ring an meinen Finger und zieht mich zu sich.

Der Applaus und der Jubel sind so laut, dass ich nicht einmal ein Wort sagen kann. Ich stelle mich auf Zehenspitzen, um ihm direkt ins Ohr zu flüstern, in der Hoffnung, dass er mich hören kann: „Ich liebe dich so, so sehr. Du bist das Beste, was mir je passiert ist."

Er küsst meine Wange. „Ich liebe dich auch. Ich wusste immer, dass du die Eine bist." Er schwingt mich herum, bringt mich zum Lachen und setzt mich dann ab.

Die Leute drängen sich auf die Tanzfläche, um uns zu gratulieren. Ich habe ein Flashback auf das erste Mal, dass ich mit Caleb gesprochen habe, als Jenna und Eli sich verlobt haben und alle zu ihnen eilten. Ich war ein wenig neidisch, und jetzt passiert es mir. Seine Brüder und seine Schwester umarmen mich und heißen mich in der Familie willkommen. Ich bin drinnen, Teil der großen glücklichen Familie, die ich schon immer wollte.

„Dad!"

Er ist im hinteren Teil der Gruppe, die uns umgibt. „Entschuldigt mich", sage ich und mache mich auf den Weg zu ihm.

Er zieht mich in seine Arme und umarmt mich, streichelt meine Haare. „Mein Mädchen, eine Königin und bald eine Ehefrau."

Ich hebe den Kopf. „Vergiss nicht, dass ich dein Partner bin! Das ist auch ein echtes Highlight."

„Absolut!" Er dreht sich um und bietet seine Hand Caleb an, der gerade an meiner Seite erschienen ist. „Herzlichen Glückwunsch, und herzlich willkommen in unserer kleinen Familie."

Caleb umarmt ihn. „Danke! Ich würde dir gern den Rest meiner Familie vorstellen. Deine Familie ist gerade etwas größer geworden. Und vielleicht hast du eines Tages Enkel. Sloane und ich wollen beide Kinder."

Dad treten Tränen in die Augen, seine Wangen werden rot. „Ich bin überwältigt. Meine Tochter ist eine Königin, eine Ehefrau, und jetzt sprecht ihr über Kinder?"

„Fühlst du dich gut, Dad? Ist es zu viel für dein Herz?"

Er legt eine Hand auf sein Herz. „Es ist genau das, was dieses alte Herz braucht."

Ich umarme ihn ganz fest um die Mitte, so glücklich, dass er für den nächsten Teil meines Lebens hier ist. Er küsst meine Haare.

„Kann ich Ihr Bild für das *Summerdale Sheet* bekommen?", fragt eine Frau.

Ich löse mich, um mich ihr zuzuwenden. „Natürlich!"

Es ist Nora Shire, eine rothaarige Frau in ihren Dreißigern, die einzige Person, die im Personal der Zeitung übriggeblieben ist. Sie lächelt. „Es ist eine große Nachricht, wenn sich unser erster König und unsere erste Königin verloben."

Sie macht ein Foto von uns auf der Tanzfläche und lässt uns dann zum Podest gehen, um weitere Fotos aufzunehmen. Eine Menge versammelt sich, und es scheint, dass jeder ein Foto von uns auf dem Thron macht. Ich halte meine Ringhand hoch, um damit anzugeben. Ich mache mir jetzt, als Summerdales Botschafter, keine Sorgen mehr um Bilder. Hier geht es um einen größeren Zweck. Wir sind Teil von Summerdales Zukunft.

Schließlich, nachdem alle fertig sind, Fotos zu machen, spielt die Musik weiter. Noch ein langsamer Song.

Caleb nimmt meine Hand. „Wir müssen jetzt als verlobtes Paar tanzen."

„Klar, warum nicht? Werden wir wieder einen Walzer tanzen?"

„Dieses Mal möchte ich dich näher halten."

Wir erreichen die Tanzfläche und beginnen einen Stehblues. Es fühlt sich so gut an, in seinen Armen gehalten zu werden. Mehr Paare kommen dazu. Ich winke Jenna und Eli zu. Sie sind zurück von ihren Flitterwochen in der Karibik. Jenna zeigt auf ihren Ringfinger und formt das Wort *Wow*. Caleb hat mir einen großen, funkelnden Diamanten geschenkt. Ich lächle.

Wyatt und Sydney tanzen und unterhalten sich in der

Nähe lebhaft. Adam und Kayla sind still und blicken einander in die Augen. Sogar Dad ist hergekommen und tanzt mit Mrs. Ellis. Er gibt ihr immer einen geheimen Seniorenrabatt auf Autoreparaturen. Sie bestreitet, eine ältere Bürgerin zu sein, obwohl sie in ihren Achtzigern ist, und so nimmt er es einfach von der Rechnung, ohne es zu erwähnen.

Ich schaue mich nach Max um. Er sollte auch hier sein, da er so sehr bei der Planung geholfen hat. Er steht drüben beim Getränketisch und blickt durch den Raum. Ich folge seinem Blick zu Brooke, die allein dasitzt. Ich frage mich, wo ihr Verlobter ist. Man sollte doch meinen, sie würde ihn zu so etwas einladen.

„Du glaubst mir jetzt, nicht wahr?", flüstert Caleb mir ins Ohr. „Das mit dem Blitzschlag."

„Ich dachte zuerst, du wärst ein wenig verrückt, aber so gibt es jetzt noch eine Robinson-Familienlegende."

Er senkt mich hinunter, und ich quietschte überrascht. „Und ob." Er zieht mich wieder hoch. „Ich möchte nur, dass du weißt, egal wie mein Reiseplan in diesem Jahr aussieht, ich werde mir immer Zeit für uns nehmen. Du bist das Zentrum, um das sich meine Welt dreht."

Ich schlucke über den Kloß von Gefühlen in meiner Kehle. „Mann, gleich muss ich deinetwegen heulen. Vielen Dank, dass du das gesagt hast, aber ich mache mir keine Sorgen mehr. Wir haben einen Plan, der für uns beide funktioniert."

„Eines Tages wirst du unseren Enkeln erzählen, dass du mein Angebot abgelehnt hast, dir beim ersten Treffen ein Getränk zu spendieren."

„Und du wirst ihnen von dem Blitzschlag erzählen, der dich dazu gebracht hat, bei unserem ersten Date eine Heirat vorzuschlagen."

Er küsst mich. „Heute Abend war mein erster richtiger Antrag. Vorher habe ich dich nur über die Fakten informiert."

„So arrogant."

„Ich bin der König."

„Ich kann immer noch nicht glauben, dass ich die Königin

und verlobt bin. Was für ein verrückter, wundervoller Abend!"

„Mach dich bereit für ein verrücktes, wunderbares Leben."

Ich strahle und umarme ihn fest. Mit Calebs kühnen Vorhersagen glaube ich es von ganzem Herzen.

EPILOG

Zwei Monate später ...

Der Frühling ist da, mit all den Neuanfängen des Lebens und vielen Neuanfängen rund um Summerdale. Ich sitze in Dads Büro bei Murray's, während sie Sachen in der Werkstatt aufstellen, und denke nur über all die wunderbaren Veränderungen nach. All diese Spenden für das Tierheim – zusammen mit einer großen anonymen Spende, die nur vom Milliardär Wyatt kommen kann – bedeuten, dass bald mit dem Bau des hochmodernen Tierheims von Summerdale begonnen werden kann. Ein weiterer Neuanfang – Wyatts Schwestern Brooke und Paige haben das alte Farmhaus am Ende der Lovers' Lane gekauft und planen, ein Bed and Breakfast zu eröffnen.

Aber der beste Neuanfang ist, was gerade passiert.

„Bereit für dich, Sloane", sagt der Regisseur und steckt seinen Kopf ins Büro.

Das ist richtig. Ich habe meine eigene Reality-Show auf dem Turbo-Kanal namens *The Right Fix*. Ich repariere Autos und bringe den Menschen zu Hause bei, wie ich es mache. Die perfekte Kombination meiner natürlichen Talente – Autos und Unterrichten. Ich wollte nicht im Fernsehen sein; es hat mich dank eines Videos gefunden, das viral wurde – ich, als Queen Snowflake gekleidet, wie ich vom liegengebliebenen

Truck herunterklettere, ihn repariere und zurück zu meinem Thron gehe. Wahrscheinlich ist es ganz hilfreich, dass wir unsere eigene, berühmte Schauspielerin, Harper Ellis, mit großartigen Verbindungen haben. Sie ist mit der Idee auf mich zugekommen, ich hab Dad davon erzählt, der überraschend begeistert war, und das war das GO.

Heute ist unsere dritte Aufnahme, und ich bin ziemlich zufrieden damit, wie es läuft. Das Tolle ist, Dad *liebt* es. Er ist mit mir in der Show, aber mehr in einer unterstützenden Nebenrolle. Er sagt, die Arbeit macht ihm wieder Spaß, und er will nie in den Ruhestand gehen. Wenn diese Show startet, kann ich mit einer weiteren Reparaturbucht und mehr Mechanikern expandieren. Das bedeutet, dass Dad zumindest die *Möglichkeit* hätte, in den Ruhestand zu gehen. Wir werden sehen.

Ich trete an meine Werkbank mit den Teilen eines Vergasers, die bereits zusammen mit den Werkzeugen ausgelegt sind. Die Lichter gehen an, die Kameraobjektive fokussieren mich, der Regisseur gibt das Stichwort, und ich komme ins Bild. Die Zeit vergeht wie im Flug bei der Arbeit.

Wir drehen bis fünf, und ich habe kaum gemerkt, wie die Zeit vergangen ist. Dann ist es an der Zeit, auf ein neueres Auto umzusteigen, einen Toyota Corolla, damit ich einen Ölwechsel demonstrieren kann. Einfache Wartungsaufgaben wie diese sind nicht aufregend für mich, aber hilfreich für Menschen, die nicht in einer Werkstatt aufwachsen wie ich. Ich habe auch Segmente zum Wechseln des eigenen Luftfilters gemacht und wie man weiß, wann man neue Reifen braucht.

Der Dreh endet, und die Crew packt zusammen. Ich spüre, dass jemand starrt und schaue hinaus auf den Parkplatz. Caleb lehnt sich in seiner Lederjacke und Jeans an sein Auto und lächelt mich an. Er ist stolz auf meine Arbeit.

Ich stoße einen glücklichen Seufzer aus, während er auf mich zukommt. Die Liebe meines Lebens.

Ich gehe ihm entgegen, und er zieht mich in eine Monsterumarmung, die mich vom Boden hebt.

Er gibt mir einen schnellen Kuss. „Du bist ein Naturtalent."

„Es fühlt sich richtig an."

Er setzt mich ab, umfasst mein Gesicht mit beiden Händen und beugt sich für einen zarten Kuss vor. Ich schmelze gegen ihn. Der Kuss vertieft sich, während das Feuer zwischen uns sich entfacht. Einen langen Moment später schnappen wir nach Luft und blicken einander in die Augen. Die Liebe ist eine greifbare Sache, die uns zusammenbindet. Mein Mann. Wir planen, in diesem Sommer in einer kleinen Zeremonie zu heiraten.

Wissen Sie, man sollte die Geschichte über das hässliche Entlein ändern. Manchmal muss man die seltsame Ente sein, um eine innere Königin zu haben.

Verpassen Sie nicht das nächste Buch der Serie, *Blazing –
Deutsche Ausgabe*, wo Max sich weigert, sich auf seinen
größten Kunden einzulassen. Er hat nicht damit gerechnet,
dass Brooke zuerst die Grenze überschreitet!

**Wenn man der Boss ist, kommt eine Romanze mit der
größten Kundin nicht in Frage, oder?**

Max

Ich bin entschlossen, mein Landschaftsdesign-Geschäft
schnell auszubauen. Nur so können wir das Haus retten, das
sich seit Generationen in unserer Familie befindet. Als ich
also meinen größten Kunden aller Zeiten, das neue Inn mit
einem riesigen Grundstück, an Land ziehe, weiß ich es besser,
als mich mit der sexy Besitzerin einzulassen. Außerdem ist
Brooke Winters verlobt, und ich kann es nicht riskieren, in der
kleinen Gemeinde, auf die ich für mein Geschäft angewiesen
bin, ein Drama auszulösen.

Brooke

Hatten Sie jemals so viel Pech mit Männern, dass Sie angefangen haben, den alten Verlobungsring Ihrer Schwester als
Schutzschild gegen Männer zu tragen? Wirklich, nur ich? Wie
auch immer, es funktioniert und ist auch gut so. Ich kann mir
keine Ablenkung erlauben, wenn ich die leitende Architektin
für das alte Bauernhaus bin, das meine Schwester und ich in
ein Inn umwandeln wollen. Alles steht auf dem Spiel,
einschließlich unserer Lebensersparnisse. Wir müssen pünktlich öffnen, sonst verlieren wir alles.

Nur habe ich nicht damit gerechnet, dass ein hinreißender
Landschaftsgärtner jeden chaotischen Tag mit seinem extrem
ablenkenden, herzlichen Lächeln erhellt. Sogar mein Hund ist
in Max verliebt. Ich bin aus zäherem Zeug gemacht. Bis ich
ihn impulsiv küsse und –

Feuerwerk. Ich wusste nicht, dass es das wirklich gibt.

Jetzt bewege ich mich an einem sehr steilen Abgrund und
versuche verzweifelt, berufliche Grenzen zu ziehen und

gleichzeitig unser Renovierungsprojekt im Zeitplan zu halten. Wir werden entweder mit Glanz und Gloria eröffnen oder in einem wüsten Durcheinander verglühen.

Erhalten Sie die neuesten Nachrichten zuerst in Kylies Newsletter! https://www.kyliegilmore.com/DEnewsletter

WEITERE BÜCHER VON KYLIE GILMORE

Liebe von der Leine gelassen Serie << Heiße romantische Komödien mit Hunden!

Fetching – Deutsche Ausgabe (Buch 1)

Dashing – Deutsche Ausgabe (Buch 2)

Sporting – Deutsche Ausgabe (Buch 3)

Toying – Deutsche Ausgabe (Buch 4)

Blazing – Deutsche Ausgabe (Buch 5)

Chasing – Deutsche Ausgabe (Buch 6)

Daring – Deutsche Ausgabe (Buch 7)

Die Clover Park Serie << Brüder, für die die Familie an erster Stelle steht!

Clover Park: Die O'Hare-Familie

Das Gegenteil von wild (Buch 1)

Daisy schafft alles (Buch 2)

In den Falschen verguckt (Buch 3)

Ein Weihnachtsmann zum Küssen (Buch 4)

Raus aus der Tretmühle (Die O'Hare-Familie – Wie alles begann)

Clover Park: Die Reynolds-Marino-Familie

Vermieter küsst man nicht (Buch 1)

Nicht mein Romeo (Buch 2)

Bring mich auf Touren (Buch 3)

Clover Park Braut (Buch 4)

Gewagte Verlobung (Buch 5)

Retter in der Not (Buch 6)

Eine verführerische Freundschaft (Buch 7)

Ein Geschenk zum Valentinstag (Buch 8)

Die Happy End Buchclub Serie << Die Campbell Familie und ein Liebesromanbuchclub prallen aufeinander!

Hollywood Inkognito (Buch 1)

Ärger im Anzug (Buch 2)

Gewagtes Spiel (Buch 3)

Förmliche Vereinbarung (Buch 4)

Wenn der Bad Boy keiner ist (Buch 5)

Ein Störenfried zum Verlieben (Buch 6)

Schicksalsbegegnungen (Buch 7)

Eine Romantische Chance (Buch 8)

Ein sündhafter Flirt (Buch 9)

Ein unbequemer Plan (Buch 10)

Eine Happy End Hochzeit (Buch 11)

Die Rourkes aus Villroy << Prinzen, bei denen man ins Schwärmen gerät, und ebenso fantastische Prinzessinnen

Königlicher Fang (Buch 1)

Königlicher Hottie (Buch 2)

Königlicher Darling (Buch 3)

Königlicher Charmeur (Buch 4)

Königlicher Playboy (Buch 5)

Königlicher Spieler (Buch 6)

Die Rourkes aus New York

Abtrünniger Prinz (Buch 1)

Abtrünniger Gentleman (Buch 2)

Abtrünniges Schlitzohr (Buch 3)

Abtrünniger Engel (Buch 4)

Abtrünniger Fratz (Buch 5)

Abtrünniger Beschützer (Buch 6)

Die Clover Park Charmeure Serie << süße und sexy Charmeure!

Beinahe drüber weg (Buch 1)

Beinahe zusammen (Buch 2)

Beinahe Schicksal (Buch 3)

Beinahe verliebt (Buch 4)

Beinahe romantisch (Buch 5)

Beinahe frisch verheiratet (Buch 6)

Sehen Sie sich auf meiner Website die aktuelle Liste meiner Bücher an: https://www.kyliegilmore.com/deutsch/

ÜBER DIE AUTORIN

Kylie Gilmore ist die USA Today Bestsellerautorin der Happy End Buchclub Serie, der Clover Park Serie, der Clover Park Charmeure Serie, der Rourke Serie und Liebe von der Leine gelassen Serie. Sie schreibt unterhaltsame Romanzen, die die LeserInnen zum Lachen und zum Weinen bringen und zu einem Glas Eiswasser greifen lassen.

Kylie lebt mit ihrer Familie, zwei Katzen und einem verrückten Hund in New York. Wenn sie nicht gerade schreibt, Kinder bändigt oder bei Autorenkonferenzen pflicht-bewusst Notizen macht, findet man sie beim Stretching – bis ganz nach oben ins oberste Regal, um dort ihren geheimen Schokoladenvorrat zu erreichen.

Melden Sie sich für Kylies Newsletter an, damit Sie keine ihrer Neuerscheinungen verpassen. https://www.kyliegilmore.com/DEnewsletter

Mehr finden Sie auf Kylies Website https://www.kyliegilmore.com/deutsch/